RHINESTONE PUBLISHING

I0642648

PIERRE MAURICE

RECORDATIO

DAS GEDENKEN

RHINESTONE PUBLISHING

© 2017 Pierre Maurice

Titel: **»RECORDATIO - DAS GEDENKEN«**

Im Rahmen der Reihe **»Zeiten und Ewigkeiten«,** Band 3

Verlag: Rhinestone Publishing, Berlin

Umschlaggestaltung und Fotografie: Pierre Maurice

Herstellung: tredition, Hamburg

ISBN

Paperback:	978-3-946787-13-6
Hardcover:	978-3-946787-12-9
E-Book	978-3-946787-14-3

Printed in Germany

Bibliografische Information der Deutschen Nationalbibliothek:
Die Deutsche Nationalbibliothek verzeichnet diese Publikation in der Deutschen Nationalbibliografie; detaillierte bibliografische Daten sind im Internet über http://dnb.d-nb.de abrufbar.

DANK

Mein persönlicher Dank gilt zunächst den Brüdern Cyrille und Thomas in der Klostergemeinschaft von St. Maurice für Ihre freundschaftliche Feinfühligkeit und ihr tief empfundenes Gespür für die Anliegen meines »Helden«, ebenso wie seines Autors, für ihre feinsinnige Geduld und liebenswürdige Begleitung!

Von besonderem Wert waren die unzähligen und im wahren Sinne des Wortes erhellenden Anregungen, die Prof. Dr. Dr. h.c. Johannes Fried mir seit vielen Jahren - und bis zur Drucklegung - in vielfältiger Form gegeben hat.

Und ohne meine frühen Lehrer, Prof. Dr. Werner Beierwaltes und Prof. Dr. Friedrich A. Uehlein, hätte ich dieses Buch nie schreiben können.

Ebenso ist es mir eine Ehre, Pater Dr. Petrus Cornelius Mayer für seine initiale Einschätzung meiner Konzepte zu danken. Ohne seine anfänglichen Bemerkungen und Ermutigungen hätte ich es nie gewagt.

Ohne die Unterstützung meiner engsten Freunde jedoch hätte ich mich nie auf den Weg gemacht, diese abenteuerliche Lebensreise zu beginnen. Und ich hätte sie nicht bis zum heutigen Tage durchgehalten. Ihnen allen gebührt aus tiefstem Herzen mein Dank!

Vor allem aber: Gott sei Dank, dass es über all das hinaus nicht auf unser Wollen und Rennen und Machen ankam, sondern im Grunde war und ist alles ein Geschenk!

Pierre Maurice

MILES • MANSIONES • MUTATIONES

MEILEN • HERBERGEN • STATIONEN

An Land

Carolus war erst wenige Schritte gegangen. Und die Fischer, die ihn - nach einem tränenreichen Abschied von seinem bisherigen Weggefährten Nikolaus, dem slawischen Mönch aus Wustrow - von der Insel Poel aus an das Festland mitgenommen hatten, waren bereits in der nachlassenden Dunkelheit der Nacht und dem zunehmenden Dunst des Meeres verschwunden.

Fast gedankenleer setzte er in dem noch schwachen Morgenlicht einen Fuß vor den anderen, mit dem leicht knirschendem Tritt, der in sandigem, nassen Uferboden unvermeidlich ist.

Etwas mehr als eine Stunde würde er jetzt in das nahe Wismar gehen müssen.

Am Anfang seines heutigen Weges, hatte er - einen Moment lang - versucht sich vorzustellen, wie die vor ihm liegende, beschauliche Stadt Wismar im Licht des anbrechenden Tages aussehen würde...

… wenn sich der Morgendunst am Ufer des baltischen Meeres vor den milden, schon fast winterlich-goldenen Sonnenstrahlen verflüchtigen würde und er zum ersten Mal an diesem Tag die Häuser und Türme der pittoresken Stadt am baltischen Meer sähe.

Schon einmal hatte er sie ja von Ferne gesehen, als er und Nikolaus, sein Gefährte, sich ihr - von Lübeck kommend - mit dem Schiff genähert hatten, auf ihrer Herfahrt.

Es war wenige Tage vor dem Ende seiner ersten Reise gewesen. Diese erste Reise, die sich als eine lange Wanderschaft - nicht ohne Not und Entbehrung - , als eine »Zeit der Anrufung« Gottes, aber eben dadurch auch als eine Zeit erwiesen hatte, in der er mit größerer Reife als zuvor dem Höchsten nähergekommen war.

Diese erste Reise im Rahmen seines großen und auf mehrere Jahre angelegten Auftrages, die Reise, die sich mit einer gemeinsamen Wanderung zu den slawischen Dörfern und Inseln, auf denen Nikolaus seine neue Heimat und eine große Aufgabe gefunden hatte, erst in den soeben vergangenen Tagen ihrem Ende zugeneigt hatte.

Es war eine kaum glaubliche und ungeheuer lange Reise gewesen, die er Ende April, vor rund 180 Tagen erst, begonnen hatte. Angefangen von dem völlig überraschenden Ruf eines allerhöchsten Würdenträgers, der ihn, den jungen Mönch aus dem Kloster St. Maurice an der Rhône, äußerlich unvorbereitet getroffen hatte: Das Schulwesen im Reich sollte er erkunden, und - wenn es ginge - auch selbst noch studieren. Alsbald, in Köln, und schon am kommenden Osterfest sollte er damit beginnen. Dachte er.

Doch dann war er auf dieser ersten Reise in nur wenigen Wochen in eine bislang unbekannte Reife hineingewachsen. Hineingewachsen gar in eine neue Verantwortung, die er für seine ihn auf dem Weg begleitenden Gefährten - und für sich selbst - übernommen hatte.

Doch trotz der beständigen, stets anwachsenden und inbrünstigen Anrufung seines Gottes war er - so schien es ihm - doch zu keinem rechten Ziel gekommen.

Ja, er fühlte sich sogar seltsam gescheitert, und schwer drückte ihn etwas, das später Geborene wohl als Risiko von Verantwortung, er aber - Carolus Paulus, wie er sich im Kloster schon als großer Junge genannt hatte - als seine eigne Sünde auslegte... Er meinte, den Tod von Gefährten in der Wildnis mit verschuldet zu haben.

Und es gab eine unerwartete Besonderheit auf dieser Reise: Seine Wanderung war in einer seltsamen Form schon bald von schönen und bedeutungsvollen Steinen begleitet worden. Verschiedene, die ihm zu verschiedenen Gelegenheiten »zugewachsen« waren, wie von selbst und anfangs fast unbemerkt waren sie in sein Leben getreten.

Und noch bis zum heutigen Tag hatte er sie behalten:

Diejenigen, deren Namen er nicht kannte, die er aber »Rheinsteine« getauft hatte, da er sie im Rhein bei dem Ort Dornbirn gefunden hatte. Es müssten Kristalle aus den Bergen sein, hatte er vermutet, und ihr Glanz war ungeheuer mehrschichtig, wie es ihm schien, und abhängig vom Licht, das auf sie viel, schillernd und brillant.

Diejenigen Steine aber auch, die dann später »zu ihm gekommen« waren. Steine, deren Art und Herkunft er wohl ahnte, aber deren Wert er kaum alleine zu ermessen in der Lage war, die nämlich aus dem »Schatz» des auf dem Weg verstorbenen Händlers Friedmann, und von denen er vermutete, es seien solche Steine, die die Griechen »ἀδάμας», »unbezwingbar» genannt hatten.

Und dann schließlich diejenigen, die - bereits vor und unabhängig von seiner eigenen Wanderschaft - schon den Jahren vor seinen Reisen am »Mare Balticum» Steine des Anstoßes und Ursache erheblicher Konflikte geworden waren: Die Bernsteine, von denen er einen selbst, als eine Art »Gedenkstein» und Abschiedsgeschenk - ein wunderschönes Exemplar! - von den slawischen Genossen seines Gefährten Nikolaus erhalten hatte. Und sein Exemplar, das er in Wustrow, auf der heiligen Insel, als Kleinod bekommen hatte, das enthielt in seinem Innern sogar ein winziges Etwas, das er mit bloßem Auge nicht erkennen konnte, etwas, das ihn ständig zum Gedenken an seine warmherzigen Gastgeber - und an seinen zurückgebliebenen Freund und Gefährten »Niko» - erinnerte. Und manchmal dachte er, es sein ein Tier. Aber wie konnte das sein... ?

Sie alle, alle diese Steine, die ihn immer wieder so nachdenklich machten, die erzählten ihre Geschichte. Und sie waren beständiger Anlass zu Erinnerungen und weit in die Zukunft reichenden Ahnungen, denen Carolus nun - in den Stunden unmittelbar nach dem Abschied und im Halbdunkel eines feuchten Herbstmorgens am baltischen Meer nach Wismar bummelnd - wie im halbwachen Zustand nachhing.

Und so war, als er fast sehnsüchtig hoffte, in dem alles Sichtbare weit in die Ferne schiebenden Morgendunst am Meer, der selbst dem Naheliegenden die Tiefe und Unfasslichkeit eines weit entfernten Zieles zu geben schien, als Carolus auf solche Weise hoffte, mit der Silhouette der Stadt Wismar doch noch in Kürze etwas Vertrautes zu sehen, etwas das ihm in aller Ferne und Fremde noch etwas Nahes und Geborgenes vermitteln würde, so war in diesen Momenten seine Sicht, immer am sandigen Ufer der Bucht vor Wismar entlang gehend, doch mehr eine Innerliche als eine Klare und Wache, auf die Realitäten des Augenblicks Gerichtete.

Oder anders: Carolus träumte mit offenen Augen.

Doch dann - jäh! - erblickte er, nicht in der Ferne und nicht in einem Wachtraum, sondern unmittelbar wirklich, direkt vor seinen Füssen, zu seiner Rechten im Schilf am Ufer, etwas ganz Anderes, etwas das ihn wie ein Messerstich in seine Eingeweide aus jeglicher milder Erinnerung und aus aller Vorfreude auf die schon ein wenig vertraute Stadt riss:

Schwarze Frauenhaare hatten sich vor ihm, noch im Wasser, in den Gräsern am Ufer verfangen.

Und sie gehörten zu einem graugrün verfärbten, wunderschönen Gesicht.

Doch das Gesicht war ohne jedes Leben. An dem Kopf mit den schwarzen Haaren hingen deformierte Körperteile: Verdrehte Arme und Beine und ein völlig zerschlagener Leib.

Die Frau war zu Tode geprügelt und ins Wasser geworfen worden.

Und man hatte ihr die rechte Hand abgehackt, und die Sehnen und das Fleisch hatte sich zurückgezogen und zwei blanke Unterarmknochen freigegeben. Eine Strafe war das vielleicht für schweren Diebstahl oder es war einfach bestialische Zerstörungswut. Doch es war für Carolus wie ein Schwert in seiner Seele, und fast hätte er das Entsetzen der Todgeweihten Frau in ihren letzten Augenblicken selbst nochmals nacherlebt.

Doch schlimmer noch: Die mit wüsten, dunklen Flecken übersäten Oberschenkel und die übel zugerichtete Scham, die unter ihren völlig zerfetzten Kleidern dreist und anklagend in einen unendlich weit entfernten Himmel zu blicken schienen, sie zeugten davon, dass sie vor der Verstümmelung und ihrem vermutlichen Verbluten, äußerst roh vergewaltigt worden war.

Carolus gefror das Blut und sein Atem stockte. So atemlos und erstarrt vor Schreck und Ekel gleichermaßen taumelte Carolus auf die Wasserleiche zu, als er - dicht neben ihr - noch einen zweiten toten Frauenkörper erblickte:

Während dieser der ersten Leiche ähnlich sah, war er doch wesentlich älter - es könnte sich um Mutter und Tochter gehandelt haben. Sie hatte grau-weißes Haar und war viel magerer als die erste Tote. Aber auch ihr war offensichtlich in heftiger Weise Gewalt geschehen, und auch ihr hatte man eine Hand abgehackt, unkontrollierter und roher noch als bei der ersten, der jüngeren Frau, und wie abgerissen, weit oben am Ellenbogengelenk sah das aus. Wie zerrissen...

Zeuge eines blindwütigen Gemetzels war er geworden. Und einer tief menschenverachtenden, gottlosen Demütigung.

Instinktiv wich Carolus nun mehrere Schritte zurück, und sein Herz erfror in immer wiederkehrenden Wellen vor Abscheu...

Doch er musste zurück in das Schilf, und während er erneut genau alles untersuchte, rasten seine Gedanken. Und heftig schlug sein Herz. Was war geschehen? Wer tat so etwas?

Seeräuber müssen das gewesen sein!

Das war sein erster Gedanke. Diese Piraten, von denen ihm sowohl die Leute der Hanse in Lübeck und Wismar als auch - unabhängig davon - die Slawen in Wustrow erzählt hatten.

Doch er stockte sofort und zögerte: Würden die Seeräuber des »Mare Balticum« wirklich so vorgehen? Warum sollten sie die beiden vermutlich slawischen Frauen mit Verstümmelung bestrafen? Waren die beiden Frauen etwa beim Bernsteinsammeln überfallen worden?

Aber dann hätten ihnen die Seeräuber doch die Steine abgenommen und höchstwahrscheinlich die beiden entführt... und »benutzt», ja, und Carolus mochte sich auch diese Alternative nicht lange ausmalen. Auch das wäre die Hölle für die beiden Opfer gewesen.

Doch nein! Es musste anders gewesen sein!

Bestrafen würde sie nur jemand, der seine Macht demonstrieren wollte, jemand der ein gewisses Recht oder auch nur ein Anrecht durchsetzen wollte. Noch mehr: Dieser Jemand, oder diese Gruppe, hatte es darauf angelegt, dass man die Frauen finden würde! Sonst hätte der Vollzug der für schweren Diebstahl vorgesehenen Körperstrafe - als Abschreckung für andere - keinen Sinn gemacht haben.

Vermutlich hätten die Frauenkörper sogar weiter östlich anlanden sollen, bei den slawischen Dörfern. Einfach zur Warnung und zum Erschrecken der Einheimischen!

Da war jemand, der mit großer Brutalität sagen und zeigen wollte:

»Das Recht an denen Bernsteinen, das gehört mir!«.

Und Carolus beschlich ein äußerst beklemmender Verdacht. Aber was konnte er tun? Was musste er tun?

Sollte er weglaufen, einfach weitergehen? Sollte er pfeifen oder singen wie ein kleiner Junge im dunklen Wald und - auch vor sich selbst - so tun, als hätte er weder etwas bemerkt, noch so als könnte der immer noch graue Morgen auch nicht das kleinste Wässerchen der Wismarer Bucht trüben?

Und in der Tat bestand dazu eine gewisse Neigung: Etwas in ihm wollte das Grauenhafte überhaupt nicht wahrgenommen haben...

Etwas in ihm wollte einfach weg.

Doch weit stärker war die Furcht vor der Willkür derer, die das getan hatten, dann nämlich, wenn sie - egal durch welche Zufälle - entdecken würden, dass er ihr Verbrechen entdeckt hatte:

Er, Carolus, war doch völlig fremd in Wismar, ja viele würden nicht einmal seine Sprache verstehen, wenn er ihnen etwas zu erklären versucht hätte!

Und selbst wenn er nicht - wie durch einen befürchteten, dummen Zufall - an die käme, die hier vermutlich unverfroren Täter sind, würde der Pöbel nicht ganz leicht, ihn, den Fremden, »der Einfachheit« halber, wie er zynisch dachte, für den eigentlichen Täter halten? Für einen, der nur vorgibt, Mönch zu sein, und sich in Wirklichkeit an den Bernsteinen schutzloser Frauen - und auch an ihren Leibern! - gütlich tut?

Und schlimmer noch: Wenn man dann sein Bündel öffnete und entdeckte die vielen wertvollen Steine, für deren Herkunft er keinerlei glaubhafte, geschweige denn eine verständliche Erklärung geben könnte, dann hätte man sogar ein scheinbares Indiz. Carolus ergriff die nackte Angst!

Doch da war noch etwas Drittes in ihm: Carolus war derart aufgebracht, so wütend über den bestialischen Mord, dass er - wenn schon nicht Rache - so doch Sühne wollte!

Doch wie sollte er es anstellen? Offenbarte er das Ganze, käme er in Gefahr, verschwieg er das Ganze, brüllte in ihm förmlich alles vor Wut! Er sah sich um: Da war kein Mensch. Da war kein Laut, außer dem Glucksen des sanft anbrandenden Wassers im Schilf und dem noch beklommenen, vorsichtigen Gesang einiger Vögel in der ersten Morgenstunde.

Carolus überwand seinen Ekel und sein ihm immer noch zitternd machendes Entsetzen und zog die beiden Frauenkörper ein kleines Stück weit aus dem Wasser. Nur soweit, dass man sie später wiederfinden würde, und die kleinen Brandungswellen sie nicht wieder forttrugen.

Dann betete er, kniend im Sand zusammensackend, für die Frauen, ihre Familien und Kinder. Denn hinter jedem Leben stehen Schicksale. Und das Leid und die abgründige Angst vor neuen Übergriffen muss unter den nun Zurückbleibenden bodenlos sein. Und so beruhigte er sich auch ein wenig selbst.

Doch sehr geschwind erhob er sich dann: Er musste das Ganze in der nahen Stadt melden, das war klar.

Und er musste hier in Wismar zwingend seine eigentliche Mission vollenden, seine Mission, die ihn unbedingt zuerst nach Lübeck und dann nach Bremen führen sollte! Er hatte einen Auftrag zu erfüllen, nein, eigentlich mehrere! Das - so besann er sich nun wieder - das war das Allerwichtigste. Nicht das Verbrechen, in das er hineingestolpert war.

Das Gefährliche war nur, dass er, außer den Empfehlungsschreiben des Abtes Nantelmus aus seinem Heimatkloster St. Maurice, das auch hätte gefälscht sein können, nichts in der Hand hatte.

Denn über seinen eigentlichen Auftrag gab es keine Urkunde, durfte es keine Urkunde geben. Sein eigentlicher Auftrag war geheim.

Es gab somit auch keinen Beweis für die Echtheit seiner Anliegen. Alles war Vertrauen und - bisweilen einfach geheime - Absprache. Carolus war immer noch ratlos.

Und aus einem kühlen, klaren Entschluss heraus rannte Carolus, nein, raste er dann schließlich davon, mit vom monatelangen Wandern ungemein geübten, langgestreckten Schritten.

Es gab nur einen Menschen in Wismar, mit dem ihn etwas verband und dem er jetzt einfach vertrauen musste. Er hatte keine andere Wahl:

Carolus musste so schnell es ging zu dem Pfarrer der alten, hölzernen Marienkirche, der ihn und den er von seinem letzten Besuch her kannte.

Und in kaum mehr als einer Viertelstunde lagen die Tore und ersten Häuser von Wismar vor ihm.

ASYL

Carolus rannte in die Stadt hinein. Das kleine Gewässer »Wisimara«, das der Stadt einmal ihren Namen gegeben hatte, hatte er bereits überquert. Doch er kannte noch lange kein Halten.

Die Straßen und Gassen der verwinkelt errichteten Stadt Wismar waren aufgrund der frühen Morgenstunde noch fast menschenleer. Und die Wenigen, die ihn sahen wunderten sich nur ein klein wenig. Es ist doch täglich ein Rennen und Laufen in einer aufstrebenden Hafenstadt!

Kaum hat er das kleine Pfarrhaus direkt hinter der hölzernen Kirche zu St. Marien erreicht, pochte er auch schon aus Leibeskräften an die schwere Eichentür. Nach langen, bangen Minuten öffnete eine leicht übelriechende - er hatte wieder zu viel getrunken, und es wohl, dem Geruch nach zu urteilen, bei Nacht wieder von sich gegeben - kleine Gestalt: Mit einer Art Morgenrock-Soutane und etwas auf dem Kopf, das an eine Nachtmütze erinnerte, aber doch eher dem Karneval entsprungen zu sein schien, brummelte ihn der Priester der kleinen Stadtkirche in plattdeutschem Dialekt an und nannte ihn - schlaf- und wein-trunken - zu Anfang grob einen »Dösbattel«.

Carolus verzichtete auf Erklärungen und drängte in die Stube. Zerfahren und aufgeregt berichtete er dem verschlafenen Geistlichen von dem Vorfall. In wenigen Augenblicken war dessen neblige Schläfrigkeit dadurch einer gespannten Wachheit gewichen.

Und er zögerte nur ein klein wenig, als er Carolus anwies, bei ihm in der Pfarrwohnung zu bleiben: Er würde das alles regeln.

Als Carolus zunächst widersprach, wurde der Pfarrer von St. Marien deutlicher: Wenn das Seeräuber gewesen seien - was er nicht glaube! - dann bestünde keine Gefahr für ihn, für Carolus. Falls die Täter aber in den Kreisen der Ritterorden zu suchen seien, dann würden diese sicher nicht davor zurückschrecken, sich an dem »Verräter« ihrer Sache zu rächen. Carolus solle sich »heraushalten«. Überraschend schnell ergriff dann der Priester die Initiative, kleidete sich an und erweckte mit einem

Male einen gar nicht mehr so dümmlich-verschlafenen Eindruck. Dann erläuterte er seinen Plan: Er wolle nun, als ortsbekannter Pfarrer, selbst dem Rat berichten, der ihm ja vertraute. Und der Rat, der würde sicher eine Untersuchung einleiten. Carolus wies er aber an, unbedingt so lange im Haus zu bleiben, bis er zurück sei.

Und überhaupt: Er solle sich nun einige Tage bei ihm »ausruhen«, er könne es auch Asyl nennen. Und erst danach könne er nach Lübeck fahren. Auch eine Schiffspassage würde er ihm heute noch besorgen, er wolle sich alsbald selbst darum kümmern. Bis dahin müsse er aber, wie er sich ausdrückte, sein Gast sein. - Carolus beschied sich und willigte ein. Als Gast wider Willen.

Als der Pfarrer nach einigen Stunden zurückkam, war er ermattet, aber zufrieden. Überall hin hätten sie Schergen ausgesandt, um die Übeltäter zu suchen. Aber er habe es nicht verhindern können, dass sie auch in eine Ansammlung von Orten rund um den erst kürzlich etablierten Ordenssitz namens Krankow mit der Aufforderung um Auskunft geschickt hätten.

Die Ritter dort unterständen freilich nicht dem Gericht der Stadt, schon gar nicht dem hohen Gericht der Stadt, sondern sie seien unabhängig...

Rein praktisch hätten sie in allen Angelegenheiten eine eigene Gerichtsbarkeit, und sie seien im Begriff, eine Art »Civitas«, ein »Reichsgebilde« zu organisieren. Ein Gebilde aber, das sich über eine Vielzahl von geographischen Territorien erstrecke. ... und sie seien sehr erfolgreich in fast allem, was sie in Verfolgung dieses Planes anpackten.

Das hiesse auch, wenn es jemand aus ihren Reihen gewesen wäre, dann könne man ihn oder sie nicht belangen. Ihr »Arm« aber würde sich umgekehrt nahezu durch das gesamte Reich erstrecken.

Und warum sie solche »Strafen« exekutieren sollten? Ganz klar: Wegen der Bernsteine. Niemand hätte weit und breit weitreichendere Beziehungen als die Ritterorden, deren Hauptsitz »im übrigen« immer noch in dem umkämpften Akkon im Morgenland, in der Levante, liege. Sie unterstünden niemandem.

Und zunehmend mehr betrachteten sie die Küsten des Mare Balticum als ihr Hoheitsgebiet. Und das sei noch lange nicht alles, doch er könne es jetzt nicht erläutern...

Carolus war fast verstört über solche Nachrichten, und ihn verlangte mehr darüber zu erfahren. Doch er hielt sich instinktiv zurück: Nicht hier, nicht in Wismar, nicht solange die Sache so am Schwelen war, und nicht jetzt. - Carolus suchte die Ruhe. Und er genoss die Ruhe, die ihm der Schutz des Pfarrers bot.

Ganz zum Ende seines Aufenthalts versicherten sich die beiden, der Wismarer Pfarrer und der Walliser Mönch Carolus, nochmals der Abmachungen in der Angelegenheit der Ratzeburger Witwe: Er, Carolus, würde ihm, dem Pfarrer, wie ausgemacht, sobald er könne, von Lübeck aus eine Botschaft senden. Diese Botschaft sei nicht schriftlich, sondern er schicke entweder einen schwarzen oder einen weißen Stein.

Und sein Freund, der slawische Mönch Nikolaus, würde in Kürze bei ihm eintreffen und diese, seine Botschaft in Empfang nehmen. Als Dank und Entlohnung für solchen Dienst bezahlte Carolus den Pfarrer dann recht reichlich aus seiner Reisekasse. Noch während ihres Gesprächs.

Und als dieser mit sichtlicher Erleichterung das Geld entgegengenommen hatte, schlich er sich am letzten Abend davon und kam erst spät in der Nacht, benebelt vom Wein und umnachtet von schweren und eher weiblichen Düften, zurück in die Pfarrwohnung. Und der dienstbare und wohl ansonsten leidlich einsame Geistliche verschlief in seinem tiefen Rausch den morgendlichen Aufbruch des Carolus, der sich schon früh am folgenden Tag in den Wismarer Hafen und dort auf ein eigens für ihn angeheuertes kleines Schiff nach Lübeck begeben hatte.

Noch am Vorabend jedoch resümierte Carolus - erstmals auf diesem Teil der Reise, die er erst vor wenigen Tagen vor den Toren von Wismar begonnen hatte - sowohl die bisherigen Geschehnisse als auch das, was sich an Erwartung in ihm aufgebaut hatte. Und wie er dies schon seit gut einem Jahr zu tun pflegte, notierte er in kleiner Schrift seine Eindrücke hin und wieder »für sich selbst«, als ein Speigel...

fecerunt... quibus nos...

annis quibus uidimus mala

et respice in seruos tuos et in opera tua

et dirige filios eorum

et sit splendor dñi dei nostri super nos

et opera manuum nostrarum dirige super nos

et opus manuum nostrarum dirige

XC

Qui habitat in adiutorio altissimi

in protectione dei caeli commorabitur

dicet dño susceptor meus es tu

et refugium meum deus meus sperabo in eum

quoniam ipse liberauit me de laqueo

uenantium et a uerbo aspero

in scapulis suis obumbrabit te

et sub pinnis eius sperabis

scuto circumdabit te ueritas eius

non timebis a timore nocturno

a sagitta uolante in die

a negotio perambulante in tenebris

ab incursu et daemonio meridiano cadent a latere tuo

locum dexteris tuis

...on ad propinquabit...

NEUE UFER

Jetzt, wo ich in Wismar - mich widerwillig einer unfreiwilligen »Schutzhaft« unterziehend - ein paar Tage Ruhe gefunden habe, bin ich - im wörtlichen wie im übertragenen Sinne - an einem neuen Ufer angekommen.

Nach dem anfänglichen Schock und der grossen Trauer, die die beiden Wasserleichen bei mir und auch bei vielen Anderen, wie ich dann noch am Rande, kurz vor meinem Aufbruch erfahren musste, ausgelöst hatten, war das vielleicht auch das Heilsamste.

Ernüchtert bin ich dennoch, obwohl an »neuen Ufern», die mich heiter stimmen sollten. Ernüchtert, denn ich spüre, dass allenthalben ein still erscheinender, aber sich bisweilen heftig und gewalttätig aufführender Konflikt in dem Reiche deutscher Zunge im Gange ist. Ein Konflikt, von dem ich mich innerlich ausreichend distanzieren muss, sonst verliere ich meinen inneren Frieden. Und ich werde es auch deshalb langsam angehen lassen. Und Ruhen. Denn meine Seele ist wund.

Ernüchtert vor allem angesichts des Mangels an hoheitlicher Kontrolle, wie ich es einmal nennen will. Der Arm des Kaisers reicht hierher nach Wismar praktisch nicht, oder eben nur sehr, sehr verzögert. Jeder hilft sich irgendwie selbst.

Und während die einen mit offensichtlich roher Gewalt versuchen, ihre Herrschaft auszubauen, stellen die anderen alles auf Besitz und Geld ab. Das Reich aber, und die es regieren, sie sind ferne.

Und alle Parteien benützen Recht und Gesetz zur Festigung ihrer Macht, und das ist in meinen Augen auch der Grund, warum in unseren Tagen so Viele an so vielen Orten nach Satzungen, nach »Constitutiones», nach »Handfesten», nach Verfassungen also und nach Urkunden rufen ...

Tief drinnen, wenn ich lange nachsinne, stelle ich mir die Frage, wer überhaupt aufgrund welcher Basis allgemein gültiges Recht schaffen darf. Wie entsteht Recht? ... Vielleicht kann ich es ein andermal klären. Doch ich werde es klären müssen, eines Tages. Mein Herz bekommt sonst keinen Frieden.

Und so werde ich meine Reise, die während des ganzen Sommer ein ständiges »Vorwärts» war, nun auch auf die Wintermonate einrichten. Bald wird es kalt, *und ich werde eine feste Bleibe brauchen und zumindest einen Ort mit beheizbarem Refektorium. Noch besser wäre - welche ein Traum - zusätzlich ein beheizbares Skriptorium, eine warme Schreibstube. Denn ich befürchte in den trüben Wintermonaten unendliche Langeweile. - Wir werden sehen.*

Es ist nun bald ein halbes Jahr vergangen, dass ich St. Maurice verlassen habe, und ich werde meinem Abt Nantelmus - den ich nun doch irgendwie vermisse - einen grossen Zwischenbericht schreiben müssen. Und dies auch wollen, denn auch ich muss wissen, dass mein Wundern und Wandern, mein Rennen und Rätseln, einen Sinn und Zweck haben. Schreibend, das habe ich schon früher bemerkt, schreibend erkenne ich mich besser.

Auf jeden Fall, so haben wir vereinbart, soll ich nach Martini, aber noch vor Weihnachten beim Bischof von Bremen vorstellig werden. Und ich vermute, dass ich dort auch Neuigkeiten aus der Heimat erhalte.

Ich werde also morgen ein Schiff zurück nach Lübeck nehmen - der Hilfe des hiesigen Pfarrers sei es gedankt! - und nach einigen Studien in der grossen Handelsstadt dann meine Reise über Hamburg nach Bremen antreten.

Und die Zeit drängt im Grunde schon wieder: Der Winter naht.

GERINGE UND GROSSE

Und noch einmal - noch während Carolus am Verfassen seiner persönlichen Notizen war - ging sein Blick, wie im herbstlichen Nebel, zurück in die Weihnachtszeit, am Ende des vergangene Jahres 1246 A.D.

Es hatte alles unmittelbar in den Weihnachtstagen begonnen: Alleine, geradezu einsam hatte er sich gefühlt, inmitten der Brüder im Konvent des Klosters St. Maurice d'Agaune an der Rhône. Und er hatte sich - als ständiger Gast in der Bibliothek - an der Biographie Karls des Großen, wie man so treffend sagt, »festgefressen«: Einhards »Vita Caroli Magni«, das »Leben Karls des Großen«, hatte ihn nicht nur tief beeindruckt. Es hatte ihn aber auch angeregt, in neuer Weise über sein eigenes Leben nachzudenken.

Der große König und Kaiser hatte ihn tief angeregt und beeindruckt. Doch er selbst war ja nur ein Geringer, ein Kleiner, ein Unbedeutender. Und eben deshalb hatte er sich auch den zweiten Ordensnamen »Paulus« gegeben, eben »der Geringe«.

Und es schien ihm ein sinnloses Verschieben in die ungewissen Tage einer unsicheren Zukunft zu sein, wenn man es »zuliesse«, dass das Nachdenken über sein eigenes Leben erst nach dessen Ende geschähe. Was hätte man denn davon?

Er wollte viel eher über sein Leben jetzt nachdenken, er wollte jetzt sehen, dass über ihn geschrieben würde, und er wollte jetzt lesen und wahrnehmen, was er von sich selbst dachte... es war damals, als könnte er seiner selbst nur sicher sein, wenn er über sich selbst schrieb.

Und so hatte er begonnen Aufzeichnungen zu machen. Aufzeichnungen, die wie »Briefe an sich selbst« waren. Briefe aber, die er aufbewahrte und gelegentlich wieder las.

Und bisweilen ging er noch einen Schritt weiter. Bisweilen schienen seine Gedanken und Aufzeichnungen so über den Tag hinauszuweisen, an dem sie geschrieben wurden, so tief an Grundsätzliches rührend, dass er sie

nur mit den »Inscriptiones«, mit den Inschriften, vergleichen konnte, die ihm in dem uralten Kloster von St. Maurice, dessen Ursprünge sichtbar bis in die Antike reichten, fast täglich begegneten. Römische Dedikationen, burgundische Zeugnisse und lateinische Grabinschriften, all das umgab ihn ständig und prägte den Ort, an dem er ausgebildet worden und zum Teil auch aufgewachsen war. Und auch im Konvent von St. Maurice sprach man häufig über die »uralten Zeiten«.

»Zeit und Zeiten«, das war der »Geist des Ortes«, der »Spiritus Loci« seiner geistigen Heimat.

Und am letzten Jahreswechsel, der in der Öffentlichkeit seines Klosters im Vergleich zu dem Weihnachtsfest nur wenig Aufsehen erregt hatte, war es eben diese »Zeit«, die ihn als Erstes bewegte, solche grundsätzlichen Gedanken aufzuschreiben. Gedanken, die er dann - eben wegen ihrer Grundsätzlichkeit auch »Inscriptiones« nannte, und die er - neben seinen tagebuchähnlichen Aufzeichnungen und neben so manchem Brief, den er das Bedürfnis hatte zu schreiben - fortan schrieb.

Und während er an dem Vorabend seines Wegganges aus dem herbstlichen Wismar noch an seinen Tagebuchaufzeichnungen schrieb und sich der alten Kunst des Selbstgesprächs ergeben hatte, nahm er sich fest vor, diesen Brauch wieder aufzugreifen. Den Brauch, den ihm die ungemeine Anstrengung seiner bisherigen Reise, vor allem aber deren ständige Flut von Ereignissen, fast entrissen hätte.

Und er nahm sich vor, dies bei der allernächsten Gelegenheit zu tun, möglichst schnell, denn in ihm war erneut - wie schon vor rund einem Jahr - eine Zeit grundsätzlicher Einsichten angebrochen. Und sie drängten ans Licht, sie wollten formuliert und geschrieben sein.

Bald, dachte er, sehr bald. Doch nicht mehr an dem heutigen Abend. Denn am frühen Morgen wollte er schon abreisen...

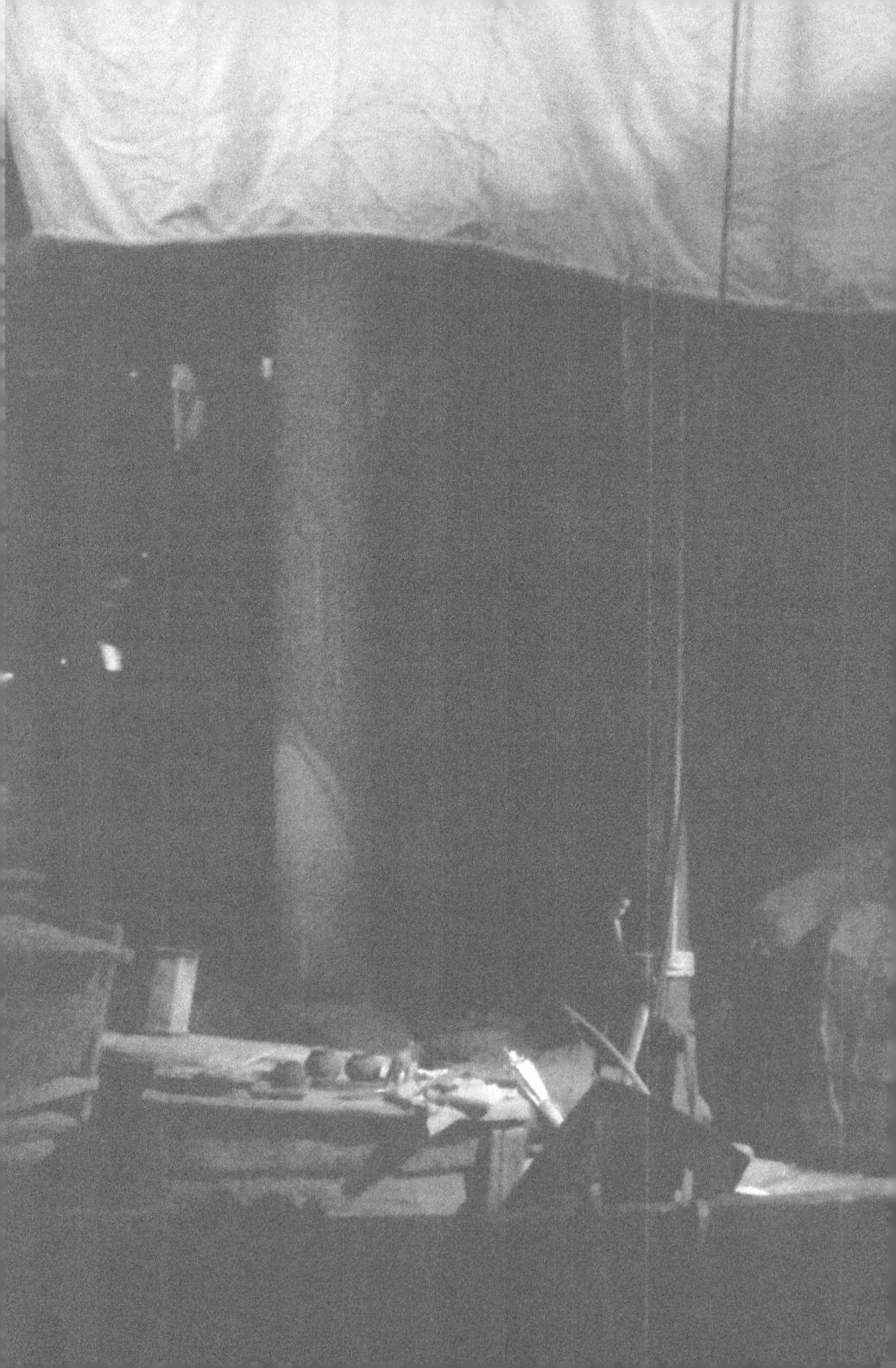

EINFAHRT

Die Tage waren kürzer geworden, und das Jahr war fortgeschritten, an diesem zweiundzwanzigsten Tag des Monats Oktober 1247. Schon bei Tagesanbruch war Carolus deshalb aufgebrochen zum Wismarer Hafen. Als er nach kurzer Zeit dort ankam - fast alles schien freilich irgendwie »Hafen« in dieser vom Wasser lebenden Stadt - war das Getümmel dort schon groß:

Die ersten kleinen Fischerboote kamen mit ihrer manchmal noch zappelnden Fracht schon zurück vom frühmorgendlichen Fang, der durch die sternklare Nacht begünstigt worden war. Andere, vor allem die großen Koggen, wurden allererst beladen. Und die während der gefährlichen Arbeit oft bellenden Rufe der Hafenarbeiter und Seeleute aus aller Herren Länder übertrafen sich an Lautstärke und heftigem Befehlston.

Und so hatte Carolus alle Mühe, das eigens für ihn bestimmte Schiff nach Lübeck überhaupt zu finden. Zudem: Wer sprach schon ein auch für ihn, den alemannisch sprechenden Walliser Mönch, leicht verständliches Deutsch?

Und hätte er nicht schon früher dieses Niederdeutsch gehört und sich mit ihm auseinandersetzen müssen - auch durch die Erlebnisse mit Gertrudis, der Äbtissin des Hohen Stifts zu Quedlinburg, und einigen anderen während seiner letzten Reise - er wäre sich wie in einem fremden Lande vorgekommen.

Doch weil er immer nur nach »Lübeck« fragte, wurde er dann doch bald fündig. Denn diesen Namen, den kannten alle.

Erstaunt war er allerdings über die »Größe« des Schiffes: Denn eigentlich war es eher ein großes Boot mit zwei kleinen Masten und jede Menge Tauen und anfangs noch gerefften Segeln. Und es hatte an beiden Seiten Ruder, die im Bedarfsfall die Segel ergänzen mussten. Immerhin waren ein knappes Dutzend Mann an Bord, und sie hatten auch eine Menge Fracht geladen, so dass sie nicht »für ihn alleine« nach Lübeck fuhren, wie der Pfarrer von Wismar ihm zunächst - auch als Grundlage seiner überreichlichen Bezahlung für diesen Dienst - suggeriert hatte. Dennoch war das Arrangement letztlich hilfreich: Seine Überfahrt war bereits bezahlt, und die Fahrt ging ohne weitere Verhandlungen alsbald los.

Zwischen den anderen Schiffen hindurch auch nur zu rudern, war selbst für das kleine Schiff schwierig, und an eigentliches Segeln war in den ersten Minuten, in denen sie den großen Hafen von Wismar verliessen, nicht zu denken. Für den nun doch etwas verängstigten Carolus war all das zudem völlig neu:

Die Spannung, die gebellten Befehle, das Setzen der Segel während des Auslaufens, der rohe Krafteinsatz der Männer an den Ruderriemen, ihr Auf-die-Planken-Spucken, ihre Flüche, wenn etwas nicht so lief.

Und bald merkte er auch, der zwei von ihnen nicht etwa aus einem tönernen Wassergefäss tranken, sondern es musste weit stärkeres Getränk in den Gefässen sein, denn sie wurden zusehends lauter, je mehr sie davon tranken. Doch den Kapitän berührte all das anscheinend nicht.

Und fast als wäre er eigens für ihre Reise gerufen worden, erhob sich bei ihrer Ausfahrt aus der Wismarer Hafenbucht in steifer Ostwind, der sie nicht nur die kommenden Stunden begleitete, sondern der auch alle Wolken vor ihnen vertrieb.

Mit dem Wind im Gesicht und einer Hand in der Magengrube, so als ob das etwas helfen würde gegen die beginnende Übelkeit, erblickte Carolus die hinter ihnen immer weiter entschwindende Insel Poel, an deren äussersten, ihm zugewandten Zipfel er den »Faulen See« hätte ausmachen können - wenn er sich denn wirklich dort ausgekannt hätte.

Und während der kleine, schlanke Zweimaster je eines seiner Vorsegel nach Backbord und eines nach Steuerbord ausspannte, blähte sich das eher kleine Hauptsegel im steifen Ostwind und schob sie gewissermaßen über die kurzen Brandungswellen des Mare Balticum.

Der Kapitän aber hatte ein Einsehen, als er das mittlerweile fahlgrüne Gesicht des Mönches erblickte, und er steuerte das Schiff - immer in Sichtweite der Küste bleibend - ein wenig vom Land weg auf das ruhigere, offene Meer.

Es herrschte gute Sicht. Und so beruhigten sich auch die mittlerweile zu einer unangenehmen Aufwühlung äusserst geneigten Eingeweide des Mönches Carolus wieder.

Und wie durch die Ferne hindurch, die Carolus dann - auf die sich immer weiter am Horizont entfernende Insel Poel blickend - in seinem inneren Auge durchdrang, sah er in einem mit der Weite untrennbar verschmelzenden Erinnerung zurück.

Und er sah, wie in der Ferne des Meeres, die nur wenige Wochen alten Geschehnisse in der Lüneburger Heide und am Mare Balticum. Und Carolus schauderte, weniger wegen des frischen Windes, sondern wegen der erschütternden Dinge, die sie - sein bisheriger Weggefährte Nikolaus und er - an all diesen Orten erlebt hatten.

Noch in fränkischen Landen, weit im Süden, am Main, hatten sie sich auf dem ersten Teil seiner Reise kennengelernt. »Tempus Invocationum - Zeit der Anrufungen«, hatte Carolus diese ersten Monate seiner Reise durch das Reich deutscher Zunge mittlerweile für sich selbst genannt.

Denn Gott, den Schöpfer und Herrn aller Dinge anzurufen, das war dem anfangs, auf seiner Reise ohne Gefährten wandernd, einsamen Carolus seit seinem Weggang aus dem Heimatkloster St. Maurice an der Rhône am 22. April dieses gegenwärtigen Jahres 1247 A.D. ein Herzensanliegen geworden.

Und ebenfalls schon früh während seiner Wanderung hatte sich auch seine Wahrnehmung verschärft. Und Carolus hatte das Schöne und das Schreckliche in diesem Reich erblickt. In dem Reich, das er sich anschickt hatte zu durchreisen. Das Herrliche und das Herabwürdigende, ja das Erniedrigende, allzumal., und selbst Schrecken und Schande wurden seine ebenso vertrauten wie gefürchteten Begleiter.

Und dann - zusammen mit seinen Gefährten Nikolaus sowie dem Ratzeburger Schmuckhändler Friedmann und dessen Sohn Hendrik mittlerweile schon weit im Norden, in der Heide, angekommen - war ihnen dann auch, nach vielen Vorahnungen des sterbenskranken Friedmann, der Tod begegnet.

Und noch mehr als schon bisher fröstelte Carolus jetzt, als er sich all dieser Szenen erinnerte. Und der Kapitän bot ihm sogar an, er könne ein wenig an Deck mitarbeiten, damit ihm wärmer wurde. Doch Carolus lehnte dankend ab.

Und waren sie - Carolus ging erneut in Gedanken zurück auf seine vergangene Reise - in manchen großen Wäldern, dem Thüringer Wald und dem Harz, sogar Bären entkommen, so war Friedmann und sein Sohn der Einkesselung der hungrigen Heidewölfe in den kälter werdenden Herbsttagen dieses Jahres schließlich doch erlegen... erst wenig Wochen war dies nun her.

Und, fast schon sterbend, hatte Friedmann ihm etwas übergeben: Es war sein Reisebündel, das er immer »Mein Schatz« genannt hatte. Und es war in der Tat auffallend schwer gewesen. Doch Friedmann hatte darauf bestanden, dass dies für seine Frau in Ratzeburg bestimmt sei, und letztlich für ihr gemeinsames Geschäft, das sie - wie sich dann später herausstellte - sowohl in Ratzeburg als auch in der nur wenig entfernt liegenden Stadt Lübeck betrieben.

Und Carolus hatte zuerst gedacht, dies sei alles nur geschehen, damit der alternde Schmuckhändler, der den Strapazen der Reise nicht mehr gewachsen war, eine Erleichterung darin erführe, dass er seinen »Schatz« nun in sicheren Händen wisse.

Doch nach Friedmanns tödlicher Verwundung und dem gleichzeitigen Heldentod seines Sohnes - zu beidem hat sich Carolus in seinen Aufzeichnungen zu diesem ersten Teil der Reise ausführlich Notizen gemacht - nach diesem schrecklichen Ereignis hatten sich Nikolaus und Carolus zu des Reisegefährten Heimat aufgemacht, nach Wustrow, der Heiligen Insel der dort wohnenden Slawen, eben hier von Wismar aus, sich immer an der Küste des Mare Balticum haltend und in langen Tagesreisen...

Jäh wurde Carolus aus seinen Erinnerungswelten gerissen: Die beiden Seeleute, die schon seit der Ausfahrt aus dem Wismarer Hafen irgendetwas Selbstgebrautes im Unverstand zu sich genommen hatten, waren in Streit geraten.

Und in der Enge des kleinen Schiffes waren in wenigen Augenblicken alle an Bord in die wüste Schlägerei mit einbezogen. Auch Carolus wurde geschubst und geschlagen, obwohl das sicher keiner gewollt hatte. Und für lange, bange Minuten flatterten die Segel ohne Kontrolle im steifen Ostwind.

Dann überschlugen sich die Ereignisse.

Die kurz zuvor noch verbrüderten, nun aber völlig besoffenen Streithähne gingen nun - alle bisherige »Freundschaft« vergessend - heftig aufeinander los. Und während der Kapitän sie noch mit fast überschnappender Stimme anbrüllte, sie sollten voneinander ablassen, zog einer der beiden völlig unvermittelt ein Messer aus seinem Gürtel und stach auf den anderen ein.

Während nun aber der Getroffene gurgelnd zusammenbrach und sein Blut in Strömen über das Deck ran, sprang der Kapitän ohne Zögern mit einem panthergleichen Satz zu seiner Bank, unter der er seine Sachen für die Reise aufbewahrte, riss ein Schwert aus einem Bündel, das vorher keiner bemerkt hatte und rammte dem mörderischen Angreifer die Langwaffe derart heftig in den Bauch, dass die bluttriefende Spitze dessen Leib durchbrach und an seinem Rücken in halber Länge wieder austrat.

Mit einem wütenden Schrei zog der offensichtlich äusserst wehrhafte Kapitän die tödliche Waffe aus dem röchelnd-ersterbenden Leib des Betrunkenen und blieb für einen Moment auf dem schwankenden Boot stehen, so als müsse er das Getane selbst erst einmal einordnen.

Dann befahl er kurz und knapp, den Angreifer einfach über Bord zu werfen. Er habe kein Begräbnis verdient. Den anderen wolle man in Lübeck beerdigen, oder ihn dann später förmlich auf See bestatten.

Kalter Schweiß stand auf Carolus' Stirn, als er als einer der ersten bemerkte, dass nun auch noch der Wind abgeflaut war. Das Boot hatte sich leicht aus der Fahrtrichtung gedreht und war zum Stehen gekommen.

»Kannst Du anpacken?«, fragte ihn kurz angebunden der Kapitän in recht verständlicher und nicht unbedingt seemännischer Sprache. Carolus bat um einen großen Schluck Wasser und willigte ein. Sein großes und schweres Bündel verstaute er zuvor noch neben dem des Kapitäns unter dessen achtern gelegener Bank.

Was er denn genau tun solle, erkundigte ich Carolus, der noch kaum seine Fassung wiedergewonnen hatte. Rudern, ob er das könne? Als Carolus verneinte, konterte der Kapitän, wenn sie in Lübeck angekommen seien, dann könne er es.

Carolus nahm den ersten von zwei Ruderplätzen ein, die es auf jeder Seite des Schiffes hatte. Lange dauerte es, bis er mit den geübten Seeleuten einen Gleichklang fand. Und nach dem Schock der Auseinandersetzung und dem extremen Durchgreifen des Kapitäns war es totenstill an Bord. Es fiel kein Wort. Aber alle ruderten konzentriert.

Irgendwann brummte der Kapitän, dass Carolus seine Sache gut mache. Und der Mönch erntete ebenso erheblichen Respekt von den andern an Bord, auch weil es sich zeigte, dass er »sehr ordentlich pullen«, also die Ruder ziehen konnte.

Doch nach einer guten Stunde löste der Kapitän ihn ab. Carolus war ermattet, und seine Hände waren so rot angelaufen, dass zu befürchten stand, dass sie bei weiterer Belastung blutend aufbrechen würden. Ein anderer, der sich bislang ausgeruht hatte, nahm Carolus' Stelle ein.

Das Meer war ruhig und glatt wie ein Spiegel. Carolus stand achtern und sah noch einmal zurück, doch es gelang ihm kein zweites Mal, so tief in die Erinnerungen einzutauchen.

Er hatte jedoch an der Küstenlinie ausgemacht, dass sie wohl in nicht allzu ferner Zukunft in die Lübecker Bucht und damit in die Trave einlaufen würden. Und auch der »Landratte« Carolus war klar, dass sie bei fortgesetzter Windstille entgegen der Flussströmung in die Stadt hinein rudern müssten. Da er die Strecke ja schon einmal mit dem Schiff zurückgelegt hatte, schätzte er die Entfernung, die sie zu rudern hatten auf gut vier Meilen.

Aber statt Carolus nun hätte in seine Erinnerungen eintauchen können, trat der Kapitän zu ihm und sah den jungen Mann lange an. Ihm war klar, dass Carolus das alles verabscheute:

Den Meuchelmord - auch im Suff, das war keine Entschuldigung - des einen ebenso wie die sofortige Bestrafung durch den Kapitän.

Er habe keine Wahl gehabt, ergriff der Kapitän die Initiative. Wenn er so etwas durchgehen ließe, dann mache er sich selbst strafbar. Auf See, eröffnete er dem überraschten Carolus, sei er das Gesetz. Und wenn er offensichtlichen Mord nicht so ahnde, wie das an Land geschehen würde, »wenn einer den andern auf dem Marktplatz kaltmacht«, dann verlöre er nicht nur sein Kapitänsstatus, sondern sie würden auch ihm den Prozess machen.

Und das alles gelte auch dann, wenn sie - wie heute - einfach vor der Küste »herumschipperten«, wie er sich ausdrückte. Und wie Carolus auch, hatte der Kapitän die gesamte Zeit ihrer Unterhaltung zurück nach Osten geschaut... Beim Rudern geht alles ja doch sehr langsam, und so schien keine besondere Aufmerksamkeit geboten.

Doch als die beiden Männer sich wieder umwandten, nach Westen, wo sie - zurecht - die Lübecker Bucht mit der Travemündung vermuteten, erstarrten sie beide, sogar der erfahrene Kapitän: Nicht weit vor ihnen sahen sie nichts als eine weiße, himmelhohe Wand. Undurchdringlich, fast wie das Eis eines Gletschers.

Es war aber kein Eis: Es war Nebel.

Freilich nicht einfach eine einzelne Nebelbank, sondern eine gesamte Front: Vor ihnen war alles Nebel,

Und selbst dem völlig unerfahrenen Carolus war klar, dass die Gefahr einer Havarie bestand: Nicht nur konnten sie so nahe am Ufer überall auf Sand laufen, sondern auch andere herumirrende Schiffe konnten einen Zusammenstoß verursachen. Barsch befahl ihm der Kapitän, sich auf den Boden zu setzen und an der Bordwand festzuhalten.

Die Männer wurden kurz angewiesen, nur noch mit halber Kraft zu rudern. Jedoch sollten sie Kurs halten. Der Kapitän griff seinerseits erneut unter seine Bank und zog eine Art Posaune hervor, in der er in kurzen Abständen hineinstieß. Freilich dämpfte der dichte Nebel alles, und Carolus konnte ein Grinsen nicht verkneifen, als er hörte wie hilflos das Getute und Geblase in dem watteartigen Nebel klang.

Doch offensichtlich hatten sie die Trave mittlerweile erreicht, denn - unsichtbar aber unüberhörbar - machten sich um sie herum in gar nicht großer Entfernung noch andere Schiffe auf die selbe Weise bemerkbar: Einige schienen, den Veränderungen der Geräusche nach zu urteilen, ebenso wie sie den Fluss hinaufzufahren. Andere wiederum versuchten, ihn heil herunterzukommen, also die Trave in Richtung offenes Meer zu verlassen.

Carolus wurde angst und bange. Halblaut stieß er einen Hilferuf zum Himmel aus, ob Gott ihn denn ganz vergessen hätte. Und

»Reminiscere Domine miserationum tuarum...

... erinnere Dich, Herr, an Dein Erbarmen...«

fiel es ihm wieder ein. Und zumindest dem Kapitän schien die ganze Sache zu brenzlig zu werden, denn - immer unter der Annahme, dass sie sich auf einem halbwegs mittigen Kurs auf der herausfließenden Trave befanden - befahl er den Seeleuten an das linke Ufer zu fahren. Er selbst stakte mit einem sehr langen Holz in das Wasser und sehr schnell hatte er Grund erspürt und gab nun im Sekundentakt Kommandos.

Sehr behutsam liefen sie auf Sand und der Kapitän warf mehrere kleine Anker. Das Boot kam mit zwei kleinen Rucken zum Stillstand.

Sie würden hier warten, bis der Nebel sich gelichtet hätte... und sei es bis morgen früh, beschied der sichtlich ermüdete Kapitän. Die meisten der Männer liessen es dabei bewenden, und einige schliefen auf der Stelle, ermattet neben ihren Ruderbänken ein. Es konnte Stunden dauern.

Carolus sprang von Bord und ging einige Schritte an Land. Wohltuend, so wohltuend war es, wieder festen Boden unter den Füssen zu haben!

Doch dann traut er seinen Augen nicht: Sie waren genau an der Stelle zum Halten gekommen, an der er vor wenigen Wochen mit seinem Reisegefährten Nikolaus an Land gegangen war, um die Angelegenheit mit Friedmanns »Schatz« zu besprechen. Es war unfassbar!

Und nun brauchte er seiner Erinnerung nicht nachzuhelfen, nun stand ihm alles wieder lebhaft vor Augen: Das Auspacken des bis dahin ungeöffneten Bündels das alten Friedmann, der erfolglose Entzifferungs-

Versuch der orientalischen Zeichen, das Entdecken der schweren und seltsamen Steine in der hölzernen Schatulle.

Und die völlig unglaubliche Entdeckung, dass es sich bei den rohen und ungeschliffenen Steinen um einen tatsächlichen »Schatz« handelte. Sie waren vermutlich derart wertvoll, dass die beiden Gefährten Carolus und Nikolaus sofort ihre gesamte Strategie änderten und einen völlig neuen Plan ausheckten.

Und genau diesen Plan war Carolus nun dabei, in die Tat umzusetzen. Deswegen wollte er nach Lübeck. Und er kannte auch die Franziskaner, bei denen er schon einmal Herberge gefunden hatte: Nach der abendlichen Vesper wollten die meisten von ihnen den Tag beschließen. Ein überraschender Besucher war da eigentlich nicht mehr willkommen. Und Carolus wurde wegen dieser Dringlichkeiten unruhig.

Und als er wegen seiner Eile bei dem ebenfalls am Ufer der Trave im lähmenden Nebel eingeschlafenen Kapitän vorstellig wurde, herrschte der ihn an, das alles sei ihm egal, er würde das sichere Ufer bei Nebel nicht verlassen. Und da er doch vermutlich einen derart guten Draht nach oben - der nun müde und mürrische Kapitän zeigte mit dem rechten Arm gen Himmel - hätte, könne er ja für Wind beten. Aber so lange solle er ihn schlafen lassen.

Seinerseits ermattet entfernte sich Carolus von dem Schiff, auf dem ja noch sein Bündel lag, und dem Kapitän, dem im Moment alles egal schien, und - tatsächlich - er betete: Irgendwie sei er, Carolus, doch auch in seiner, in Gottes, Mission unterwegs. Er wolle schließlich vor allem der Witwe Friedmanns helfen. Ob er selbst ein paar Tage früher oder später in seinem Winterquartier ankäme, das sei ja auch egal. ... Und Carolus machte dem Allmächtigen allen Ernstes Vorhaltungen. Und Wind solle er schicken, und klares Wetter, damit sie ihre Reise fortsetzen könnten.

Und dann schlief auch er, der vor allem seelisch ermattete Carolus, ein, oben auf den Uferbänken der Trave nur einen Steinwurf von der Stelle entfernt, an der er vor wenigen Wochen noch mit dem Mitbruder Nikolaus über Friedmanns Schatz verhandelt hatte.

Als ihn die ersten Regentropfen an der Nase trafen, war es schon fast zu spät. Der Kapitän, nur ein paar Schritte unterhalb von Carolus' Ruheplatz, hatte bereits die Anker lichten und Segele setzen lassen. Und nur durch einen ungemein mutigen und äußerst sprunggewaltigen Satz gelangte Carolus gerade noch auf das bereits losfahrende Schiff.

Der Wind war umgeschlagen, und zwar auf Westen. Und Carolus, der zwei und zwei zusammenzählen konnte, wie man so schön sagt, fiel - nach all den Schrecken, dieser Tag schon angehäuft hatte - fast in die nächste Ohnmacht: Er war der festen Überzeugung, sie würden nun vom Westwind wieder hinausgetrieben werden auf das offene Meer.

Aber dem war nicht so. Und Carolus begriff zunächst gar nicht, was da genau auf dem Schiff passierte. Nur der ständige Zick-zack-Kurs den das Schiff auf der zudem noch schmalen Trave nahm fiel ihm auf... und es fuhr - zu seiner äußersten Sprachlosigkeit - tatsächlich auf die Stadt Lübeck zu.

Vorbei an vor Anker liegenden Koggen, vorbei an kleinen Häfen mit Fischerbooten und hölzernen Landungsstegen, vorbei an winzigen Dörfern mit noch viel winzigeren kleinen Kapellen. Und als der erste Lübecker Hafen in Sichtweite war, ließ der Kapitän wieder auf Ruderbetrieb umstellen, und er begab sich nach Achtern um ein paar Worte mit Carolus zu wechseln.

An der Nasenspitze würde er ihm seine Verwunderung ansehen, eröffnete er ihm. Sie hätten viel Zeit gewonnen durch den »Am-Wind-Kurs« und das zugegebener Weise etwas hektische Kreuzen. Und als Carolus immer noch nicht verstand, kniff der Kapitän und meinte scherzend, er könne ihm das ja bei ihrer nächsten Fahrt erklären... Und so viel er mitbekommen habe, wolle der »Herr Mönch« doch nun alsbald zu seinesgleichen und er sei sehr in Eile.

In der Tat. Carolus bedankte sich, nahm sein Bündel an sich, das unter der Bank immer noch trocken geblieben war und lief in leichtem Trab Richtung Franziskanerkloster. Und kaum hatte er das Kloster durch die winzige Pforte betreten und sich einen Platz zum Schlafen in dem geräumigen Dormitorium, dem Schlafsaal, zuweisen lassen, ertönte auch schon das blechern klingende Glöckchen zur Abendstunde. Und die Vesper begann.

Und bevor sich Carolus am kommenden Morgen an sein so ungemein wichtiges Tagewerk machen sollte, verfasste er nicht nur erneut einen rückblickenden Bericht, aus eigener Feder. Sondern er nahm sich auch die Zeit für eine schon lange in ihm schwelende »Inscriptio«, eine grundsätzliche und tiefgehende Betrachtung.

Er musste wissen, wo er selbst stand.

Recht und Freiheit

Ich bin bei den Franziskanern in Lübeck untergekommen. Und das ist mir sehr recht. Als ich mich als Carolus Paulus aus dem Kloster von St. Maurice d'Agaune an der Rhône vorgestellt und das Empfehlungsschreiben meines Abtes Nantelmus vorgewiesen habe, öffnete man mir nicht nur das Haus, sondern sagte mir jede Form von Unterstützung zu.

Überall gibt es hier in Lübeck Streit und offene Fehde, und ich habe auch auf meiner Herfahrt solch schreckliche Dinge erlebt, dass mich immer noch schaudert, wenn ich nur daran denke.

Und doch will die Stadt Freiheit verbreiten und das Recht hochhalten. Dabei scheint es sehr umkämpft, das Recht, die Freiheit und gar besonders das eigenständische städtische Leben, hier in Lübeck und an anderen Orten.

Geht es denn nur um Macht in diesem Erdenleben? Ist es immer nur Gewalt und Gegenwalt, denen wir in diesem tränenreichen Tal begegnen?

Das St. Johanniskloster hier in Lübeck wurde - wegen Sittenlosigkeit, wie man sagt - vor kurzem gewissermaßen gespalten:

Die von Teilen des Rates unterstützten Mönche hatten in den vergangenen Jahrzehnten erhebliche Aufbauarbeiten geleistet und waren nun vor zwei Jahren fast mit Gewalt weit aufs Land versetzt worden. Während jedoch andererseits die vor kurzem neu hinzugekommenen Nonnen sich jetzt in allem breitmachen dürfen.

Nicht allen gefällt das, und es gibt noch ein heftiges Hin und Her und sogar einige Prozesse. Man munkelt, der Papst müsse hier Recht sprechen. Doch er dürfe das gar nicht, meinen einige Lübecker Ratsherren und wehren sich dagegen und prozessieren.

Die Lübecker Bürger haben aber noch an anderer Stelle eingegriffen: Die noch vor wenigen Jahrzehnten vorhandene Adelsburg an der Trave haben sie zu einem Kloster umgebaut und den Dominikanern übergeben. Dort herrscht aber ein so reger Betrieb, dass mir das zu viel ist.

Den Franziskanern - ein wesentliche ruhigeres Völkchen - habe ich schon in der kurzen Zeit viel von Wismar erzählt, und sie waren äußerst interessiert.

Auch dächten sie eben genau daran: In Wismar sehr bald ein Kloster mit einer Schule zu gründen, und sie könnten schon in wenigen Jahren beginnen.

Mich selbst aber quälen noch die Erinnerungen: Ich kann die Slawen nicht vergessen, die Juden schon gar nicht, von denen ich nicht nur viele, sondern auch hochbedeutende während des ersten Teiles meiner Reise kennengelernt habe. Aber ich habe in Lübeck noch keine gefunden.

Und mich widern die Verbrechen an, die - vordergründig - zur Bewahrung von Macht und Ordnung begangen werden. In der Tiefe sehe ich aber meist nur Habsucht und Bosheit.

Wie soll ich mit der Last der Erinnerungen, der Sehnsucht nach Frieden und Freude unter Freunden umgehen?

»Ubi sunt gaudia mea«, wo sind meine Freuden?, so kommt es mir in den Sinn.

Ich will die zusätzliche und mir eigentlich zutiefst unziemlich erscheinende Sehnsucht nach - ich muss es vor mir selbst gestehen - einem Weib und einem Zuhause gar nicht erst aufkommen lassen. Aber sie versuchen immer wieder, sich mir aufzudrängen. Und solche Wünsche verfolgen mich nun schon seit einiger Zeit des nachts...

... und oft bin ich froh, dass diese Nächte bei den strengen Franziskanern nur so kurz sind. Dafür sind meine Tage hier mühsam.

Über das Recht der Stadt Lübeck und den höchst intensiven und etwas eigenartigen Handelsbetrieb will ich die nächsten Tage mehr erfahren. Und ich hoffe, es gelingt mir.

Auch muss ich mich noch vor dem erneuten Zusammentreffen mit Friedmanns Witwe erneut eingehend beim Rat nach der Rechtslage erkundigen, vor allem, inwieweit sie Gedanken des kanonischen Rechts in Handelsgeschäften anerkennen würden.

Doch ich will ja auch weiter, muss ich weiter: Über Hamburg nach Bremen, wo mich Instruktionen erwarten.

INSCRIPTIO PRIMA

K aum dass ich angekommen bin, fühle ich, dass es schon längst wieder Zeit ist für eine »Inscriptio«. Zu lange habe ich diese fundamentalen Äußerungen meiner Seele auf der ersten, schon hinter mir liegenden Etappe meiner Reise, die mich bis nach Wismar und Wustrow geführt hat, hintangestellt. Zu lange habe ich mich selbst vernachlässigt.

Doch was ist aus mir geworden, wer bin ich geworden und wodurch bin ich es geworden, auf dieser ersten Reise und in den vergangenen Tagen?

Zuerst stelle ich fest, dass ich mich viel schneller verändere, als selbst mein geistlicher Vater und Abt Nantelmus in St. Maurice - in seinen größten Befürchtungen - das vor meiner Reise je gedacht hätte. Und auch wenn dies dramatisch klingt, es ist wahr.

Es liegt eben an dem Reisen selbst. An den Veränderungen. An den Tiefen und Höhen. Und es liegt an der Intensität des Lebens, das ich selbst bin und das mir im fortwährenden Reisen tagtäglich begegnet.

Nichts ist stabil. Alles schwankt, alles tobt, alles pulsiert, alles schwindet. Und Neues kommt. Ständig, unaufhaltsam, ja gewaltig. Es brandet an wie die Wogen des Meeres, und noch habe ich ja erst das Mare Balticum gesehen. Das nördliche Meer und viele andere, so sagen die mir, die es wissen müssen, diese Meere sind viel gewaltiger und unbarmherziger.

Stabil ist einzig die Beziehung zu meinem Gott.

Stabil, weil er dieses Verbunden-Sein »in seiner Hand hält«. »Und niemand kann sie aus meiner Hand reißen«

Und doch ist es ein Gerissen-Sein, das ich erlebe. Ein Hin-und-Her-Gerissen-Sein wenigstens. Und doch ist es kein Weggerissen-Werden.

Und mögen auch die Wogen des Lebensmeeres mich ständig hin und her werfen, so finde ich mich doch - auch nach dem größten Geschleudert-Sein und nach dem heftigsten Aufprall in der brutalen Wirklichkeit, wie jüngst in Wismar - alsbald wieder »im Verborgenen des Höchsten«, wie der Psalm sagt. In Gottes Hand.

So weiß ich auf dieser Reise, die ich ersehnte und die ich nun in Teilen auch erleide, dass mir dies eine bleibt:

Es gibt ein Zuhause, doch es scheint im Himmel zu sein. Oft nur wie eine ferne Erinnerung nehme ich es überhaupt wahr..

Doch wenn ich den Allmächtigen anrufe, dann »hört er mich von seinem heiligen Thron«.

Und dann, dort, bin ich - oder fühle ich mich - zuhause. »Ohne Dich, wo kämen Kraft und Mut mir her...«?

DER HANDEL

Die Stadttore von Lübeck waren noch geschlossen, und soeben erst hatte die letzte Nachtwache mit der Übergabe des Dienstes an die bei Tag zuständigen Bewaffneten übergeben. Noch nieselte der Regen, der die am Vortag in der Trave-Mündung gestrandeten Schifffahrer aus den gigantischen Nebelbänken befreit hatte, sanft auf die glitschigen Steine an den Toren. Und noch immer waren die Fackeln der Wächter heller als die bloße Ahnung von Morgen, die sich da im Südosten bleich schimmernd erhob.

Carolus jedoch war schon längst auf den Beinen: Er war noch am Beginn der letzten Nachtwache aufgestanden und hatte an der Laudes der Franziskaner teilgenommen. Für ein morgendliches Essen hatte er keine Zeit, und nur einen Ranken Brot und ein wenig fettigen Speck griff er sich von einem der erst zur Hälfte gedeckten Tische im Refektorium. Später würde er etwas trinken.

Carolus verabschiedete sich an der Pforte der Franziskaner, er würde erst später am Abend wiederkommen. Jetzt war es auch schon ein wenig heller geworden, und er fand seinen Weg zu dem anscheinen »ewig halbfertigen« Rathaus von Lübeck. Er erkundigte sich nach dem Scriptorium des Rats, doch als ihn niemand verstand, übersetzte er eine wenig wild mit »Schreiberei«. Und feixend wiesen ihn ein paar Anwesende weiter, Schreiberei, das hätten sie alle viel zu viel...

Der Kanzleivorstand, der auch an diesem Morgen der erste in seiner Stube war, der gab ihm bereitwillig Auskunft. Und ihm gegenüber wies sich Carolus auch mit der Urkunde aus, die der dann scheidende Lübecker Bischof ihm erst vor wenigen Wochen, kurz nach dem Tod des Friedmann ausgestellt hatte. Das allgemeine Empfehlungsschreiben von Nantelmus, dem Abt aus St. Maurice, das überflog der Kanzleivorsteher nur noch. Für ihn war klar, dass er dem Fremden geeignete Auskunft geben müsse.

Umso mehr als Carolus sehr kundige Fragen stellte, und als er dann zusicherte, er habe für seinen Abt auch schon in dessen Kanzlei Urkunden verfasst, und dies glaubhaft durch einige Beispiele untermauerte, war das Eis gebrochen. Geradezu wie einen Kollegen behandelte ihn der Amtsvorsteher ab diesem Zeitpunkt.

So war es für Carolus auch ein leichtes zu erfahren, dass - auch mangels ausgearbeiteter Lübecker Vorstellungen - ersatzweise und bis alles geklärt sei, eine Gesellschaft nach römischem Recht in Lübeck gegründet werden könne. Freilich würden dennoch alle zukünftigen Entscheidungen dieser Gesellschaft unter lübisches Recht fallen, lediglich Eigentum und das Verhältnis der Gesellschafter untereinander unterlägen dem römischen Recht.

Und man verlangte, dass eine Urkunde über die Gründung durch Rechtskundige aufgesetzt und diese hier bei ihm, in der Kanzlei des Rates von Lübeck hinterlegt werde.

Ach überhaupt - und schnell war der Kanzleivorsteher wieder bei seiner allgemeinen Klage über »die Verhältnisse« - die Stadt Lübeck hätte ja schon vor einiger Zeit an die Universität Ravenna geschickt, damit von dort Rechtsgelehrte kämen, die geeignete Formulierungen für eine Ergänzung des lübischen Rechts in Handelsfragen finden würden. Aber noch wären keine endgültigen Zusagen aus Ravenna gekommen.

Eines Tages, vor allem, wenn die Unterstützung des Rats aus Ravenna - und »besser Ravenna als Bologna« - schlussendlich nicht käme, so müssten die Lübecker nolens volens den selben Weg wählen wie die Hamburger schon jetzt: Es könne zwar noch Jahre dauern, aber dort, in Hamburg, sei man an die Entwicklung eines speziellen Hamburger Rechts gegangen. Und irgendwann sei das Werk dann beendet, mit der großen Besonderheit, dass sie es in Hamburg auf Deutsch schreiben! ... Ganz begeistert war der Amtsvorsteher im Lübecker Rathaus deswegen.

Carolus ergriff also die Gelegenheit beim Schopfe: Er würde in Kürze - in Umsetzung eines Vermächtnisses des Friedmann - zusammen mit dessen Witwe eine solche Gesellschaft gründen, eine Urkunde darüber verfassen, Rechten und Pflichten der Gesellschafter klären und auch die Höhe der Einlagen bestimmen. Und der Kanzleivorsteher war hoch zufrieden.

D ie erste Stunde des Arbeitstages war nun schon vergangen und Carolus fühlte sich innerlich gedrängt, eilends mit der Witwe alles in dieser Form zu beschließen.

Das Geschäft Friedmanns in Lübeck, wo er die Witwe nach deren Umzug von Ratzeburg in die große Handelsstadt an der Trave nun vermutete, das hatte Friedmann schnell gefunden. Und im Erdgeschoss, das leicht erhöht über zwei Steinstufen von der Straße aus erreichbar war, fand er auch zwei Gesellen, die eifrig bei der Arbeit waren:

Der eine glühte in einer kleinen Esse, die durch einem mit den Füssen betriebenen Blasbalg angefacht wurde, kleinere Metallstücke aus, die er dann mit einem feinen Hämmerchen und großer Sorgfalt in die für ein gewichtiges Schmuckstück gewünschte Form brachte.

Der andere trieb ebenfalls mit den Füssen kleine Pedale an, die einen kaum mehr als handtellergroßen Schleifstein in wuchtige Umdrehungen versetzten. Vorsichtig schliff er im ersten Licht des Tages etwas für ungeübte Augen schwer Erkennbares, das aber sicher einmal ein schönes Schmuckstück werden würde.

In der hinter ihrem heißen und stickigen Arbeitsraum liegenden Küche versorgten die beiden Handwerker sich: Carolus sah für wenige Augenblicke ein nur noch glimmendes Herdfeuer und neben dem Herd eine Auslassrinne für verschmutztes Wasser, die vermutlich in den Hinterhof und von dort in irgendeinen der tausend Lübecker Kanäle führte. »Eine reinliche und klug erbaute Stadt«, dachte der junge Mönch bei sich.

Doch aus dem mit dem Erdgeschoss nur durch eine steile, schmale Treppe verbundenen Obergeschoss hörte er eine harsche Männerstimme, deren ungezügelte Lautstärke und offene Brutalität nur von einem zornigen Betrunkenen stammen konnte. In offensichtlichem Streit widersprachen ihm zwei Frauenstimmen, eine jüngere, eher klagend, und eine hörbar betagtere, die dem Besoffenen aber mit eiserner Härte widerstand.

Dann knallte etwas Schweres, vermutlich gegen einen Truhe oder einen Tisch, denn es tönte von oben herab wie kreischend verschobenes Holz. Und Carolus schoss geradezu die Treppe hoch. Was er dann nur Augenblicke später sah, bedurfte kaum noch weiterer Erklärungen:

Mit blutender Nase und aufgerissenen Lippen versuchte soeben die junge Frau, die er von unten gehört hatte, und in der er zu Recht die Tochter Friedmanns vermutete, da sie ihrem verstorbenen Bruder Hendrik sehr ähnelte, sich vom Boden vor der Truhe zu erheben, auf die sie der tobende, hünenhaft große Mann vor ihr geworfen haben musste. Und zitternd in der Ecke stand Friedmanns Witwe, die Lehne einen hölzernen Stuhl umklammernd, wie zum Schutz, und sie brüllte ständig mit vor Gram verhärteter Stimme, der »Wahnsinnige« solle verschwinden.

Wie von einer göttlichen Eingebung ergriffen tat Carolus instinktiv das Richtige, etwas das keiner der Anwesenden erwartet hätte: Er herrschte die beiden Frauen - selbst denn Herrischen vortäuschend - an, sofort in der Küche unten zu verschwinden, er würde sich hier mit diesem »Ehrenmann« unterhalten. Und wie erwartet, erntete er die wütende Zustimmung des Rasenden, die »Weiber« sollten endlich dahin verschwinden, »wohin so schon immer gehört« hätten, er - damit meinte der Rasende sich selbst - sei hier der Herr im Hause.

Carolus hieß den Betrunkenen, sich zu setzen, und statt ihn anzusprechen, schenkte er ihm nun einen weiteren Becher ein. Und, er - Carolus, der Weitgereiste, wie er sich nun geistesgegenwärtig nannte - wolle mit ihm nun einen Handel perfekt machen. Denn zurecht hatte er geschlossen, dass es sich bei dem Trunkenbold nur um den Verwalter Friedmanns handeln konnte. Und mit dem Versprechen auf Gewinn statt Gewalt konnte er den Mann ködern.

Und erst jetzt kalkulierte Carolus kühl, das er ebenso gross wäre wie der nur im Vergleich mit den zierlichen Frauen so hünenhaft wirkende Kerl. Und er wäre nicht der Bauernsohn gewesen, der er war, wenn er nicht augenblicklich gewusst hätte, dass der vor ihm dumpf brütend auf weitere »Offenbarungen« aus seinem Mund wartende in etwa das Gewicht eines mehrwöchigen Kalbes hatte: Nicht gerade wenig, aber auch ganz sicher nicht so viel, dass Carolus ihn nicht hätte wegtragen können. Vor diesem Verwalter musste er wohl keine Angst haben.

Schnell griff nun Carolus in sein Reisegepäck: Er wickelte einige der Rheinsteine aus, von denen er ahnte, dass sie wertvoll sein könnten und zeigte sie dem mittlerweile eher schläfrig als wütend wirkenden Säufer.

Der riss die Augen auf, und »die wolle er wohl haben«, lallte er und was er denn dafür tun müsse. Nun, kontere Carolus raffiniert, er wolle sie ihm wohl gerne übereignen, aber er habe eine Bedingung. »Sag mir was Du wills... «, lallte nun der Gierige, und setze noch einiges Unverständliche hinterher.

Er wolle mit ihm ein Geschäft machen, eröffnete ihm nun Carolus, und wenn es gut liefe, könne er die Steine haben.

»Wohlan, sag schon…«,

rief nun der gierige Hüne vor ihm,

»...was ist Deine Bedingung? Frei heraus...!«

Nun, meine Carolus nachdenklich, das Geschäft müsse öffentlich abgeschlossen werden, sonst sie es ja nicht gültig, das wisse er sicherlich. Aufgrund des ratlosen Blicks des völlig Betrunkenen fuhr der geistesgegenwärtige Mönch fort, öffentlich, das hieße, vor Zeugen, oder gar vor dem Rat.

»Bloß nicht vor dem Rat…«

quieckte der Verwalter nun geradezu jämmerlich, da er sich selbst jetzt noch bewusst war, dass sie ihm dann sofort sein Amt entziehen würden.

Gut, konterte Carolus, dann öffentlich, draußen auf der Straße. Und

»Wir holen uns einfach ein paar Zeugen! Einverstanden?«

Der sturzbesoffene Verwalter, er hatte mittlerweile zwei weitere Becher schweren Weines getrunken, willigte ein. Dann soll er sich aber beeilen, dass er auf die Straße käme, fuhr Carolus ihn nun sehr bestimmt an, sonst würde er sein Angebot zurückziehen.

Unter großen Mühen quälte sich der schon fast Gehunfähige nun rückwärts und auf allen Vieren die steile Treppe hinunter. Sie gingen nun ins Freie, sie würden etwas klären, erklärte nun Carolus an Anund auch den Abwesenden - die Frauen hatten unterdessen angstvoll in der Küche gekauert, die Mutter mit einem Schürhaken als eventuelle Waffe in der Hand - die Situation.

Als der nun fast handlungsunfähige Verwalter taumelnd auf der Straße angelangt war, hatte Carolus ihn da, wo er ihn hinhaben wollte: Weiter weg von dem Haus, in dem Friedmanns Geschäft war. Und noch ein ganzes Stück zerrte ihn weiter.

Dann, auf einem kleinen Platz angekommen, fuhr Carolus den völlig Betrunkenen an, nun würde sie das »Geschäft perfekt machen«. Und tatsächlich raffte sich der Betrunkene nochmals auf, und laut rief er, er wolle nur die Steine, einfach glitzernde, schöne Steine, und sehr viel davon. Und alle Umstehenden hörten es.

Nun aber drehte Carolus den Spieß herum, und laut rief er in die Menge:

»Ich bin Carolus Paulus, ein ehrenwerter Mönch aus dem fernen Kloster St. Maurice an der Rhone. Und kurz vor seinem Tod hat der Inhaber dieses Geschäfts« - er deutet hinter sich - »Friedmann aus Ratzeburg, mich zu seinem Testamentsverwalter gemacht, und der Bischof von Lübeck hat es bestätigt, und der Rat der Stadt hat mein damit verbundenes Amt anerkannt.

Und ich bin soeben Zeuge geworden, dass dieser hier, der bisherige Verwalter, der Witwe des Friedmann und seiner unverheirateten Tochter Gewalt antun wollte, und es auch schon hat. Wie weit er dabei gegangen ist, das weiss ich nicht, aber geschlagen hat er sie beide. Und vielleicht wäre noch mehr geschehen, wenn ich nicht dazwischen gegangen wäre.

Ihr aber, die Anwesenden, ihr seid nun meine Zeugen, dass ich diesem Mann hier - wie dem offenbar Trunkenen schon zuvor angeboten - ein Geschäft vorschlage. Und das ist das Geschäft: Er bekommt von mir eine ganzes Säckchen wertvolle Edelsteine, die ich selbst aus den fernen Quellen des Stromes Rhein, gewonnen habe, wenn, ja wenn…«

Carolus zögerte zum Schein und fuhr dann fort…

»…wenn er sich ab dieser Stunde aus dem Geschäft und Haus des Friedmann entfernt, und zweitens wenn er sich dem Rat der Stadt Lübeck selbst stellt und seine eigene Unfähigkeit erklärt ein Geschäft und einen Haushalt zu führen…«

Das entsetzte Geschrei des nun erneut tobenden Verwalters unterbrach Carolus für einen Moment, aber nun griffen die Umstehenden ein, und sie hielten den Mann mit Gewalt fest.

»Andernfalls ich kraft meiner Beauftragung im Namen der Erbengemeinschaft des Friedmann aus Ratzeburg, die hier in Lübeck ansässig ist, erkläre, dass dieser Mann mit dem jetzigen Augenblick sein bisheriges Amt verliert und er dem Rat gewaltsam vorgeführt werden soll, damit gegen ihn Anzeige wegen Veruntreuung des Vermögens und unrechter Gewalt im Hause des Friedmann gestellt werden kann...«

Eine Welle der Zustimmung ging daraufhin durch die nun schon grössere Gruppe von Menschen auf dem kleinen Lübecker Platz, und sie hielten den Verwalter nur noch unnachgiebiger fest.

»Willst Du also Dich selbst dem Rat als Verbrecher stellen und auf Dein Amt verzichten, dann kannst du von mir die Steine haben!«,

wandte sich Carolus nun an den nun heftig Tobenden. Er solle den Verzicht aber vor dem Rat erklären, und alle Anwesenden seien Zeugen.

»Beschissen« hätte er ihn, hinters Licht geführt, wütete nun der Betrunkene gegen Carolus, das Blaue vom Himmel versprochen, ein Lügenbold sei er, und überhaupt ein »Hergelaufener« und keine kenne ihn wirklich.

Doch erneut hatte er nicht mit dem Mut des Carolus gerechnet. Der sprach ein weiteres Mal zu den Leuten: Die Geschäftsunfähigkeit des Besoffenen vor ihm sei offensichtlich, und er habe ihn in flagranti ertappt.

Und dass er ihn nicht einfach die Treppe hinuntergeworfen habe, das sei einzig allein dem heiligen Eid geschuldet, den er »unserem Gott« geschworen habe. Er sei Priester und kein Soldat.

Wie ein Tier brüllte nun der vor Wut schäumende Verwalter, nie im Leben würde er auf so einen Handel eingehen. Nicht einen Handel, sondern waschechte »Händel« wolle er dem »Mönchlein« schon noch einbrocken...

Doch da hatten ihn die Leute schon geschnappt. Und sie zerrten ihn vor den Rat, und er wurde dort für den Moment arrestiert.

Erneut von großer Geistesgegenwart lief Carolus zurück ins Haus und bat die Leute draußen, kurz zu warten.

Schnell rief der beiden Frauen zu, alles sei nun vorbei, und er würde gleich wiederkommen. Dann ergriffe er aus seinem Bündel die Beglaubigungsurkunde des Lübecker Bischofs, die ihn als Verwalter des Testaments von Friedmann auswiesen, und er erläuterte der Menge kurz, dass er den Mann zurecht, kraft dieses Amtes hinausgeworfen hätte.

Ein wenig fassungslos war Carolus nur, als die Leute, die er ansonsten wegen ihrer Sprache kaum verstand, ihm Beifall klatschten, so als hätte er ein Bühnenstück aufgeführt - und kein Verbrechen verhindert.

Carolus ging zurück ins Haus. Es war noch nicht Mittag. Doch etwas in ihm sagte ihm, dass er sich nun sehr beeilen müsse...

DIE GESELLSCHAFT

Zurück im Haus hatte Carolus die beiden Frauen verstört angetroffen. Dies freilich war selbst ihm, dem noch Unerfahrenen in so vielen menschlichen Dingen, ohne weiteres verständlich: Sie hatten sich ja vor diesem Tag nur ein einziges Mal gesehen, in Ratzeburg, als er der Witwe und der Tochter den Tod Friedmanns verkündigen musste und sie vor dem Zugriff des dortigen Rates bewahrte.

Freilich war alles, was er bislang getan hatte, ausserordentlich schlüssig gewesen. Und die beiden waren ja auch auf sein Betreiben hin hierher, nach Lübeck, gezogen.

Und die Witwe wusste, dass Carolus ein Dokument des früheren Lübecker Bischofs in der Hand hatte, das ihn als ihres verstorbenen Mannes Testamentsvollstrecker auswies. Und sein heutiges Eingreifen hatte ihnen ungemein imponiert. So war ein gewisses Grundvertrauen bereits vorhanden.

Doch was Carolus heute vorhatte, das ging doch sehr viel weiter...

Während die Witwe sich nach dem Gewaltausbruch des bisherigen Verwalters recht schnell wieder beruhigt hatte, war die Tochter Friedmanns doch ernstlicher verletzt, äusserlich nicht nur, sondern auch innerlich:

Sie hatte Prellungen an Armen und Beinen, ihre Lippe war aufgeplatzt und sie hatte ein blaues Auge. Zudem waren ihre Kleider doch sehr zerzaust, und Carolus fragte sich, ob der Verwalter nicht doch eventuell wesentlich Unziemlicheres getan hätte, als nur sie herumzustossen.

Da sie ihm aber, immer noch schluchzend, zunächst nicht antwortete, konnte Carolus bis auf weiteres nur raten. Er wollte das wirkliche Geschehen - wenn es denn ginge - später herausbringen.

Vorerst spürte Carolus diese innere Dringlichkeit, und so machte er sich sofort daran, den beiden Frauen, die Pläne zu erläutern, die er zusammen mit seinem Mitbruder Nikolaus bei ihrem letzten Besuch hier in Lübeck ausgeheckt hatten.

Die beiden Frauen verstanden nicht gleich, die Sache war kompliziert, aber es war ihnen schließlich klar, dass sie in grosser Gefahr waren, wie zuletzt ja auch schon geschehen, in irgend Jemandes Hände zu geraten, der sich dann an Friedmanns Vermögen unrechtmässig bereichern und sie beide höflich gesagt »bevormunden«, praktisch aber versklaven würde.

Carolus wiederum konnte verdeutlichen, dass er sich dem Verstorbenen, also Friedmann, verpflichtet fühle. Dies auch, weil er, Carolus, es gewesen sei, der Hendrik und Friedmann schon seit der Wanderung durch den Harz seinen Schutz und seine Führung angeboten habe.

Und er erzählte nun zum ersten Male ausführlich, wie er den kranken Friedmann fast ein wenig überredet hatte, vom Kloster Jerichow aus, an der Elbe, nicht auf dem direkten Weg mit dem Schiff nach Nordwesten zu fahren, sondern sich Nikolaus und ihm anzuschliessen. Er, Carolus, habe ihn in ihrer beider Begleitung sicherer gewähnt, und er habe ja auch für Friedmanns Behandlung im Kloster bezahlt.

Und Carolus ging so weit, dass er den beiden einige seiner persönlichen Aufzeichnungen aus der ersten Reise - er hatte sie ja »Tempus Invocationum«, »Zeit der Anrufungen« - vorlas.

Ebenso las er nochmals das Dokument des Bischofs vor und berichtete ausführlich und mit einigen Erläuterungen von seinem morgendlichen Gespräch mit dem Leiter der städtischen Kanzlei hier in Lübeck.

Für all das, so Carolus nun abschliessend, bitte er sie – auch im Namen von Nikolaus, den sie vermutlich bald kennenlernen würden – um Verzeihung: Sie hätten beide Gutes gewollt und wären ihrer Verantwortung wohl bewusst gewesen. Aber es sei anders gekommen, und die Vorwürfe, die sie sich seither gemacht hätten, würden sie immer noch quälen. Nun aber wollten sie ganz einfach helfen.

Entscheidend für sie beide, für Nikolaus und ihn selbst, sei aber gewesen, dass sie im Reisebündel ihres verschiedenen Mannes tatsächlich einen Schatz gefunden hatten, auch wenn das klänge wie ein uraltes Märchen.

Und Carolus zeigte ihnen einige der Steine und erläuterte auch, dass Nikolaus den Löwenanteil davon erst noch mitbringen würde und er selbst nur einige Muster bei sich hätte, die er nach seiner Rückkehr »irgendwo weiter im Süden« versuchen würde zu verkaufen, zu bewerten und eventuell sogar bearbeiten zu lassen. Das aber könne Jahre dauern, wofür er sie schon jetzt um Geduld bitte.

Und so gehöre zum Charakter dieser von ihnen beiden - dem Mönch Carolus und seinem Gefährten Nikolaus - geplanten Gesellschaft »nach römischen Recht« nicht nur, dass mit deren Gründung auch geregelt werden könne, wer sie vertrete. Sondern es gehöre ebenso dazu, dass sie eben von Natur aus sehr langfristig angelegt sei. Und ganz langsam verstanden die beiden Frauen.

All das, so fuhr Carolus fort, rechtfertige auch den Aufwand, aber nur so sei Friedmanns Schatz auch für seine Familie verwertbar. Ansonsten sei er - zumindest in Lübeck und vermutlich allen anderen für die beiden Frauen erreichbaren Städten - schlicht wertlos. Im Norden könne er sonst »körperlich« nicht verwertet werden, und würde man ihn im Orient verwerten lassen, würde mit großer Wahrscheinlichkeit das so entstandene Vermögen vom Rat konfisziert oder durch einen erneuten externen Verwalter verbraucht werden.

Mutter und Tochter waren durch die Erzählung, die sie nun das erste Mal hörten und die Entschuldigungen und das offensichtlich aufrichtige Mitgefühl sowie den hochkomplizierten Plan des Carolus', derart bewegt, ja überwältigt, dass sie den jungen Mann unterbrechen mussten.

Weinend und bis zum Äussersten erschüttert lagen Mutter und Tochter sich nun in den Armen und versuchten sich gegenseitig zu trösten. Carolus verstand dabei wieder kein Wort, wegen ihrer niederdeutschen Ausdrucksweise, aber er las in den Gesten und Gefühlen, so gut er konnte.

Es war nun schon früher Nachmittag und Carolus spürte, dass die Zeit drängte, und seine innere Unruhe nahm zu.

Er müsse sie nun bitten, seinem Vorschlag zu folgen, auch wenn sie einige Zusammenhänge kaum verstünden. Besonders die ältere der Frauen war sich sehr bewusst, dass sie - rechtlich gesehen - gar keine andere Wahl hatte: Würde sie auf Carolus' Vorschlag nicht eingehen, würde der Rat über sie verfügen. Und insgeheim hatte sie auch Angst, der frühere

Verwalter käme erneut wieder und würde sein versoffenes und brutales Regiment fortsetzen. Also stimmte sie zu.

Die Tochter schwieg zunächst, doch Carolus wies sie daraufhin, dass er jetzt etwas tun würde, das sie - die Tochter - nicht erwartete, und er holte erneut aus: Er würde nach römischem Recht eine Erbengemeinschaft, ein »Consortium«, auflösen und sie in eine Gesellschaft, eine »Societas«, überführen.

In dieser Gesellschaft hätten alle Gesellschafter gleiche Rechte, auch die Frauen. Diese bessere Stellung der Frauen in einer Gesellschaft sei - in seinen Augen - wesentlich gerechter und auch »mehr dem Glauben gemäß«, fügte er hinzu, als die vermögensrechtliche Stellung der Frau nach dem lübischen Eherecht. Das Letztere freilich sage er unter dem Vorbehalt, dass er dieses lübische Recht noch nicht gut genug kenne. Aber der Vertreter des Rates, mit dem er gesprochen habe, der habe seinen Vorbehalt im Grundsatz bestätigt.

Und er, Carolus, wolle auch sie, die Tochter, zur Gesellschafterin neben ihrer Mutter machen. Damit sei auch die Frage der so genannten »Erbauseinandersetzung« geregelt: Das Erbe Friedmanns ist mit Gründung der Gesellschaft wirksam geteilt.

In kurzer Form erkundigte sich dann Carolus noch nach dem bisherigen Umfang des Friedmannschen Vermögens und die Witwe gab ihm bereitwillig Auskunft.

Auch war sie damit einverstanden, dass sie das bestehende Vermögen bereits jetzt mit ihrer Tochter teilen würde, denn schliesslich sei die Tochter erwachsen und erbberechtigt, und das stünde ihr selbst nach dem Recht ihres früheren Wohnsitzes, dem ratzeburgischem Recht, zu. Freilich immer unter dem Vorbehalt, dass eine spätere Ehe die Verfügungsgewalt des Ehemanns auch über ihr persönliches Vermögen begünstige.

Er selbst würde, so Carolus zur restlosen Überraschung der beiden frauen, damit alles seine endgültige Richtigkeit habe, auch etwas einlegen: Die Steine aus Friedmanns »Schatz«, die seien im Moment nicht taxierbar und würden daher, wenn man es sehr streng betrachtet, nicht als Einlage in ein Geschäft taugen. Denn man müsse für eine Einlage immer einen Wert angeben. Aber das, was er dem Verwalter nicht hatte als Abfindung geben müssen, das könne er getrost einlegen.

Und er zeigte die »Rheinsteine«, die er auf seinem Weg nach Norden bei Dornbirn am oberen Rhein gesammelt hatte, der Witwe zur Begutachtung.

Die zeigte sich überrascht, denn die Steine seien von grosser Reinheit und Klarheit und hätten einen wunderbaren Glanz. Und sie stellten einen so erheblichen Wert dar, dass es äusserst schade gewesen wäre, wenn man sie dem gewalttätigen Verwalter überlassen hätte. Doch sei, so die grosszügige Witfrau, auch der ungeheure Einsatz von Carolus ein grosser Wert, und sie wolle sich ihrerseits erkenntlich zeigen.

Und dem weitsichtigen und freigebigen Vorschlag der Witwe folgend einigte man sich auf einen anteiligen Gesellschaftsanteil von je neun Zwanzigstel für Mutter und Tochter und zwei Zwanzigstel für Carolus.

Und falls die Steine, also Friedmanns »Schatz«, je einen Wert abwerfen würden, dann würde dieser Wert allen Gesellschaftern entsprechend ihrer Anteile zuwachsen.

Dem jungen Mann, der er war, erschloss sich zu diesem Zeitpunkt gar nicht, welcher materielle Wert ihm da gerade zugeeignet worden war.

Freilich, erklärte dann Carolus abschliessend, müsse nun, weil in Lübeck - so hatte ihm der Rat erst am heutigen Tage erneut beschieden - Frauen immer eine Vertretung in kaufmännischen Angelegenheiten benötigten, die Gesellschaft auch einen Mann enthalten, der die Gesellschaft - und damit auch die Interessen der beiden, nämlich von Mutter und Tochter, vertrete.

Dies könne nicht ein »Verwalter» sein, da der ja von einem »Dienstherren» abhänge, und der wiederum könne keine Frau sein. Aber umgekehrt könne der Vertreter einer Gesellschaft seinerseits ohne weiteres einen Verwalter ernennen. Und der Verwalter sei dem Vertreter der Gesellschaft dann zur Sorgfalt »wie in eigenen Dingen« verpflichtet.

Jetzt käme aber der Hauptpunkt: Er selbst, Carolus, würde morgen oder übermorgen wie angedeutet wieder abreisen. Er würde aber jetzt Nikolaus zum Verwalter ernennen, und der käme in wenigen Wochen aus Wustrow nach Lübeck, samt den Steinen.

Da es sich bei der nun zu gründenden Gesellschaft freilich um eine neue Gesellschaft handele, sei der bisherige Verwalter »wie von selbst« entlassen. Friedmann selbst habe keine Gesellschaft gehabt. Jedenfalls vertrete er diesen Standpunkt. Und »hinausgeworfen« habe er, Carolus, den früheren Verwalter bereits in seiner Eigenschaft als Testamentsverwalter, weil dieser - wie er vermute - untreu gehandelt habe.

Die von ihm, Carolus, nun aber abzufassende Urkunde, die würde er - wie bereits mit dem Rat vereinbart - in lateinischer Sprache in der Kanzlei hinterlegen, und damit sei für die kommende Zeit eine Beweisurkunde und Rechtsgrundlage geschaffen für ihren weiteren Verbleib und ihr Auskommen in Lübeck. Dauerhaft und langfristig.

Dunkel ahnten die beiden neuen Gesellschafterinnen, was der junge Mann mit all dem meinte, aber sie stimmten gerne zu. Nichts davon erweckte Argwohn, und alles war schlüssig. Und sie konnten so in allen Dingen ihre Handlungsfreiheit bewahren, ja vielleicht sogar ausbauen.

Carolus dankte für das Vertrauen, und er begann sofort mit der Arbeit, während die beiden Frauen im Dunkel der Küche verschwanden, um irgendetwas zuzubereiten. Die beiden Gesellen hatten sie nach Hause geschickt, sie sollten am folgenden Tag wiederkommen.

Carolus hob nun an, seine eigenen Pergamentreste und sein Schreibzeug verwendend, ein Dokument abzufassen, das den Gründungsvertrag der zukünftigen Gesellschaft darstellen würde. Grösste Schwierigkeit bereitete ihm dabei weniger die Formulierung der Verhältnisse, als vielmehr die gleichzeitige Abfassung des Vertrages in deutscher Sprache: Carolus fehlten schlicht und einfach die Worte.

Doch kam er schliesslich zu einem guten oder doch wenigstens vertretbaren Ergebnis. Da aber weder die Mutter noch die Tochter - sie heisse Katharina, rief sie ihm aus der Küche zu - schreiben oder lesen konnte, sah Carolus alsbald ein neues Problem:

Wenn herauskäme, dass die beiden etwas unterzeichneten, das sie auf Nachfrage nicht einmal vorlesen konnten, so könnte man den Vertrag anfechten. Carolus war daher klar: Nun benötigte er das, was die Kirche einen »Notairus« nannte: Einen, der die Unterzeichnung der Urkunde amtlich beglaubigte.

Und so lief er schnell hinaus auf die Gasse, gab eine grösseren Jungen ein kleines Geldstück und hiess ihn, zum Rat zu laufen, genauer zu der Kanzlei, und um sofortiges Erscheinen eines »Notarius« zum Hause des verstorbenen Friedmann zu bitten. Er musste freilich das lateinische Wort »Notarius« erst mit dem Jungen üben. Doch der rannte, ein wenig geehrt, für eine anscheinend wichtige und dringliche Sache tätig werden zu dürfen, sogleich los.

Als der Notar am späten Nachmittag erschien - er protestierte lediglich gegen die Bezeichnung, schliesslich gelte die ja nur für die kirchlichen Sekretäre, »aber egal« - , hatte Carolus nicht nur ein zweites und drittes lateinisches Dokument aufgesetzt - er wollte auch ein Exemplar mitnehmen - , sondern er konnte den beiden, der jungen Katharina und ihrer Mutter das Ganze in der Zwischenzeit nochmals ausführlich erklären.

Ebenso gelang es Carolus, den beiden Frauen nochmals zu erläutern, warum er Nikolaus als Verwalter eingesetzt und dies auch in der Urkunde vermerkt habe: Er, Carolus, müsse vermutlich schon morgen abreisen. Sein Auftrag verpflichte ihn, möglichst kurz nach Martini in Bremen zu sein. Und Nikolaus könne aus anderen Gründen an der Gründung nicht mitwirken. Jedoch als Verwalter könne er, Carolus, ihn nun einsetzen, da er selbst der Vertreter der Gesellschaft sei. ...

Weit in die Ferne sehend - und nach einer längeren Gesprächspause - ließ sich Carolus dann zu der Bemerkung hinreissen, sollte Katharina eines Tages heiraten, könne er, Carolus, seinen - kleineren - Anteil an der Gesellschaft auf den zukünftigen Ehemann übertragen.

Er hielte es dann aber für nur mehr billig, wenn Nikolaus dann eine Entschädigung für seine Arbeit erhielte, falls er seine Arbeit gut mache, fügte er mit einem verschmitzten Lächeln hinzu.

Und zum ersten Mal an diesem Tage sah er die beiden Frauen, ein wenig verstohlen noch, lächeln.

Es war ein seltsamer Moment, als sie alle das Dokument »unterzeichneten«: Der Text der Urkunde bezog sich im Kern immer auf die »Friedmannschen Schmuckwerkstätten« als Bezeichnung der Gesellschaft, aber die Gesellschafter wurden - abgesehen von der Unterschrift – immer mit »der Linksunterzeichner» oder »Vertreter der Gesellschaft« beziehungsweise mit »die Rechtsunterzeichnenden« wiedergegeben.

So ergaben die Namen der Gesellschafter sich einzig und alleine aus den Unterschriftszeilen.

Es war dann aber nicht Carolus, der die Namen in die Urkunden eintrug, sondern der Notar, der jeden einzelnen Beteiligten nach seinem Namen fragte und diesen dann in die Urkunden eintrug und die gemeinschaftliche Willensbekundung aller mit seinem Siegel bestätigte.

Da beide Frauen aber nicht lesen oder schreiben konnten, zog der Notar mit einem Federkiel über jedem Namen ein Quadrat, das er mit einem letzten Strich mit seinem Namen verband. Die beiden Frauen forderte er dann auf, einen Strich durch die Diagonale des Quadrats zu machen. Das genüge, denn er sei ja offizieller und unbeteiligter Zeuge ihrer damit beurkundeten Zustimmung. Carolus selbst solle dann am Ende mit seinem Namen unterzeichnen.

Dann befragte er die Beteiligten nach ihren Namen:

Die Witfrau und deren Tochter Katharina wurden - als »Rechtsunterzeichner« - jeweils, in dieser Reihenfolge, nach ihrem Herkunftsort und dann nach ihrem Geburtsnamen befragt und das Ergebnis in die Urkunde eingetragen. »Aus Ratzeburg stammend, Katharina mit Taufnamen« trug dann der Notar beispielsweise für die Tochter ein.

Ebenso befragte er dann Carolus, woher er denn käme, und Carolus musste ihm erst einmal ein wenig Nachhilfe in Geographie erteilen, aber der Notar beurkundete wahrheitsgemäss, der Rechtsunterzeichner käme aus »Geimen ob Naters an dem Flußse Rotten«., wobei er den deutschen Namen der Rhône verwendete. Dann aber fragte er Carolus nicht nach seinem Ordensnamen, sondern ebenfalls, wie die beiden anderen auch, unter welchem Namen er getauft sei. Und mit diesem Namen solle er unterzeichnen.

Und Carolus, verblüfft wie er war, antwortete, ebenfalls wahrheitsgemäss, er sei auf den Namen »Marcus« getauft. Und es war dieser Name, mit dem Carolus dann konsequenter Weise den Vertrag unterschrieb und den der Notarius durch seine eigene Unterschrift als echt und von den Beteiligten eigenhändig unterzeichnet beglaubigte..

Und kaum war der Vertrag besiegelt, enteilte der Notar, denn - wie er sagte - er wollte die Urkunde noch am selbigen Tage in dem Archiv der Kanzlei hinterlegen.

Und die drei - im Grunde ungewollten - »Gesellschafter« hatten kaum ein wenig Zeit sich zu entspannen und durchzuatmen, da schlug eine nahegelegene Kirchturmuhr zur Abendstunde, und alles Treiben kam zum Erliegen.

Carolus aber enteilte in seine Unterkunft, in das Kloster der Franziskaner.

ANKLAGE

Carolus hatte Mühe gehabt, das Franziskanerkloster von Lübeck noch rechtzeitig vor der abendlichen Schliessung der Pforte zu erreichen. Doch wie schon am Vorabend schaffte er es im allerletzten Moment. Nach der Vesper und einem kurzen Imbiss legte er sich schlafen, nicht ohne einen grossen Krug von dem leichten und seltsam schmeckenden Bier mitzunehmen, das hier überall in grossen Mengen getrunken wurde. Und durch das natürliche Drängen, das grossem Biergenuss regelmässig folgt, hatte er eine unruhige Nacht.

Und früh war er deshalb erneut auf den Beinen und machte sich zum Haus der Witwe Friedmanns auf, sein Reisegepäck liess er im Kloster zurück.

Bei Friedmanns Witwe angelangt erwartete ihn eine unliebsam Überraschung. Zusammen mit drei Wachleuten fing ihn der ehemalige Verwalter noch vor der Tür ab: Gegen »diesen hier, wer immer er auch sein mag«, liege eine Anklage wegen üblen Betrugs und Vortäuschung falscher Tatsachen vor, redete er auf die Wachen ein. Und diese hatten nichts anderes zu tun, als Carolus ohne weitere Nachfragen abzuführen.

Carolus fühlte sich - völlig zu Unrecht - gebrandmarkt und vorgeführt, und in seinem Inneren schossen Bilder auf, die er schon vor einem Jahr erlebt hatte. Damals, als sein eigener Abt Nantelmus ihn mit Verwahrung in seiner Zelle bestraft hatte, und das nur, weil Carolus sich in seine »Ideen« verstiegen und dem Abt unbeirrt widersprochen hatte. Und bei jedem Schritt auf dem harten Pflaster der Stadt drehten sich seine Gedanken derart heftig in seinem Kopf, dass ihm fast übel geworden wäre. Doch als sie schliesslich bei dem Rat angekommen waren, hatte er sich wieder gefasst.

Und schnurstracks wurde er zu den Vertretern des Rats gerufen, und man versuchte, die Anklage unmittelbar und schnell zu verhandeln: Wer er sei, wollte man von ihm wissen, und er gab wahrheitsgemäss Auskunft.

Alsbald eröffnete man ihm die Problematik: Der - und dies war die offizielle Formulierung - »als Trunkenbold stadtbekannte« Verwalter, der bislang Lübecker Bürger sei, habe ihn angezeigt. Die Anklage lautete, er, Carolus, würde nur Vortäuschen ein Mönch zu sein. In Wirklichkeit sei er vermutlich ein Kaufmann unbekannter Herkunft, »irgendwo aus dem Süden«, denn er könne besser Lateinisch als Deutsch, und keiner verstünde ihn wirklich.

Und seine »Mission«, die habe er erfunden, und es gäbe keinen Beweis dafür. Und vermutlich habe er den scheidenden Bischof irgendwie betört, dass dieser ihm »gefälligkeitshalber« eine Bestätigung ausgehändigt hätte... und dann »verschwunden« sei, und keiner könne ihn in diesen Tagen befragen, wie er es wirklich gemeint habe.

Carolus war zunächst ratlos: Seinen wirklichen Auftraggeber zu offenbaren, das verbot ihm der Eid, den er seinem Abt Nantelmus geschworen hatte. Denn dieser hatte ihn zu absolutem Gehorsam per Eid verpflichtet, und ihm auf den Weg mitgegeben, niemandem wirklich von der »hoheitlichen Beauftragung« zu sagen, die hinter seiner Reise stecke.

So brachte Carolus seine Empfehlungsschreiben von Nantelmus vor, doch der Verwalter - jetzt wieder nüchtern - widersprach mit dem klugen Argument, auch diesen »Nantelmus« kenne niemand, und er könnte genauso gut erfunden sei.

Und »solche Fetzen«, damit meinte er das Empfehlungsschreiben, die könne »der Kerl« auch alleine aufsetzen, das hätte man doch gestern gesehen.

Die nun doch ein wenig ratlosen Ratsvertreter flehten Carolus - der ihnen wesentlich sympathischer war als der stets trunkene Verwalter - daraufhin an, ihnen doch wenigstens einen stichhaltigen Beweis zu liefern, dass er der sei, für den er sich ausgebe und weiter dass er eine ebensolche Mission habe.

Carolus versuchte angestrengt, irgendetwas zu finden, das ihn entlasten würde. Doch in seinem Kopf war es in diesem so unerwartet spannungsvollen Moment nur noch schwarz. Und seine sich überstürzenden Gedanken versagten ihren Dienst, und ein Stoßgebet, das war das einzige, zu dem er fähig war. Und der extrovertierte Mensch, der er war, betete er tatsächlich laut:

»Herr, Du weisst, dass ich die Wahrheit sage…

… erinnere Du Dich doch in dieser Stunde an mich, und gib mir die Erinnerung an irgendetwas, das mich rechtfertigt und vor allen hier ausweist!… Zögere nicht!«

Und der Moment der Stille, der augenblicklich bei dieser offenkundigen Anrufung des allerhöchsten Gottes eintrat, und sei es bei einigen auch nur aus der Gewohnheit des täglichen eigenen Betens heraus, dieser kurze Moment war noch nicht vorbei, da kam es dem jungen Mönch in den Sinn:

Es gäbe etwas, von dem er selbst nicht wisse, was es beinhalte. Aber er würde wagen zu behaupten, dies könne der Beweis sein.

So etwas »Blödes« habe er noch nie gehört, zeterte der sich nun akut bedroht sehende Verwalter, noch bevor der Rat das Wort ergreifen konnte. Doch nun wurde er in die Schranken gewiesen.

»Schweig!«

fuhren ihn die Ratsherren an. Gleichzeitig mahnten sie Carolus, er würde rätselhafte Rede führen und er möge sie doch in vernünftigen Worten aufklären.

Es gäbe zwei Dinge, erläuterte Carolus während er gleichzeitig durch heftiges Durchatmen versuchte, ein wenig Zeit zu gewinnen, damit sich seine Gedanken entwickeln konnten, zwei Dinge, die er den Ratsherren zeigen könne:

Noch am Anfang seiner letzten Reiseetappe habe er von einem Rechtsgelehrten in Rotheburg ob der Tauber einen vermutlich sehr weitreichenden Empfehlungsbrief erhalten, der - vermutlich - die wesentlichen Fragen zu seiner Identität beantworten könne. Den würde er dem Rat gerne vorlegen.

Und das zweite sei vielleicht noch aussergewöhnlicher: Es sei sowohl eine Abschrift eines vor über einem Jahr an seine kleine Schwester versandten Briefes, in der er ihr das Lesen beibringen wollte, oder dessen erste Grundlagen, sowie die Antwort des örtliche Pfarrers aus Naters im Rhônetal.

Was daran »Beweis« sei, wetterte der Verwalter sofort dazwischen: Das eine könne keiner Lesen und auch das könne von »dem da« gefälscht worden sein. Und das andere kann purer Unsinn sein, und er hat auch das gefälscht.

Doch nun hatte Carolus, ermutigt durch die beiden Einfälle, seine Geistesgegenwart wiedergewonnen: Und forsch bat er den Rat, doch einen Boten zu senden, um sein Reisegepäck aus Franziskanerkloster holen zu lassen. Dann würde er den Beweis antreten.

Die Sitzung wurde für eine Stunde vertagt, und Carolus bat darum, dass man ihn in eine der nahegelegenen Kirchen brächte, damit er beten könne.

Und während die Boten des Rats sein Bündel aus dem Kloster holten, betete Carolus, nur scheinbar stumm, in Wirklichkeit aber schreiend zu seinem Gott, er - Carolus - verstünde das ganze nicht, und er hätte doch nichts verbrochen, und und und...

... solange betete er mit einer Art innerem Schreien, bis ihm recht plötzlich und auch sehr überraschend einfiel, dass auch der, der am Kreuz gestorben war, nichts verbrochen hatte.

Und er, Carolus, würde wenigstens noch fair behandelt... Und dann war es wie ein klares Wort in ihm:

> *»Wenn sie euch anklagen und ihr vor den Mächtigen der Welt steht, wird mein Geist lehren, was ihr sagen sollt...«*

Und Carolus gab in seinem Herzen mit einem langgezogenen »Ja..., so soll es sein« nach. Und er wurde sehr ruhig.

Wieder vor dem Rat kam Carolus sofort zur Sache: Hier sei das Empfehlungsschreiben des Rabbi Meir ben Baruch aus Rothenburg ob der Tauber. Und selbst »unsere Fürsten und Könige« würde sich bei diesem Rabbi Rechtsgutachten in jüdischen Dingen machen lassen.

Aber vor allem Eines: Dass er selbst den Inhalt des Schreibens weder kenne noch lesen könne und geschweige denn in der Sprache des Rabbi schreiben könne, das genau sei der Beweis, dass er es nicht hätte fälschen können. Und nochmals: Er kenne den Inhalt des Schreibens nicht einmal!

Und das zweite - und Carolus zog die Kopie des Briefes an Anna hervor sowie die Antwort des Pfarrers aus Naters - seien derart familiäre Dinge, dass kein Mensch auf die Idee kommen würde, einen Brief an ein Kind - noch dazu einen, in dem es um eine paar wenige Buchstaben und Zeichnungen gehe - als Beweis für die eigene Identität zu nehmen.

Zumindest, so Carolus, sei das in seinen Augen ein äusserst starkes Indiz!

Und ein letztes Mal zeterte der ehemalige Verwalter, das sei alles so haarsträubend, dass man es doch gar nicht untersuchen lassen müsse: Wann je hätte einer einen Beweis »vor Gericht« vorgelegt, den weder er selbst noch das Gericht lesen oder übersetzen könne!! ...

Das sei kein Verfahren, sondern eine Farce!

Doch der Rat hiess ihn barsch zu schweigen. Man kenne und schätze den Rabbi aus Rothenburg:

Er sei im ganzen Reich derjenige, der zum Beispiel immer dann ein Gutachten abgeben könne, wenn es um jüdische Gesellschaften oder Geschäftspraktiken gehe. Und es gäbe in Lübeck einige jüdische Familien, und von denen lasse man jetzt den Ältesten kommen.

Es dauerte nicht lange und ein alter Mann in jüdischer Tracht und mit langen Zöpfen, die von den Schläfen herabhingen, betrat scheu den Raum. Man fackelte nicht lange und hiess ihn den Brief des Rabbis zu übersetzen.

In der Zwischenzeit hatte man die Korrespondenz mit Anna kurz überflogen, und man war zu dem Schluss gekommen, dass alleine dieser Briefwechsel ausgereicht hätte, um die Worte des Mönches Carolus wenigstens plausibel zu machen. Doch nun wolle man mehr wissen.

Der Alte bat zunächst um einen Stuhl, damit er sich setzen könne. Dann atmete er schwer und sah Carolus lange an, bevor er auf Jiddisch zu beten begann, aufstand und sich vor einem Unsichtbaren tief verneigte. Dann setzte er sich und wandte sich an den Rat:

»Dieser da« - er meinte Carolus - sei, das stünde in dem Brief, schon von dem Händler »und Freund« Schlomo aus Kempten, das noch in den Alpen liege, als ein lauterer Mann dem Rabbi Meir ben Baruch empfohlen worden.

Und beide, der Rabbi und der Händler hätten viele Stunden mit dem jungen Mann im Gespräch verbracht. Und es sei ein »grosses Schalom« auf allen Begegnungen gewesen... und

»Läben ist Begegnung«,

versuchte sich nun der Alte in bewertender und doch auch hintergründiger Rede, ohne den genauen Inhalt seiner Worte zu erklären.

Der aufrichtige und Gott, dem Allmächtigen, - der Alte stand auf und verneigte sich dreimal - tief ergebene interessiere sich so ernsthaft für die jüdische Sache und den Frieden zwischen den Christen und den Juden, dass der Rabbi darum bäte, wer immer diesen als seinen Gast empfangen würde, dass er ihn behandele, als gäbe es keinen Höheren.

Denn - und jetzt wurde der jüdische Kaufmann förmlich - der Rabbi sage, wenn er, der Rabbi, nicht »Baruch«, das hiesse in Deutsch »hochgelobt« oder »willkommen«, heissen würde, so müsste es dieser junge Mann sein.

Denn er komme, soviel sei gewiss, nicht nur im Namen höchster Mächte auf Erden, mehr könne er nicht sagen, denn er habe Stillschweigen gelobt, sondern sein Herz sage ihm, er komme auch in seltsamer Weise »im Namen des Höchsten«.

Jedenfalls bringe er Frieden, und das sei ein so hohes Gut, dass er - der Rabbi - für »dessen Unterbringung«, gemeint war Carolus' Unterbringung, in jedem einzelnen Falle bezahlen würde, wenn das ein Mitglied irgendeiner jüdischen Gemeinde im Abendlande nicht leisten könne.

Und »nehmt ihn auf, ich bitte Euch!«, das seien die letzten Worte im Schreiben das Rabbi Meir ben Baruch.

Ob er das mit einem Eid bekräftigen könne, fragte der Rat dann umgehend den alten jüdischen Händler. Jederzeit und immer, antwortete dieser.

Die Rastherren zogen sich kurz zurück. Dann kamen sie zurück und verkündeten ohne Umschweife:

Der Mönch Carolus aus dem Kloster von St. Maurice an der Rhône sei von allen Anklagen freizusprechen. Der Rat befinde, der junge Mann habe, trotz seiner sichtbaren Jugend in allem gerecht, ja höchst weise gehandelt. Der Rat bestätige andererseits die in der Sache des verstorbenen Friedmann von »diesem Carolus« getroffenen Verfügungen:

Insbesondere sei der Verwalter ab sofort dauerhaft aller Ämter in Lübeck enthoben.

Des weiteren befinde der Rat der Stadt, das »diesem Manne«, dem Verwalter, einem stadtbekannten Trunkenbold, mit sofortiger Wirkung die Bürgerrechte der Stadt Lübeck auf die Dauer von fünf Jahren entzogen würden.

Und er würde schliesslich umgehend der Stadt verwiesen, andernfalls ihm der Prozess wegen Untreue zu Lasten der Erbengemeinschaft des Friedmann und wegen unrechtmäßiger und mutwilliger Gewalt gegen Schutzbefohlene gemacht würde. Alleine das Letztere würde ihn unwürdig machen, für seine bisherigen Dienstherren weiter zu arbeiten.

Und: Das Urteil sei unmittelbar zu vollstrecken.

Und die Ratsdiener packten den mittlerweile um Gnade und Revision bettelnden und schleiften ihn vor die Stadttore und hiessen ihn, fünf Jahre lang nicht in Lübeck zu erscheinen.

Carolus jedoch wurden seine Sachen zurückgegeben und man bat ihn, er möge sich doch in der nahegelegenen Schenke auf Kosten des Rates und als Kompensation für die erlittene Unbill ein ausgiebiges Essen gönnen. - Und so gingen alle ihrer Wege.

Carolus selbst brauchte nach alledem mehr als nur ein Durchatmen. Er war tief erschöpft - und in seinem Herzen auch verletzt wegen der Anfeindungen, die über ihn hinweggegangen waren.

Und nach dem Essen und einem grossen Krug des eigenartigen, leichten Bieres ging er schnurstracks zu der Witwe und deren Tochter Katharina und berichtete von den jüngsten Ereignissen.

Stunden sassen sie zusammen, und die beiden Frauen bestanden am Ende darauf, dass er bei Ihnen, in der Dachkammer, noch die Nacht verbringe, bevor er weiterreise. Und Carolus willigte ein.

In der selben Nacht nahm Carolus einen kleinen weissen Stein, wickelte ihn zusammen mit einem ebenso kleinen Pergamentfetzen in ein kleines Ledersäckchen. Auf dem Pergamentstück standen nur wenige Worte:

»Komme bitte schnell: Es eilt! Dein Bruder Carolus«

Und er verliess die Stadt nicht, bevor er nicht am kommenden Morgen noch einmal zu dem Rat der Stadt ging und die Herren um Hilfe bat:

Er brauche einen äusserst eiligen Boten nach Wismar, zu dem dortigen Pfarrer der Marienkirche. Und man sagte ihm zu, mit der nächsten Schiffspassage, spätestens in zwei Tagen, würden sie jemanden hinschicken. Er solle sich keine Sorgen machen.

Und noch einmal ging Carolus zurück in das Haus der Witwe: Er setzte sich noch am Vormittag dieses letzten Tages in Lübeck erneut an den winzigen Tisch in der Dachkammer des Hauses, und er resümierte seinen Aufenthalt in Lübeck in seiner ihm eigenen Denkweise...

NÄHE UND FERNE

D ie Stadt Lübeck baut seit einundzwanzig Jahren an einem ungemein beeindruckenden Rathaus. Man hat den Eindruck, es sei das wichtigste Gebäude der Stadt. In schneller Folge tagt hier der Rat, das Herz dieses Gemeinwesens.
Und hier schlägt auch das administrative Herz der Stadt.

Der Rat regelt die Innen- und Außenbeziehungen von Lübeck, und er hat sich mit
einer großen Kanzlei ein gut organisiertes Instrument geschaffen. Dort werden
Erlasse ausgefertigt, Gesuche und sonstige Briefe erstellt, Kopie aller Ratsakten
aufbewahrt und eine umfangreiche Bibliothek bevorratet, die jedoch nur Ratsmit-
gliedern zugänglich ist.

Und es war wohl himmlische Fügung, dass ich in den vergangenen
Tagen in dem Leiter dieser Kanzlei nahezu einen Freund, in jedem
Fall aber einen Helfer, gefunden habe. Und ohne seine kundigen Hin-
weise und sein verlässliches Handeln hätte ich meine Aufgabe, dem
Haushalt Friedmanns wieder auf die Beine zu helfen, nicht bewältigt.
Auf immer bin ich ihm verpflichtet.

Wenn ich es - zum Abschluss meines Aufenthalts in der großen Stadt
- nun einmal zusammenfasse: Lübeck ist das Herzstück eines Han-
delsverbundes geworden, den sie untereinander »Hanse« nennen. Und
hier, im Rathaus von Lübeck, entsteht im Obergeschosse gerade ein
Saal, der die zukünftigen Versammlungen dieser - ich will es einmal
so nennen - Handelsgenossenschaft beherbergen soll.

Hier in Lübeck spürt man ferne Städte und Länder so nah, wie ich es
noch nie erlebt habe. Und wenn ich alles richtig verstanden habe, so
haben schon Dutzende von Städten das Recht und die Organisation
dieser Handelsstadt kopiert oder wenigstens teilweise übernommen: Man will sich
auch in der Ferne so verstehen, als wäre alles nah.

Zu meinem eigentlichen Auftrag, nämlich das Schulwesen zu untersuchen, finde
ich hier wenig Neues. Denn alles scheint im Umbruch.

Und rund um das Rathaus hat man mir zugesteckt, man hätte sogar bis nach
Padua Beziehungen geknüpft, denn man suche allenthalben Rechtsgelehrte, die

auch in der Lage wären, römisches und nordisches Handels- und Stadtrecht miteinander zu verbinden oder sogar auszugleichen.

Ich habe das, wie ich meine, auf gute Weise ausgenutzt, und ein Konstrukt geschaffen, das römisches und nordisches Recht - im Sinne des verstorbenen Friedmann - verbindet. Und mein wichtigstes Herzensanliegen, Friedmanns Witwe zu helfen, konnte ich damit - trotz all der wüsten Schwierigkeiten - umsetzen.

Ob die an Jahren schon fortgeschrittene gute Frau und ihre Tochter Katharina die vielen Schritte dieses Planes wirklich nachvollziehen können, das weiß ich noch nicht.

Aber in Kürze wird der Bruder Nikolaus hier eintreffen, denn er wird schon in wenigen Tagen den weißen Stein in Wismar in Empfang nehmen können, dank der Hilfe des Rates. Und er wird dann den weiteren Fortgang der alltäglichen Dinge regeln.

Auch wird er in dem selben Dachzimmer seine Bleibe finden, in dem ich jetzt die Nacht verbringen darf ...

... ein wenig schwindelt mir bei dem allem: Es sind so weitreichende Dinge, die wir hier erringen durften!

Ich werde diese Stadt aber in jedem Fall noch heute Richtung Hamburg verlassen, denn ich kann hier nichts mehr ausrichten.

Doch es bleibt ein intensiver Eindruck. Und ein tiefer Dank meinem Herrn und Gott und Helfer in der Not. Und ein großes Staunen.

SANDIGE WEGE

C arolus verließ Lübeck um die Mittagszeit, an diesem Freitag, dem 25. Tag des Monats Oktober, 1247 A.D. Auch weil ihm die Gegend völlig fremd war, hielt sich Carolus an den Handelsweg von Lübeck nach Hamburg.

Die erste Nacht konnte er in einem Hof etwas abseits der Handelsroute übernachten, gelangte dann aber am zweiten Tag zu einer Wasserburg der Herren, die sich als das Geschlecht derer von Wedel vorstellten und den Platz, an dem sie wohnten, als »Tremsbüttel, nahe dem Flecken Bargteheide« bezeichneten.

Und Carolus blieb einen kompletten Tag, den Samstag, und eine weitere Nacht bei den Herren von Wedel, in einfachen, aber wohlgeordneten Verhältnissen.

Und er verbrachte fast den gesamten, leider von ständig wechselndem Wetter begleiteten Tag, schlendernd, singend und betend in den umliegenden ruhigen und wildreichen Wäldern. Zum ersten Mal seit langer Zeit war er ohne Hetze und Eile, und auch ohne besonderes Ziel, alleine.

Und als er dann, nach einer ruhigen und erholsamen Nacht, sehr früh am kommenden Morgen seinen Weg Richtung Hamburg fortsetzte, da war es fast noch dunkel.

Und es war einsam, an diesem Sonntagmorgen, in der Heide nordöstlich der großen Hafenstadt. Und Carolus wanderte, ganz für sich alleine den gesamten Morgen.

Und erst in Sichtweite der ersten Hamburger Häuser füllte sich der alte Handelsweg mit Karren und vereinzelten Reitern, die auch alle in die Stadt wollten.

Carolus musste einige Zeit nachfragen, bis er eine geeignet erscheinende Herberge finden konnte.

Doch - zu seinem Erstaunen - gab es hier in Hamburg das »Domus Sancti Spiritus«, das »Haus des Heiligen Geistes«, ein Hospital, das eigens für

Pilger gebaut und sie beherbergen sollte, aber das auch mit mehreren Dutzend Kranken und ebenso vielen völlig Verarmten und Menschen gefüllt war, die sich selbst nicht mehr versorgen konnten. Dort kam er, ganz in der Nähe der Kirche St. Nikolai, unter.

Wegen der elenden Zustände dort hatte er kaum Gelegenheit zu schreiben, doch als er sie ein wenig später dann kurz erhielt fasste er Weitblickendes und Erschreckendes in kurzer Form zusammen...

Inseln des Handels

Lübeck habe ich leider verlassen müssen. Doch wenn ich nun noch einmal, wie aus der Ferne zurückblicke: Noch vor meiner Abreise konnte ich in gutem Sinne erfolgreich, wie ich hoffe - mit der Witwe Friedmanns ein Einverständnis erzielen: Samt ihrem Hausstand und ihrer Tochter ist sie ja in einem kleinen Häuschen am Rande eines Kanals angekommen. Sie hat sogar einen kleinen Steg, von dem aus man das Haus mit dem Boot erreichen kann. Das Geschäft selbst ist nicht weit vom Ratsplatz in der Stadtmitte entfernt.

Es hat eine Weile gedauert, nicht nur wegen der wüsten Auseinandersetzungen mit dem gewalttätigen und stets betrunkenen Verwalter des Friedmann gehörenden Geschäfts.

Es hat auch lange gedauert, weil die müde und vor Trauer immer noch gezeichnete Frau anfangs kaum dazu zu bewegen war, meinen Ausführungen Glauben zu schenken. Sie konnte sich das alles kaum vorstellen. Aber dann war es vor allem die äusserst verständige Tochter, die ihre Mutter überzeugen konnte, auf meinen und Nikolaus Vorschlag einzugehen.

Und trotz aller Anfeindungen, denen ich dann ausgesetzt war, habe ich es - mit großer Hilfe des Himmels - schließlich geschafft: Ich habe also den weißen Stein senden können!

Welch eine Freude, und ich ging leichten Herzens von ihnen… und bin auch sehr gespannt, ob Nikolaus das Vorhaben nun wird gut abschließen können.

Auch war sie einverstanden, dass ich meine Mustersteine behalte und irgendwann - und sei es in Jahren - einen geeigneten Händler dafür finden würde. Meine Einlage war der Großteil der Rheinsteine - immer noch habe ich kein besseres Wort für sie - und das war dann vermutlich das eigentlich überzeugende Argument:

Denn so hatte die gute Frau etwas in der Hand, mit dem sie auch wirtschaftlich etwas anfangen kann. Sie will sie verarbeiten lassen, meinte sie. Und ich hoffe, sie kann Gewinn daraus ziehen.

Ich spüre nun aber, dass die Zeit drängt, und am liebsten würde ich meinen Weg nicht gehen, sondern fliegen, wie ein Vogel. Doch ich bin naturgemäß zu Fuß *gegangen, durch endlose, teils sandige, teils mit kleinen Felsen durchsetzte Hügel, durch mit dunklem Herbstlaub angefüllte Senken und Täler und an kleinen Wasserläufen vorbei.*

Und es ist schon spät im Jahr, wobei ich denke, die Tage hier im Norden seien kürzer als bei uns zuhause:

Es ist leider sehr wenig Licht am Tage, und die Nächte sind über die Gebühr lange. So sind meine täglichen Etappen aber auch klein geblieben, und ich musste die hellen Stunden mit strammen Märschen auskaufen. Und der Mangel an Licht macht meine Seele trübe.

Ohne Gefährten gehe ich nun zudem, und erst jetzt spüre ich, wie mich der Verzicht auf Niko und der Verlust der Anderen schmerzt.

Überhaupt: Es ist sehr feucht hier. Genau genommen ist alles ständig nass. Und ich habe Sorge, dass meine vielen Unterlagen in meinem auch durch Notizen ständig anwachsenden Bündel feucht und am Ende sogar unleserlich werden könnten.

Doch hier in Hamburg angekommen, habe ich noch keine Schäden entdeckt

Es waren freilich schöne Tälchen und Bächlein - anders kann man es ja nicht nennen, es ist alles so moderat, wenn man es mit dem Wallis vergleicht -, die mich hierher nach Hamburg geführt haben.

Und wenn, was recht häufig geschieht, das häufige Regnen und das ständige Nass-Werden dann aber auch genauso schnell wieder zu Ende ist, wie es gekommen war, wenn dann wieder die Sonne durch die meist sehr tief dahinbrausenden Wolken durchbricht, dann hat das Licht eine warme, gelbliche Farbe, und es ist dann den ganzen Tag so wunderbar golden, als wäre es schon tagsüber Abend.

Hamburg selbst ist ausgesprochen verwirrend: Die Stadt ist, wie mir scheint, über hunderte von Inseln und Dämmen verstreut. Doch hat sie, durch aberhunderte von weiteren Kanälen und Wasserläufen, von denen die Alster der bedeutendste ist, einen Binnenverkehr, wie ich das kaum je in einer großen Stadt auf dem Lande gesehen habe.

Und überall stehen Speicherhäuser, und überall wohnen und arbeiten die Menschen mitten in dem Gewühl. Und alles - Wasser, Wege, Brücken und Menschen und Waren - alles führt am Ende zu dem riesigen Strom der Elbe.

Es gibt nicht einfach einen einzelnen Hafen in dieser riesigen Stadt: Denn eigentlich ist alles irgendwie Hafen, Landungsbrücken, Warenlager und Stapelflächen.

Und für alles soll man irgendwie immer zahlen. Ich bin erst sehr kurz da, aber die Kaufleute zahlen Brückenzoll, Landungszoll, Stapelgeld, und was dergleichen noch mehr ist. Und immer wieder müssen sie ihre Waren alle ausladen und eine gewisse Zeit zum Kauf anbieten, das ist hier Stadtgesetz.

Und als ich mich erkundigte, warum sie das tun, erhielt ich die Auskunft, das sei mit Lübeck ausgemacht und würde auch den Regeln der Seehandelsvereinigung entsprechen. Da komme ich ja gerade her, aus der diese Seehandelsvereinigung, die sogenannte »Hanse« anführenden Stadt Lübeck.

Und die wirklich Kundigen erklärten mir, das alles sei eben Teil dieser Hanse, die ja von Lübeck aus organisiert sei. Und alle würden am Ende davon profitieren. Aber Hamburg, das sagen zumindest die Hamburger Kaufleute, die Hafenstadt Hamburg, die hätte gegenüber den meisten Hansestädten einen enormen Vorteil.

Wie dem auch sei, mich interessieren offen gesagt die Menschen mehr als die Waren, und - ein wenig Rhetorik in eigener Sache - die wahrhaftigen Menschen mehr als die käuflichen. Denn auch davon gibt es ganze Viertel: Hier verdingen und verkaufen sich Menschen so vieler Zungen, so vieler Berufe, und auch so mancher unguten Gesinnung.

Und besonders in Hafennähe verkaufen und verdingen sich auch die Zwielichtigen, ja offensichtlich auch die Verbrecher, für gesetzlose Dienste aller Art. Und natürlich auch Hunderte von Frauen, die - wie mir scheint - auch ihren wirtschaftlichen Vorteil aus den Tausenden von heimatlosen Kauf- und Seeleuten zu ziehen wissen.

Schockiert hat mich heute eine Hinrichtung, eine öffentliche, die vor dem Rathaus stattfand. Und obwohl ich nur einen Teil des in niederdeutscher Sprache durchgeführten Strafgerichts verstand - es gab keinerlei lateinische Übersetzung oder auch nur Erläuterung - meine ich verstanden zu haben, dass der Delinquent gegen

hamburgisches und lübisches Seerecht verstoßen habe: Er scheint ein Schiff geka-
pert und dessen Inhalt entwendet zu haben.

Schockiert hat mich das Ganze aber vor allem, weil viele Hundert Menschen mit
offensichtlicher Wollust der Prozedur beiwohnten. Und der anwesende Priester hat
seine Pflicht, dem in Schande öffentlich Sterbenden die Absolution zu erteilen, so
oberflächlich und nachlässig gemacht, dass es fast eine Posse war.

Der Scharfrichter erfüllte dann die ihm obliegende Aufgabe mit einem gewaltigen
Metzgersbeil.

Und als er den auf einen Holzblock mit Gewalt und gegen den Willen des Delin-
quenten festgehaltenen Kopf von dessen Rumpf trennte, und als dessen Blut mehre-
re Ellen weit aus dem zuckenden Rumpf schoss, sich in den steinernen und teils
sandigen Boden des Platzes ergoss und dann leise pulsierend versiegte, da brüllte
der Mob, als ob all das ein Lustspiel sei.

Welche Rolle die Kirche in dieser Stadt spielt, und - wenn es überhaupt eine große
ist - welcher Art diese Rolle ist, das zu ergründen fehlt mir nicht einfach die Zeit.
Nein, meiner Seele fehlt die Kraft:

Denn solchen Niedrigkeiten auf einem kleinen Fleck Erde zu begegnen, der vor
allem Stolz auf seine wirtschaftlichen »Erfolge« ist, die Menschen aber, die all das
erarbeiten, nur wie Spielzeugteile ansieht, das ist mir zu viel.

Ab morgen werde ich ein Schiff suchen, das mich nach Bremen mitnehmen kann,
und ich hoffe, mich bei dem dortigen Bischof ein wenig ausruhen zu können. Auch
erwarte ich dort Nachricht von Nantelmus.

Und dann werde ich von dort aus einen geeigneten Platz für den Winter suchen.
Ich bin tief im Innern sehr müde.

ABREISE

Carolus war erschüttert. Im wörtlichen Sinne erschüttert, und in seinem Innern war ihm so, als sei er vom Dach eines Hauses gefallen. Er war gerade noch auf seinen Füssen aufgekommen, aber der Schlag und die Erschütterung waren dermaßen groß, dass ihm alles wehtat.

Nicht nur, dass er schon in Wismar und in Lübeck in wenigen Tagen mehr erlebt hatte als sonst in Wochen oder gar Monaten. Sondern vor allem hier, in Hamburg, waren die Verhältnisse so, dass ihm angst wurde.

Die fast überstürzte Geschäftigkeit der Stadt hatte er noch in eigene Worte fassen können, in gewisser Weise auch ihre Lust an öffentlicher Zur-Schau-Stellung und die Massierung ungesühnten Verbrechens in den Hafenvierteln.

Doch das Elend der Armen und Kranken, das er in dem Hospiz - als dessen Gast - erlebt hatte, und ebenso die Trunksucht und offene Prostitution in den Hafenvierteln, das wirklich anzusehen, das auszuhalten oder es gar noch zu beschreiben, das war dem fast noch jugendlichen Gebirgsmenschen schlicht unmöglich.

Anfangs hatte er noch versucht, den offensichtlichen Missständen in dem Hospiz durch eigene Aktivität zu begegnen. So half er zuerst bei der Essensausgabe, vor allem am Morgen. Denn die große Zahl an Kranken, Siechenden und auch Sterbenden ließ eine geregelte Einnahme der Mahlzeiten kaum zu. Die Kranken und Gebrechlichen waren zu langsam für ein pünktliches Erscheinen, oder es war ihnen sogar überhaupt unmöglich, sich in ein Refektorium zu schleppen. Und viele mussten auf ihrem meist völlig verdreckten Bett versorgt und ernährt, ja, und auch irgendwann einmal gewaschen werden.

Carolus, dem dies - in hartem Kontrast zu jeglicher Form des Klosterlebens, in der die Dinge geradezu im Sekundentakt korrekt geschehen - sofort auffiel, wollte dann auch bei der Krankenpflege helfen, denn dort schien ihm die größte Not zu sein.

Doch das war ihm schon nach zwei Tagen viel zu viel. Es war zu schockierend, was er dort nicht nur sah, sondern auch fühlte, roch und hörte:

Die Menschen, die sich - meist aus Armut oder nach beruflichen Unfällen - in das Hospiz zum Heiligen Geist an der Nikolaikirche zurückgezogen hatten, oder besser, die dort überhaupt aufgenommen wurden, die konnten sich geradezu glücklich schätzen. Viele, vor allem Fremde und Durchreisende, wurden es nicht. Und so Mancher verreckte auf der Straße, in einer dunklen Ecke, fiebrig und einsam, und von den Ratten angefressen, noch bevor der Tod ihn geholt hatte.

Doch es waren nicht nur Männer. Viele Frauen hatten es tatsächlich in das Armenhaus geschafft, und nicht wenige hatten früher einen bäuerlichen oder sogar bürgerlichen Haushalt geleitet, und manchmal spürte Carolus noch ein Aufflackern von Stolz in ihren Augen.

Doch ihre Krankheiten wurden nicht mehr behandelt, kaum ein Arzt war ohne Bezahlung tätig.

Und wenn sie noch Kinder gebaren, von welchen »Vätern« auch immer, so lebten - schon wegen des Drecks - diese meist nicht lange und starben in den Armen ihrer verarmten Mütter.

Kein Mensch überlebt in seinem Herzen auf Dauer solch ein Elend. Er erstirbt inwendig, noch vor dem physischen Tod.

Und wir wollen gar nicht erzählen von denen, die durch Krankheit oder Unfall verkrüppelt und verunstaltet wurden und die nicht den Hauch einer Chance hatten, je wieder ein geregeltes oder gar wirtschaftlich geordnetes Leben zurückzugewinnen. Und manch einer faulte geradezu bei lebendigem Leibe an seinen Gliedern ab.

Die wirklich Leprösen aber, deren Schicksal ja genau das ist, die hatte man vorher in einem halb verfallenen Haus, außerhalb der Stadt, am Waldesrand, untergebracht.

Dort fielen ihn nach und nach Finger und Zehen und Nasen und Ohren ab, und dergestalt verunstaltet waren sie kaum noch in der Lage zu kochen, zu waschen, zu essen.

Und waren sie dann gestorben, wurden sie alle - anonym - in einem Armengrab geradezu weggeworfen. Und niemand schien noch eines Gedenkens, eines Erinnerns, wert.

Carolus hatte das himmelschreiende Elend nicht verwinden können. Und er hatte anfangs versucht, sich den Kummer darüber und die Schande, die er empfand, weil er nicht helfen konnte, von der Seele zu schreiben. Doch auch das ging nicht.

Und in seinen inständigen Gebeten, die er des nachts gequält und in quälender Müdigkeit absolvierte, fand er ebenso wenig Trost. Nichts, nichts trat ihm vor Augen, was dem allem Abhilfe schaffen könnte. Die Leben der Armen schienen ihm verloren, vergessen, dem Leben entzogen... Und wer leistete ihnen Beistand? Wer tröstete ihre Herzen? Und wer betete nicht nur für sie, sondern auch mit ihnen?!

Carolus musste weg, er musste dem Elend den Rücken kehren, er musste die Stadt verlassen.

Doch er kam in seinem Herzen vom Regen in die Traufe: Im Hafenviertel suchte er nach einem Schiff, das ihn wenigstens ein Stück in Richtung Bremen mitnehmen konnte. Doch er täuschte sich in allem: Alles war erschreckender als befürchtet.

Die Elbe war nicht die Trave, und hier lagen keine größeren Boote, die einen »mal schnell nach Bremen« mitnehmen konnten. Zwar fuhren viele Schiffe elbabwärts, aber die verlangten auch horrende Preise für die Mitnahme. Und die meisten gingen frühestens wieder vor Anker, wenn sie nicht nur die Elbmündung verlassen hatten, sondern auch die Mündung der Weser, in der Bremen ja liegt, schon weit hinter sich gelassen hatten. Frühestens vor Aurich, war oft der Bescheid, aber Carolus wusste gar nicht, wo das lag.

Und schon die Suche nach einer Mitfahrt selbst gestaltete sich schwierig: Wie sollte er die vielen Menschen aus so ungeheuer vielen Ländern verstehen? Verstand er schon ja fast die Seeleute nicht, die - wie er eigentlich auch - Deutsch sprachen. Von den anderen ganz zu schweigen.

Und dann wurde er noch, zu allem Überfluss, in seinem ständigen Herumirren, von abgerissenen Gestalten ständig aufgefordert, sich in das

Innere von Spelunken zu begeben, in den sich »jede Sorte Frau« aus allerlei Ländern anboten, so pries man ihm den Hurendienst an. Er könne auch Asiatische haben, oder Afrikanische, wurde einer der Zuhälter ganz deutlich.

Und als Carolus einen übermäßig ängstlichen Gesichtsausdruck machte - der Kerl, der die Frauen dort anpries, war noch einen Kopf Größer als der schon hochgewachsene Carolus und von hünenhafter Stärke - , setzte der Riese noch einen obendrauf: Wenn »das Mönchlein« auch »Etwas Besonderes« wolle, immer nur Enthaltsamkeit, das sei ja gar nicht gut für einen jungen Mann, dann hätte er in den Hinterzimmern auch noch eine Zwergin, und - gegen Aufpreis - auch eine ohne Hände und mit nur einem Fuß, die sei so geboren, mit der könne er »machen, was er wolle«... Und: »Nur keine Hemmungen! Kannst eine mieten... «.

Und einige Frauen traten wohl auch selbst vor die Häuser, einfach um möglichst freizügig mit dem Offensichtlichen zu werben, das sie anzubieten hatten. Und erstmals - zu seinem Entsetzen - sah Carolus auch Frauen, die ihm eigentlich Männer zu sein schienen.

Und er wäre wohl am Ende sogar zu Fuß aus der Stadt geflohen, in der Hoffnung auf irgendeine spätere Elbüberfahrt, weiter unten an dem Flusslauf, wenn er nicht - als seine inneren Kräfte nur noch »weg, weg« schrien - eine holländische Kogge gefunden hätte, mit einem jovialen Kapitän, der ihm immer wieder versicherte, das sei »kein Problem, kein Problem«, und er würde extra wegen ihm an einem kleinen Hafen am Unterlauf der Elbe kurz vor Anker gehen - gegen ein kleines Entgelt für seine Mannschaft - und ihn mit einem Beiboot absetzen. Von dort würde er den Weg nach Bremen wohl auch selbst finden.

Carolus nahm das Angebot an.

Und wenige Stunden später bestieg er das holländische Schiff, übernachtete auf dem feuchten und kalten Deck, und im Morgengrauen legte die Kogge mit einem östlichen Wind im Rücken ab.

Elbabwärts.

WINTEREINBRUCH

Als das dickbäuchige, holländische Handelsschiff ablegte, begann es zu Schneien. Carolus war durchgefroren von der Nacht an Deck, seine Nase lief und er hustete. Er drückte sein schweres, voluminöses Reisebündel fest an sich, in der Hoffnung, wenigstens ein klein wenig Wärme konservieren zu können. Auf diesem Schiff konnte er nicht, wie bei dem vorherigen auf der Trave, sich durch Mitarbeit warmhalten. Dies war ein Segler, und Carolus war völlig unerfahren in diesen Dingen.

Es war Freitag, der erste Tag des Monats November im Jahre des Herrn 1247. Die Kalenden, dachte er, während der nun aus Nordosten kommende Schneefall zunahm und ein steifer Wind sich erhob.

Halb trieb das Schiff die Elbe hinab, halb segelte es, und bald wurde der mächtige Fluss noch breiter. Man meinte, man führe auf einem See.

Und noch war ein reger Verkehr auf dem Wasser: Kleinere Boote, entweder unter Segeln oder durch Ruderer betrieben, fuhren von Steg zu Steg, immer in Ufernähe, und ein etwas größeres Handelsschiff wurde am gegenüberliegenden Ufer getreidelt, von Pferden an Tauen gen Hamburger Hafen gezogen.

Doch als der Wind und der Schneefall immer mehr zunahmen, waren sie bald das einzige Schiff auf der Elbe: Die Sicht war so getrübt, dass man das nördliche Ufer nicht mehr sah, nur mit dem südlichen versuchte der Kapitän Blickkontakt zu halten. Doch dies war gefährlich:

Viele Sandbänke in Ufernähe konnten die schwere Kogge auflaufen lassen. Und ständige schimpfte der Kapitän, er sei froh, wenn sie das Meer, »die See«, wie Carolus das Holländische interpretierte, erreicht hätten.

Nicht auszumalen, was ein Schneesturm auf See mit einem schwerfälligen Handelsschiff machen würde. Und Carolus war froh, dass er bald wieder an Land sein würde.

Der Wind drehte gen Norden. Ob er noch kälter wurde, als er sowieso schon war, das konnte Carolus gar nicht mehr sagen. Als der Kapitän ihn in der Ecke vor seiner Kajüte liegen sah, schlotternd, frierend und mit blauer Haut, schickte er ihn nach drinnen in den engen, stickigen, aber überraschend temperierten Raum. Der Kapitän musste im Hafen, über Nacht ein winziges, Öfchen befeuert haben - eine Mischung aus Steinen, die die Wärme hielten, und einem kleinen, metallenen Kesselchen, in dem ein klitzekleines Feuerchen brannte - damit er selbst nicht so fror.

Und in der Restwärme kam Carolus - trotz des beißenden Rauches in der Kammer - wieder zu Sinnen.

Noch auf dem Fluss begann das Schiff in dem immer stärker werdenden Wind langsam zu rollen, und die nun leicht gerefften und in den Wind gedrehten Segel drückten das Schiff in eine Krängung, so dass Carolus meinte, er rutsche von Deck. Doch nur so konnte die Kogge Kurs halten.

Für Gespräche war keine Zeit. Carolus versuchte zu schlafen, was ihm durch das ständige Rollen und die Seitenneigung des Schiffes kaum gelang. Doch die nachlassende Kälte tat ihr übriges, und so verlor der junge Mann - immer wieder eindämmernd - sein Zeitgefühl.

Abrupt weckte ihn ein heftiges Geräusch und dann ein noch heftigerer Ruck des Schiffes. Carolus vermutete zunächst ein Unglück oder eine Sandbank, doch die zielgerichtete Geschäftigkeit an Bord lehrte ihn etwas Anderes:

Sie waren angekommen, der Anker war gefallen, und das Schiff stand - an der Ankerkette zerrend - in der Strömung.

Er müsse sich beeilen bellte ihn der Kapitän an. Zuvor aber das Fährgeld! Und Carolus gab ihm wohl ein wenig zu viel, so dass der Kapitän so etwas von sich gab, er habe ihn ja nicht nach Antwerpen gebracht. Carolus konnte sich auch darauf keinen Reim machen, und er wusste auch nicht, wo dieses Antwerpen liegen sollte.

Doch er sah, wie ein Beiboot ins Wasser gelassen werden wollte, und drei Seeleute standen darin und winkten ihn zu sich.

Vor Angst erneut frierend, stieg Carolus schwankend mehr vor Furcht als vor der Bewegung des Schiffes selbst, zu ihnen.

»Farewell«, schrie der Kapitän nun in den weiter zunehmenden Schnee-sturm, und die an Deck verbleibenden Seeleute ließen das winzige Böt-chen in die tosenden Wasser der Elbe hinab. Carolus war starr vor Angst.

Doch die drei Seeleute griffen geradezu brutal in die Riemen, einer nur das Ruder gegen die Wellen führend, und beförderten ihn in eine Fluss-mündung, die Carolus zuvor gar nicht bemerkt hatte: Der dichte Auwald am Ufer hatte den Eintritt eines kleinen Flüsschens völlig verdeckt.

Und kaum waren sie in der recht engen Flussmündung verschwunden, lies der Wellengang fast völlig nach. Es war wie auf einer Spazierfahrt.

Doch die drei Seeleute entspannten sich nicht. Mit Argusaugen beobach-teten sie jede noch so kleine Strömung, immer angespannt, um ja nicht noch auf einer Sandbank aufzusitzen. Zudem wollten sie offensichtlich so schnell als möglich zurück zu dem in den Wellen des beginnenden Win-tersturmes schwankenden Schiff.

In der wortlosen Anspannung der eigentlich idyllischen Flussfahrt und angesichts der heftig schwitzenden Ruderer vergaß Carolus fast zu frie-ren, nur gelegentlich überfiel ihn eine Welle des Zitterns, die dann - auch weil ihm die Schneeflocken mittlerweile in die Kapuze trieben - in ein langes heftiges Schlottern und Zähneklappern auslief. Ein Jammerbild.

Als sie den ersten Steg von Otterndorf - so hatten die ansonsten un-gemein wortkargen Holländer den vor ihnen liegenden Ort genannt - erreicht hatten, es muss über eine Stunde gedauert haben, legten die drei Ruderer einsilbig das Boot kurz an und geboten Carolus auszusteigen.

Seinen wortreichen Dank nahmen sie breit grinsend, aber ihrerseits prak-tisch wortlos an. Dann sprangen sie wie große Bären in das Boot und nun durfte auch der bisherige Steuermann rudern, wohl einfach, um sich auf-zuwärmen. Sie legten sich nun - flussabwärts treibend - mit aller Kraft in die Ruder, und in kürzester Zeit waren sie hinter der nächsten Biegung des hier nun bewaldeten Flusses verschwunden.

Erst jetzt dreht sich Carolus um, denn bisher hatte er den so plötzlich verschwundenen Seeleuten nachgeblickt. Und für eine Sekunde sah er im Innern noch den Hamburger Hafen vor sich, den sie erst im

Morgengrauen verlassen hatten. Dann erst erblickte er, durchfroren und wie ein angeschwemmtes Stück Treibholz, vor sich einige verstreute Häuer und eine kleine Kirche.

Wie im Halbschlaf tapste er, von Kälte gebremst und immer das Schneegestöber abwehrend, auf das Gotteshaus zu. Rückwärtig, hinter dem Chor stand ein kleines Ziegelhaus, und durch den Schlitz vorgeklappter Fensterläden schimmerte ein schwaches Licht.

Als Carolus an der Tür pochte, öffnete ihm ein Priester, der ihn zunächst entgeistert ansah. Dann brach er in helles Gelächter aus und bat ihn - immer in diesem niederdeutschen Dialekt - in die Stube. Ein »Wintergeist« hätte ihn nicht mehr erschrecken können, erläuterte er seine hemmungslose Überraschung.

An der Feuerstelle legte Carolus sein Bündel nieder, dankte für die Aufnahme und trank gierig von der warmen Brühe, die ihm der Pfarrer anbot.

Es war schon Nacht, als die beiden wenigstens die wichtigsten Erklärungen abgegeben und die notwendigsten Erfordernisse verdeutlicht hatte. Und schließlich wies ihm der Pfarrer eine winzige Kammer zu, glücklicherweise direkt hinter der Feuerstelle.

Und er beschied Carolus, er könne sehr gerne einige Tage bleiben, bis das Wetter wieder besser geworden sei. Und dann könne er nach Bremen ziehen. Solange würde er, der ja hier auch kaum jemanden zum Reden habe, sehr froh sein über ein bisschen Abwechslung und ein »kollegiales Gespräch«.

Carolus jedoch war so erschüttert in seinem Innern, und gleichzeitig war die Abgeschiedenheit des kleinen Dörfchens Otterndorf derart heilsam für ihn, dass er - endlich einmal ausgeruht und ausgeschlafen - erst einige Tage später wieder selbst zur Feder griff...

OTTERNDORF

*A*uch kleine Orte erzählen große Geschichten: Otterndorf, der winzige Elbhafen, ist ein Spiegel unserer Zeit. Und ein zwar stets windiger, aber ungemein reizvoller Flecken. Holländer haben hier vor über 100 Jahren die Landschaft kultiviert:

Sie haben Kanäle angelegt, Deiche errichtet und Siele angelegt. Hafen und Häuser waren dann nur noch die Krone der unglaublichen Arbeit.

Und der Ort, in dem die gesamten Flüsse des Hinterlandes zusammenfließen und gemeinsam - als Fluss Medem - in die Elbe fließen, das ist Otterndorf.

Ich bin hier gelandet, weil ein ebenfalls holländisches Schiff mich hier vor wenigen Tagen in einer atemberaubenden Aktion mittels eines Beibootes abgesetzt hat.

Und von der im Sturm tosenden Elbe hierher gebracht hat in den ruhigen, winzigen Hafen von Otterndorf. Ein zusätzliches Fährgeld hat mich das gekostet, denn das große Schiff musste in der Elbmündung vor Anker gehen und auf die Rückkehr des Beibootes warten, das mich absetzte.

Otterndorf gehört zu der Landschaft Hadeln, und - zu meinem großen Erstaunen - verstehen sich die hier wohnenden Friesen und die Nachfahren der ursprüngliche Holländer hier als Reichsunmittelbare.

Sie seien Freie, erklärten sie mir. Sie seien keinem anderen Herrn unterworfen als dem Kaiser. Für die Freiheit gingen sie in den Tod und wählten lieber den Tod, als dass sie sich mit dem Joch der Knechtschaft belasten ließen.

Daher hätten sie die militärischen Würden abgeschafft und dulden auch nicht, dass einige unter ihnen sich mit einem militärischen Rang hervorheben. Sie wählten jedoch Richter, jährlich, an einem recht weit entfernten Ort, also solche Oberen, die ihr Staatswesen - wenn man das so nennen darf - unter ihnen ordnen und regeln.

Sie nennen es die »Friesische Freiheit«.

Und der Ort an dem sie sich treffen, das ist eben jenes »Aurich«, dessen Lage ich mir noch immer nicht vorstellen kann, und dessen Name ich vor kurzem schon einmal im Hamburger Hafen gehört hatte.

Es gibt hier eine kleine Pfarrei, und der ansässige Pfarrer, ein gewisser Godefridus kann recht gut Latein und spricht auch ein Deutsch, das ich zumindest verstehe. Er hat mir das alles übersetzt. Und ich habe ihm erklärt, dass wir im Süden vielleicht noch etwas von seinen Friesen lernen könnten, doch wir hätten ganz andere Probleme.

Der freundliche Mensch hat mich bei sich aufgenommen, in einer winzigen Kammer, die zum Glück bei dem kalten Wetter direkt hinter der Feuerstelle liegt. Und ich versprach, falls ich am Sonntag noch hier sein würde, dann im Gottesdienst auszuhelfen: Ich kann sicher die Psalmen singen, auf Latein allerdings.

Der Seefisch, den sie ständig essen, ist für mich als Speise sehr ungewöhnlich, aber äußerst wohlschmeckend.

Leider hat das Wetter sich kaum verbessert seit meiner Ankunft, nur dass aus dem anfänglichen Schnee mit dem Drehen des Windes auf Südwesten nun Regen geworden ist.

Und so konnte ich noch niemanden finden, der von hier aus - und es gibt hier nur sehr kleine Boote - nach Bremen fahren würden. Warum auch?!

Zur Zeit ist in der dortigen Wesermündung offensichtlich nur sehr wenig Verkehr, und so bringt es den Leuten hier nichts, dorthin zu fahren. Und fischen, das können sie praktisch vor der Hasutür, und wenn sie wollen auch in der sehr nahe gelegenen Elbe.

Aber ich habe die Hoffnung nicht aufgegeben.

Allerdings verlaufen meine Verhandlungen mit den Einheimischen zwar freundlich, aber sehr stockend: Ich verstehe sie kaum. Und Godefridus, der hiesige Pfarrer, hat nur wenig Zeit um zu übersetzen.

Und viele ihrer Ausdrücke haben mit dem Meer zu tun, das ich ja nun gar nicht kenne, mit dem sie aber täglich leben. Zu allem Überfluss ist es nun auch richtig kalt geworden, und in der vergangenen Nacht hat es erneut kurz geschneit. Wie schon bei meiner Ankunft.

Doch wenn ich sie richtig verstanden habe, dann würden sie mich zu zweit nach Bremen bringen, falls der Wind - wie manchmal im Winter - wieder auf Nordost dreht:

Dann können sie mit der Elbströmung hinaus ins Watt fahren und dort, wie sie sich ausdrückten, »vor den Wind« drehen, und dann mit dem Wind halb im Rücken die Wesermündung hinauffahren.

Sobald der Wind aber dann dreht, wollen sie wieder umkehren, und ich werde den Rest des Weges nach Bremen zu Fuß gehen müssen.

Und einen Preis haben sie mir auch genannt. Aber den kann ich zum Glück, und den will ich auch gerne bezahlen, denn durch die morastigen Marschlandschaften südlich der Elbe möchte ich bei Kälte und Nebel nur sehr ungern zu Fuß gehen.

So werden die kommenden Tage zeigen, ob - wie man hier auch sagt - die Winde günstig stehen. Denn ich will möglichst bald mein Winterquartier beziehen.

ERINNERN DER VÖLKER

O b sich Völker erinnern - vielleicht sogar gemeinschaftlich - und in welcher Form sie das tun, diese Frage hatte Carolus schon vor seiner Reise gestellt. So ernsthaft hatte er sie sich gestellt, dass er eigens Aufzeichnungen dazu angefertigt hatte.

Und es war noch in Otterndorf, dass er sich - angeregt durch die vielen Erzählungen der dortigen Friesen - intensiv dieses Dreier-Schrittes erinnerte, den er damals gemacht hatte:

Es war kurz nach dem Sonntag »Reminiscere« gewesen, im Frühjahr dieses Jahres 1247 A.D., dass er sich - ein wenig theoretisch damals - gefragt hatte, wie das denn gehen könne, dass Gott sich erinnere. Schließlich vergäße er ja nichts...

Viel spannender schien ihm dann die zweite Frage, nämlich die, wie sein eigenes Erinnern denn funktioniere. Und dann war es eben diese, seine dritte Fragestellung, die ihm kurz vor seiner Abfahrt aus der friesischen Siedlung Otterndorf erneut vor das innere Auge trat: Wie können Völker sich erinnern? Und wie tun sie das?

All das hatte er in dem ersten Paket seiner Aufzeichnungen niedergeschrieben, dem Paket, das nun in Geimen ob Naters im oberen Wallis, auf dem Hof sein Vaters lagerte. Das Paket, das er selbst mit »Initia - Zeit der Anfänge« überschrieben hatte.

Hier, bei den Friesen, hatte er nun ein lebendiges Beispiel, wie das gehen kann. Und auch, was es bewirkt. Ständig hatten sie ihn, nachdem sie ein wenig Vertrauen gefasst hatten, zur Seite genommen und versucht, ihm die Geschichte ihrer Ankunft und Besiedlung zu erzählen.

Und nach und nach konnte er sich die Dinge ein wenig zusammenreimen, auch wenn sich die konkreten Erzählungen verschiedener Männer meist ein wenig zu unterscheiden schienen.

Und als sich dann - es war der 5. Tag des Herbstmonats November 1247 A.D. - schließlich zwei fanden, die ihn, wegen guten Wetters und auch, weil sie in einem anderen Friesendorf, das schon in der Wesermündung kurz vor Bremen lag, etwas zu tun hatten, ihn ihrem Boot mitnahmen, da intensivierte sich das alles noch einmal. Denn für die beiden war das keine Besonderheit, es war ihr täglich Brot und ihre tägliche Arbeit. Und so erzählten sie während der Fahrt, ruhig und weitschweifend.

Und sie holten sehr weit aus: Das Land, das sie nun umschifften, das sei - in grauer Vorzeit, »yn âlde tiden«, wie sie es nannten - , das sei viel Größer gewesen. Und das Wasser viel weiter von der heutigen Küstenlinie weg. Und viel wärmeres Wetter, »waarmer waar«, hätte es gegeben.

Sogar die Römer, die »roman«, seien einmal bei ihnen gewesen und hätten das Land erobern wollen. Aber sie seien zur »verkehrten Zeit«, in »ferkearde tiid«, gekommen. Und es sei lange Zeit kalt und nass gewesen. Und in dieser Zeit hätte das Meer sich vergrößert. Das sei schon lange her. Aber die Leute, die vor ihnen hier gewohnt hätten, die hätten das erzählt.

Und dann seien auch die gegangen, die Angeln und die Sachsen. Und über lange Zeit sei das Land leer gewesen. Ganz leer. Und alles war Sumpf und Marsch.

Und dann war es wieder warm geworden, fuhren die beiden Männer langsam fort, während sie nun in die große, ruhige Weser einbogen, und die letzten Sachsen seien nach Britannien ausgewandert, um dort ihr Glück zu machen. Während dann in der Otterndorfer Gegend wieder Sachsen nachgewandert sind, hätten sie, die eigentlichen Friesen, das völlig entleerte Land besiedelt, das sie nun auf ihrer Fahrt von der Seeseite her sähen.

In Otterndorf selbst hätten sie sich dann mit den Sachsen vermischt und auch einen Kompromiss gefunden zwischen dem friesischen und dem sächsischen Recht.

Und besonders die Leute von Otterndorf und Altenbruch, an dem sie »vorher« vorbeigefahren seien, die versammelten sich zur Regelung ihrer Rechtsangelegenheiten regelmäßig auf dem »Warningsacker«, der zwischen beiden Orten lag.

Und hier bestimmten sie ihre Führer und ihre öffentlichen Angelegenheiten. - Carolus war wie elektrisiert, denn hier sah er erstmals außerhalb seiner Walliser Heimat, wie bedeutungsvoll diese Erzählungen und dieses Erinnern für die Friesen hier waren.

Und als die milde Herbstsonne im Nordwesten vor ihnen ein weiß-gelbes Licht über eine endlos erscheinende graublaue Wasserfläche ausgoss, erzählten die Männer erneut davon, dass das Meer früher sehr viel weiter weg gewesen wäre, und man hätte weit vor der Linie, die heute durch Deiche markiert sei, noch Ackerbau treiben und das Vieh weiden können.

Doch dann hätten sie, die Friesen, eben die Deiche gebaut, die man gut vom Meer aus sehen konnte. Und sie hätten Kanäle gelegt im Innern und Schleusen errichtet, um das Wasser zu regulieren. Und weil es jetzt wieder insgesamt trockener sei und auch recht warm, gefiele es ihnen gut, und sie würde ihr altes Recht gegen jeden verteidigen.

Besonders gegen die »fernen Herren«, gegen die »Fremden« ... und vor allem gegen die Bischöfe von Bremen. Die dortigen Bischöfe, die wollten Fürsten sein, »prinsen«, wie sie es nannten. Und sie respektierten sie als freie Bauern nicht. Deswegen, er möge ihnen verzeihen, wollten sie ihn auch nicht bis nach Bremen fahren. Sondern nur bis zum alten friesischen Ort Wremen.

Sie wollten dort ein Wort für ihn einlegen, und vielleicht könne ihn jemand von den Dortigen bis in die Nähe Bremens begleiten. Und so geschah es.

Den Rest, besonders seine weitgehend einsame Wanderung durch die Geest in dem wieder kälter werdenden Herbstwetter und die Begegnung mit Bischof Gerhard II. von Bremen beschreibt Carolus nach seiner Ankunft in der großen Handelsstadt dann schließlich selbst...

FRIESENDÖRFER

Hinter niedrigen Deichen wohnen die freiheitsliebenden Friesen, und bevor ich hierher nach Bremen kam, wo ich nun erstmals seit langem wieder Zeit zum Schreiben finde, war ich viele Tage mit Ihnen zusammen.

In reetgedeckten Katen hausen dort Vieh und Mensch und Vorräte, alles unter einem Dach. Und in der Mitte ihrer großen und langen Häuser ist ein sich meist weit dehnender Raum, den sie »Deel«, die Diele, nennen.

Und ehrlich gesagt, kann ich mich kaum mit ihnen verständigen, so seltsam empfinde ich ihre Sprache. Auch verstehen sie fast kein Latein, und bereits zum zweiten Male habe ich einen Priester angetroffen, der den Gottesdienst in ihrer Sprache hält, mit einigen lateinischen Wendungen. Das wäre bei uns undenkbar, und ich bin mir nicht sicher, ob die Kirche das gutheißt...

Doch irgendwie ist es hier naheliegend.

»Ihre Sprache«, das ist schon auch irgendwie »Deutsch«, aber sie haben sehr viele Ausdrücke, die entweder der Seefahrt, die sie fast täglich ausüben, entstammen, oder der speziellen Form des Ackerbaus, die sie in dem sumpfigen Land betreiben.

Das Land, von dem ich manchmal den Eindruck hatte, es läge sogar tiefer als die Oberfläche des Meeres selbst. Ein sehr befremdendes Gefühl, und immer hatte ich ein wenig Angst in diesen Dörfern.

Ich bin überhaupt nur dorthin gekommen, weil die Fährleute aus Otterndorf, die mich zu den Wurtfriesen, wie sie sich dort nennen, gebracht haben: Sie wollten nicht weiter nach Bremen hin fahren, das sei »Land des Bischofs«. Sondern sie wollten bei ihren Landsleuten übernachten und dann zurückfahren.

Jedoch wurde danach das Wetter sehr schlecht, und sie mussten noch manche Tage bei mir bleiben, bis schließlich der Wind abflaute und von Osten klares, aber auch eiskaltes Wetter hereinbrach. Halb segelnd, halb rudernd fuhren sie wieder nach Norden, an der Küste entlang.

Und ich bete zu Gott, dass sie wieder gut nach Hause gelangen. Ich selbst hatte von den Wurtfriesen aus meinen Weg nach Bremen zu Fuß weiter zu verfolgen. Begleitet hat mich nämlich niemand.

Und so habe ich mich in dem kalten Wetter, mich immer auf den niederen Dünen und sandigen Hügeln haltend, in mehreren mühsamen Tagesmärschen nach Bremen durchgeschlagen. Zu Fuß, wie schon seit mehr als einem halben Jahr. Eine schöne, kalte und einsame Wanderung.

Vorbei an der Geestmündung, wo die Dörfer dann schon zum Bistum Bremen gehören, und ab dort gibt es gebahnte Wege und es ist nicht so ein Irren zwischen Hügeln und Sümpfen und kleinen Kanälen, in denen man immer wieder nass wird.

Und für mich selbst war es schwierig, mich zu waschen und sauber zu halten: In den Friesenhäusern steht der kalte Rauch der offenen Küche und alles stinkt andauernd nach dem Kot der Tiere.

So war ich froh, dass ich auf meiner Wanderschaft Richtung Bremen auch an kleinen, klaren Seen vorbeikam, wo ich baden und mich waschen konnte. Kurz nur, denn es war ungeheuer kalt, und fast wäre das Wasser dort gefroren. Nur in Bergseen hatte ich je Ähnliches erlebt.

Und mittlerweile war mir - es war ja keiner zum Scheren da - auch ein Bart gewachsen, der mich sicher ausgesprochen wild und fast ein wenig verwahrlost aussehen ließ, als ich schließlich in Bremen angekommen war. Geschreckt hat das aber hier niemand.

Und - wie erwartet - hat mich schließlich der seit langem amtierende Bischof Gerhard II. in Bremen empfangen, ja bereits erwartet hätte er mich, ließ er mich sogleich wissen. Denn Nantelmus hatte ihm tatsächlich geschrieben und mein Kommen für den frühen Winter angekündigt. Auch war mit diesem Schreiben die Bitte verbunden, man möge mir im Bistum Bremen oder in der Stadt selbst ein Winterquartier zuweisen, in dem ich »trefflich studieren« könne. Man wolle sich nach Ablauf der Zeit dann von St. Maurice aus erkenntlich zeigen.

Im übrigen sei aber auch zu erwägen, ob ich nicht - z.B. in einem entsprechenden Kloster - aktiv den dortigen Unterricht mitgestalten könne. Und da dachte Nantelmus wohl vor allem an die sonst im Norden eher unüblichen Sprachen, allen voran Italienisch, Latein oder Französisch.

Der - wie ich meine - herrische und fast ein wenig gewalttätige Bischof eröffnete mir sehr bald, er wolle dies gerne tun. Nantelmus erwarte auch von mir einen Bericht, spätestens nach Ablauf der Wintertage, in dem ich ihm über meine bisherige

Reise »in der mir bekannten Sache« ausführlich Auskunft geben würde. Als ich klar sagte, das sei von Anfang an so ausgemacht und ich hätte diese Nachricht bereits erwartet, schien Bischof Gerhard zufrieden... Dabei war mir aufgefallen, dass er nicht nur den Brief gelesen hatte, der an ihn gerichtet, sondern auch den zweiten, der eigentlich ausschließlich für mich bestimmt war.

Gestern hat mir nun der Bremer Bischof mitgeteilt, er hätte entsprechende Order an zwei der loyalen Klöster in Stade an der Elbe gerichtet, die Benediktiner und die Franziskaner nämlich.

Und dorthin solle ich mich nun zügig begeben und mich - wenn es ginge - den Winter über auch nützlich machen. Welches Kloster ich vorziehen würde, das könnte ich selbst vor Ort entscheiden, was ich dankend begrüßte.

So war ich denn hier in Bremen gut untergebracht, werde mich nun aber noch heute auf die - bei strammem Marsch und auf den gut befestigten Straßen - rund dreitägige Reise nach Stade machen. Ein wenig stört mich, dass ich dabei fast wieder nach Hamburg zurück muss, und da war ich ja schon vor einigen Wochen. Ich gehe also vermutlich im Kreise.

Ein Ministeriale des Bischofs gab mir jedoch mehrere Empfehlungsnotizen mit dem Siegel der bischöflichen Kanzlei mit, und sagte, ich solle besonders in einem kleinen Dorf namens Godenstedt, oder »Godenhusen«, wie die Einheimischen ihren Ort nennen würden, bei einem lokalen Grundherren, dem schon betagten Johann von Godenhusen, Rast machen. Dort würde ich gut versorgt, denn der Bischof würde dafür aufkommen. Und im übrigen sei es hübsch, ich würde dort einen recht großen See finden.

Was über Bremen im einzelnen zu sagen ist, muss ich also verschieben, aber es tun sich dort merkwürdige Dinge:

Unter anderem hat Bischof Gerhard im vergangenen Jahr den seit fast einem Jahrhundert regierenden Rat praktisch entmachtet und seinen Vogt über die Stadt gesetzt. Und es ist eine seltsam furchtsame Stimmung in dieser an sich so regen und wachen Stadt.

Mein Herz ist froh, dass ich ziehen kann. Und ich hoffe, in Stade Ruhe zu finden.

CIVITAS BREMENSIS

Den tatsächlichen Verhältnissen nach war die Stadt Bremen in den Tagen des Carolus eine selbständige Stadt, eine freie Reichsstadt gar. Kein geringerer als Friedrich I., Barbarossa genannt, hatte schon von vielen Jahrzehnten - es war im Jahre 1186, von seiner Pfalz in Gelnhausen aus - der Stadt Bremen ein eigenes Recht verliehen und ihr zugleich zugesichert, die »Civitas Bremensis« unterstünde nun der »Iustitia Imperialis«, also der kaiserlichen Rechtsprechung.

Nach und nach hatte der Bremer Rat diese Berechtigung auch in faktisches Recht umgewandelt, die Stadtmauer geschlossen und selbständig mit den Herrschaften des Umlandes verhandelt. Und so war Bremen eine Stadt beträchtlicher Größe geworden, zu der Zeit, als sich Carolus dort für einige Tage aufhielt.

Doch immer wieder hatte in der jüngeren Vergangenheit der Bremer Bischof interveniert: Faktisch beanspruchte er - der Kaiser war ja seit langem vor allem in Italien - die Rolle des Landesherrn. Und so kam es in Bremen zu spektakulären Ereignissen. Und einem davon war Carolus bereits auf dem ersten Teil seiner Wanderschaft, denjenigen, den er selbst »Tempus Invocationum - Zeit der Anrufungen« genannt hatte, begegnet.

Es war der Aufstand der Stedinger Bauern, gegen die eben jener Bischof Gerhard II., der Carolus jetzt empfangen hatte, im Jahre 1234 einen veritablen Kreuzzug ausgerufen hatte.

Und dies war eben jener Anlass, in dessen Entstehung zunächst der Papst gegen die vermeintlichen »Ketzer«, dann sogar der Kaiser selbst, Friedrich II., gegen seinen eigenen Sohn Heinrich zugunsten des Bremer Bischofs Gerhard Partei ergriffen hatte.

Es scheint aber, dass der wahre Grund der Aufstände weder der den Bauern unterstellte »Hostienmissbrauch«, noch angebliche Zauberpraktiken der Landbevölkerung gewesen seien, sondern die gehäufte und mit militärischen Mitteln geführte Steuereintreibung durch den Bremer Bischof und die Grafen von Osnabrück selbst. Carolus konnte nichts davon genauer in Erfahrung bringen.

Carolus war dankbar, dass Bischof Gerhard zwar seinen Auftrag unterstützte, ihn aber nicht für seine eigenen Zwecke einspannte. Denn er konnte diesen Menschen, weder als Bischof noch als Landesherren einschätzen: Erst im Jahr vor seiner Ankunft hatte dieser den Rat der Stadt Bremen, der bis dahin Jahrzehnte regiert hatte, entmachtete. Das alles hätte ihn, den Mönch nicht eigentlich berührt, aber er war doch froh, dass er mit diesem Mann so wenig Berührungspunkte wie möglich hatte. Denn zu der Person des Bischofs von Bremen hatte der junge, unerfahrene und in diesen Tagen unbedeutende Walliser Mönch Carolus kein Vertrauen.

Bischof Gerhard II. wiederum hatte die ungemein rührige Persönlichkeit des für ihn fremden Wanderers sofort erkannt. Und ihm war klar, dass er in dem von ihm über Jahrzehnte streng kontrollierten Machtgefüges in Bremen eigentlich keine Unruhe, und schon gar keine »neuen Gedanken« brauchen konnte.

In der kleinen Stadt Stade aber, da waren sie sicher froh um eine frische und angeregte Diskussion. »Stadtluft macht frei«, so hatten die Bremer Bürger manches Mal geradezu werbend von ihrer Stadt gesprochen. »Stader Luft macht zumindest ungefährlich«, scheint Bischof Gerhards Leitmotiv im Hinblick auf Carolus' Anwesenheit gewesen zu sein. Und er war froh, von dem jungen Mann nichts mehr zu hören.

Carolus jedenfalls machte sich leichten Fußes und gewissermaßen erwärmten Herzens auf zu dem kleinen Lehensherrn Johann von Godehusen, ganz wie der Bischof von Bremen ihm geheißen hatte.

Und erst dort fasst er - ein weiteres Mal - seine persönlichen Eindrücke in eigene Worte...

Johann der Lehensherr

*I*ch hatte mir das alles anders vorgestellt: Größer, herrschaftlicher, kultivierter eben. Aber der Herr Johann ist zwar ein sehr wohlmeinender, aber auch ausgesprochen befremdlicher Mensch. Seine zwei Dörfer und gerade mal zwei Hände voll Höfe umfassende Herrschaft wird von ihm kontrolliert und aus großer Nähe beherrscht:

Überall ist Johann von Godenhusen, oder »der von Godense«, wie die Bauern hier sagen, präsent.

Auch in seinem eigenen Haus, das kaum mehr als ein etwas größeres Bauernhaus mit ein paar Nebengebäuden ist, sind die Verhältnisse ähnlich urtümlich wie bei den Bauern selbst: Wohnen und Arbeiten auf sehr einfachem Niveau. Allerdings ist Johann von Godenhusen gesprächiger, als es die Bauern seiner beiden Dörfer sind, und er bemühte sich auch sehr, mir in einem verständlicheren Idiom Auskunft zu geben.

Meist wirkte er jedoch wie im Innern erfroren, wortkarg und fast abweisend. Und ich ging am Nachmittag ein wenig zu dem wirklich schönen See, den es hier gibt. - Allerdings bin ich sehr dankbar für seine etwas raue Gastfreundschaft. Wohlmeinende Menschen gibt es nicht viele.

Erst abends, an dem riesigen Feuer in seiner schmucken Diele, da taute er - unter gehöriger Mithilfe eines klaren und ungemein starken Gebräus, das wohl aus Getreide gemacht wird - ein wenig auf. Und dann ging es recht lustig zu. Als der alte Mann dann aber doch sichtlich zu viel gegessen und noch mehr getrunken hatte, schlief er grunzend ein.

Und zwei seiner Knechte - in deren Bemerkungen ich nur das Wort »wat'n Schiit« richtig verstand - trugen den riesigen Bären von einem Mann mühsamst in seine Schlafstatt, bevor sie sich selbst in eine Ecke auf ihre Strohsäcke legten. Und schon bald schnarchten sie und grunzten ihrerseits im Traum.

Eine große Kerze gab mir nun ausreichend Licht, um noch kurz ein paar Gedanken zu notieren. Und ich werde mich jetzt ebenfalls auf einen der Strohsäcke legen. Mehr Ruhe und Abgeschiedenheit werde ich hier nicht haben. Und an ruhige oder gar geregelte Gebetszeiten ist hier nicht zu denken.

Und so werde ich den gastfreundlichen, aber letztlich verschlossenen Lehensherrn Johann schon beim ersten Licht des neuen Tages wieder verlassen. Man sagt, es könne mir gelingen, Stade schon am morgigen Abend zu erreichen.

Ein wenig zittert mein Herz, denn nun werde ich wieder eine lange Zeit in einem Kloster sein, und das nicht nur zu Besuch, sondern mit einem klaren Auftrag und - zeitweilig - auch als Mitglied der Gemeinschaft. Das ist etwas völlig Anderes, als ein wenig zu übernachten und dann wieder weiter zu ziehen.

Und was mich dort, in Stade, dann erwartet, das weiß ich wirklich nicht.

Vor allem aber: Werde ich mich an alles zureichend gut erinnern können, um meinem Abt einen guten Bericht über den ersten Teil meiner Reise anfertigen zu können?

Wenn ich meinen Aufzeichnungen folge, die ich auch nochmals neu ordnen will, vermutlich ja. Aber es liegt viel vor mir, und ich bin unruhig.

Von Aussen

Feuchtkalter Nebel umgab Carolus, als er am kommenden Morgen das Haus des Johann von Godenhusen verließ. Artig hatte er dem völlig schlaftrunkenen Mann gedankt und ihn nochmals darauf hingewiesen, dass der Bischof selbst ihm einen finanziellen Ausgleich für seine Aufwendungen schicken würde. Der Lehensmann grunzte so etwas wie »Gott mit Dir...«, was Carolus dann doch etwas überraschte.

Doch er ging nun mit kräftigen Schritten seines Wegs. Für ein tieferes Gespräch mit dem Lehensherrn war es nun zu spät.

Sandig und matschig war der Weg, und er zog vorbei an offenen Weiden, an Hutwäldern, in denen jetzt - im Spätherbst - natürlich kein Vieh stand, und Mooren, über denen ein seltsam riechender, muffiger Dunst lag. Und der Weg des Carolus schlängelte sich durch Dünen und Heiden, die allesamt in braunen, grauen und schmutzig-gelben Tönen eine eingetrübte Stimmung verbreiteten. Und erneut musste Carolus Gräben und kleine Wasserläufe durchqueren.

Er ging den gesamten Vormittag stramm und schnurstracks. Und oft war es schwer, den richtigen Weg zu finden, es war hier alles mehr oder weniger Einöde und halb verlassenes Ackerland. Doch hin und wieder kam die Sonne heraus und ihr Stand am Himmel erlaubte Carolus wenigstens eine vage Orientierung.

Es drohte dann schon wieder dunkel zu werden, da hatte er schließlich die Elbniederungen erreicht. Ein wenig musste er zurückgehen, da er dann doch die Orientierung etwas verloren hatte und zu weit gegangen war. Doch bei Einbruch der Dämmerung stand er in Sichtweite der Stadt Stade.

Und noch vor deren Mauern erblickte er vor sich einen großen Komplex, den er zurecht für ein Kloster hielt. Und er strebte dem Hof und den Gebäuden unmittelbar zu. Auch fand er so etwas wie eine Pforte, und er erbat, mit dem Brief der bischöflichen Verwaltung von Bremen in der Hand, um Einlass und Aufenthalt. Der wurde ihm gewährt.

Die erste Nacht und auch noch die folgende verbrachte er in einem Dormitorium, einem Schlafraum, mit mehreren Liegen, in dem sich Männer aus aller Herren Länder aufhielten. Und nur wenige von ihnen waren Pilger, manche schienen Händler, einige aber auch Ritter, die vor dem abendlichen Zu-Bett-Gehen ihre Bewaffnung ablegten. Ein seltsames Bild in einem Kloster.

Und Carolus fand nur leichten Schlaf, einerseits wegen des ständigen Kommens und Gehens, das die gesamte Nacht währte. Andererseits aber auch, weil er um sein für ihn nun ungemein wertvolles Reisegepäck fürchtete.

Doch er war hier zunächst einmal satt geworden, er hatte getrunken und konnte sich waschen. Und das war ihm, besonders nach der langen Wanderung von Godenhusen hierher, ein großes Anliegen gewesen.

Und so nutzte Carolus die Zeit, sich bei den verschiedenen Reisenden - so beiläufig, wie es ihm möglich war - nach deren Zielen und Plänen zu erkundigen. Ganz so, wie er es auch schon zu Anfang seiner Reise vom Wallis hierher in den Norden schon oft gemacht hatte.

Schließlich fand er sogar die sehr umfangreiche Bibliothek der Benediktiner, und er erhielt schließlich auch Zugang zum Scriptorium, in dem er die Eindrücke dieses Tages und auch schon seine weiteren Entschlüsse auf das Pergament bannen konnte.

Und noch eine - unruhige - Nacht verbrachte er in dem benediktinischen Kloster.

Am nächsten Morgen ließ er sich Zeit, und er verpasste die ersten Stundengebete. Er wollte noch einmal Zeit haben, um sich umzusehen. Und ihm fiel auf, dass das Kloster ungemein bevölkert war, und das nicht nur von den Benediktinern, die hier wohnten und dienten. Sondern es waren auch Ritter hier und viele andere Männer, die die seltsamsten Sprachen redeten. Es gab hier keine ruhige Ecke. Und er wurde sich an diesem Morgen immer sicherer:

Das Kloster schien wirklich dem Zweck zu dienen, eine Art Kolonisation im Osten des Mare Balticum vorzubereiten.

So war noch vor dem Mittagessen sein endgültiger Entschluss gefallen: Er würde zu den Franziskanern gehen. Und er solle in die Stadt, durch die Tore, dort würde man ihm weiterhelfen, wurde ihm beschieden.

Und nochmals ging er in des Scriptorium, in den Schreibraum, und ergänzte seine Aufzeichnungen vom Vorabend.

Und - nachdem er alles zu seiner Zufriedenheit erledigt hatte - stand der einsame Mönch Carolus Paulus aus dem unteren Wallis am frühen Nachmittag eines feuchtkalten und verregneten Novembertages am Tor der Franziskaner von Stade. Und - wie schon zwei Tage zuvor im benediktinischen Marienkloster - bat er nun erneut um Einlass.

Und während er völlig versonnen auf die etwas »jenseitig« wirkenden Franziskaner wartete, während er sogar lange wartete, erinnerte er sich, was er in dem Marienkloster der Benediktiner, die außen vor der Stadt wohnten, geschrieben hatte:

SUBURBIO

In suburbio Stadensi…, so muss man das Marien-Kloster beschreiben, das die Benediktiner vor den Stadtmauern der gar nicht so kleinen Handelsstadt Stade betreiben.

Ich bin aber völlig verblüfft, was die Mönche - allen voran ihr Abt - hier zu treiben scheinen. Ich hatte so etwas erwartet, wie ich es von St. Maurice her kenne: Disziplinierte Stundengebete, intensive und langgedehnte Laudes, intensive Fasten- und Einkehrzeiten.

Aber nein! Die hiesigen Benediktiner befassen sich mit der Kolonisation des Ostens, insbesondere der Livländischen Konföderation, oder der »Terra Mariana«, dem Marienland, wie sie es nennen. Und es ist fast, als ob sie - in Schreibstuben, in den Werkstätten und sogar in den Warte- und Schlafsälen der Pilger, die es hier auch in Fülle hat - eine Art Inbesitznahme der baltischen Länder vorbereiteten. Und die vielen Händler und Fernreisenden, die die Stadt Stade hier anzieht, und von denen sie lebt, die gehen hier auch ein und aus.

Dabei muss ich zu meinem Entsetzen eingestehen, dass unter ihnen auch einige Frauenzimmer waren. Und ob es denn hier wirklich geziemlich zugehe, das weiß ich nicht so genau zu sagen. Es dünkt mich seltsam hier…

Der erste Eindruck an diesem Abend, was mich selbst und meinen weiteren Verbleib betrifft, ist der: Es gibt hier ja noch das Franziskanerkloster im Innern der Stadt, nahe an dem kleinen Fluss »Schwinge«, also so etwas wie Biegung. Und ein wenig erinnert mich der Ort an das ehemals keltische Cambodunum, das sie heute »Kempten« nennen, oder auch an Celle: Biegung des Flusses, die namensgebend wirkte, und dann die Befestigung der Furten (Celle) und der Stadt (Kempten).

Und ich meine fast, ich könnte dort, bei den »niederen Brüdern«, mehr Ruhe finden. Zu »Carolus« passt wohl das hiesige Kloster, zu »Paulus«, meinem zweiten Ordensnamen aber, könnte das andere besser hinführen… Denn wohlfühlen, das *würde ich mich hier nicht. Und wie soll ich da meinen Bericht an den Abt Nantelmus in St. Maurice d'Agaune in Ruhe schreiben, zudem ich und dem ich verpflichtet bin?*

Es ist noch ein weiteres, das mich sehr interessiert: Die Mönche hier sagten mir, es hätte hier, im Kloster St. Marien in Stade, bis vor sieben Jahren einen Abt gegeben, Albert mit Namen. Der sei in fast vier Jahren von Stade bis ganz nach Rom gegangen und danach hätte er das Kloster verlassen und sei - resigniert, wie man sagt - in das Franziskanerkloster in der Stadt gewechselt.

Mich interessiert das: Ich will diesen Albert kennen lernen.

Und vielleicht erfahre ich von ihm mehr über seine Reisen! Vielleicht hat er auch Aufzeichnungen gemacht, so wie ich auch... Es wäre ungeheuer interessant, ihn dazu zu befragen...

FRANZISKUS

Bedenkt man die Zeiten, bedenkt man die Wirren, bedenkt man die unklaren Verhältnisse und erinnert man sich auch nur kurz der Gefahren für Leib und Leben, die in den Tagen des Carolus alle Menschen auf diesem Erdboden in einer Weise bedroht haben, die für uns Spätere kaum nachvollziehbar ist, so muss man sich nachdrücklich fragen, welche Kräfte den noch jungen Orden der »armen Brüder«, den Franziskaner, oder in anderer Weise auch den oft predigend umherziehenden Dominikanern, zu solch ungeheurer Strahlkraft verholfen haben.

Zu leicht verweist man - aus der Sicht der später Geborenen - auf das Charisma der Gründerpersönlichkeiten. Zu leicht vergisst man die Gefahren und Anfeindungen, denen sie ausgesetzt waren.

Und zu verklärt ist das Bild, das spätere Generationen besonders von Franziskus oder Domenicus selbst gezeichnet haben.

Und doch: Bei Licht besehen ist es nicht die Distanz der Zeiten und Verhältnisse, die die Verklärung hervorruft, sondern es scheint, als ob es eher die Verklärung ist, die die Distanz zu den Menschen schafft, die uns in den Gründerfiguren dieser Orden begegnen.

Doch auch wenn man, nach einem gewissen Nachdenken, dem Gesagten vielleicht zustimmt, so bleibt dennoch der Umstand, dass es ungeheuer schwer ist, »ex post«, im Nachhinein also, die Unmittelbarkeit des Wirkens solch herausragender Menschen nochmals zu empfinden.

Auch Carolus stand - da er nun erstmals ein franziskanisches Kloster von innen und im täglichen Betrieb erlebte - im Grunde vor einem Rätsel: Was war das Besondere an diesem Orden? Welche Spuren hatte der Gründer und dessen so auffällige Lebensweise gut eine Generation nach dessen Tod in den »Herzen und Händen« seiner Nachfolger hinterlassen?

Gerade angekommen hatte Carolus zunächst ein erstes Gespräch mit dem Abt. Und der etwas farblose, stille Mann registrierte - kühl - seine

Anwesenheit mehr, als dass er sie ausdrücklich würdigte oder gar schätzte. Und auch Carolus' Fragen nach dem Orden und seinen Eigenheiten perlten von dem Abbas der Franziskaner in Stade ab. Aber Carolus solle sich an einen der jüngeren Brüder wenden, einen gewissen Theophilus, der solle ihm alles erklären, was es zu wissen gäbe.

Und Carolus beschied sich.

Doch auch der gegenüber Carolus nur um wenige Jahre ältere Theophilus war zunächst eher zurückhaltend. Freilich entpuppte er sich, als Carolus hartnäckig und engagiert nachfragte, als kluger und sehr tiefsinniger junger Mann.

Carolus' Interesse galt zunächst weniger der Organisation des Stader Klosters - das würde er schon im täglichen Betrieb mitkriegen, meinte er - als viel mehr dem Ordensgründer. Und er quälte Theophilus fast ein wenig, damit dieser ihm - in schleppend-langsamer Sprache, wie viele hier - nun doch ein wenig mehr über Franziskus sagen solle.

Und Theophilus gab schließlich, als die beiden sich auf einen Spaziergang in die umliegende Marsch begeben hatten, einige kluge und für unseren jungen Walliser Mönch wichtige Hinweise.

Wir wüssten sicher viel zu wenig, eröffnete Theophilus den Erklärungs-Reigen. Auf jeden Fall zu wenig, um die Rätsel des feurigen Lebens des Ordensgründers wirklich alle zu verstehen.

Und andererseits wüssten sie alle zu viel, um im Rahmen eines einfachen Spazierganges die gestellte Frage auch nur ansatzweise zureichend zu beantworten.

Als Carolus - ein wenig ungeduldig geworden - darauf hinwies, wenn das so sei, dann möge sich doch Theophilus nun nicht mehr länger mit Vorreden aufhalten, sondern »endlich den Braten servieren«, wie er sich ausdrückte, da ermannte sich Theophilus und gab in der Tat eine - auch sehr persönliche - Einschätzung der Person des Franziskus ab.

Gut, gab Theophilus nun nach, es gäbe einen Aspekt des Franziskus, den er - Theo, er solle ihn doch bitte Theo nennen - auch schon im Rahmen seiner persönlichen Beurteilung in den Mittelpunkt stellen wolle.

Und das wäre ein Aspekt, der in all den abertausenden von Erzählungen und Beschreibungen des Lebens und Wirkens von Franziskus von Assisi oft ein wenig vernachlässigt wird.

Es ist dies der Umstand, dass Franziskus offensichtlich in sehr unmittelbarer Weise empfunden und gehandelt habe: Alles, absolut alles, scheint er ohne Barriere und Hindernis - allem gleichsam existentiell ausgesetzt - empfunden und erlebt zu haben. Im wörtlichen Sinne hat er also nicht lange übersetzt, und meist schon gar nicht umständlich interpretiert.

Bruder Theo unterbracht seinen doch erst vor kurzem begonnenen Redefluss und wartete - still ruhend, wie einer der vielen kleinen Seen im Marschland um Stade herum - auf eine Reaktion von Carolus. Und erneut stellte Carolus eine Frage, diesmal fast ein wenig drängend:

»Worum ging es Franziskus denn eigentlich, im Kern?«

Erneut zögerte Bruder Theo, doch nach einigen langen Minuten des Nachdenkens, begann er nun erst eigentlich - in geradezu wohlgesetzter Rede - mit seiner ganz persönlichen Sicht auf das Leben des Franziskus von Assisi.

Franziskus sei es nicht um sich selbst gegangen. Ganz unmittelbar hatte er nach dem Vorbild des Christus, Jesus von Nazareth, leben wollen, völlig kompromisslos und ohne »Fangnetz«, ohne irgendwelche weiteren Sicherheiten.

Schon als junger Mann habe er in einer spektakulären Aktion - in der er sich während einer Gerichtsverhandlung völlig entkleidete - den umfangreichen Besitz seines Vaters öffentlich abgelehnt. Das sei sehr wirksam gewesen, im juristischen wie im kommunikativen Sinne.

Doch während er damit auf das menschliche Erbe seiner Eltern verzichtete, sei Franziskus damit - nach dessen eigenen Verständnis - ein ganz anderes Erbe angetreten: Das nämlich dessen, den er da nachahmte, »den Herrn, Jesus«.

Und von Anfang an habe er damit voll und ganz an der eigenen Sendung, der »Vocatio» dieses Jesus teilhaben wollen. Schon in seinen allerersten öffentlichen Äusserungen habe er kompromisslos deutlich gemacht, er wolle das Evangelium »Sine Glossa«, also ohne Hinzufügungen oder Veränderungen, wörtlich ohne Kommentare und Erläuterungen von Gelehrten, leben.

Bruder Theo hatte dies alles mit einer in des Carolus' Ohren ungewohnten sprachlichen Distanz zu der Person des Jesus von Nazareth formuliert, ganz so, als sei dieser sehr weit weg - und dann dennoch irgendwie nahe bei ihnen. Doch Carolus fragte zunächst nicht weiter, zu vage war der erste Eindruck noch.

Stattdessen fragte Carolus noch deutlicher als bisher nach den praktischen Konsequenzen des franziskanischen Lebensstils, doch erneut erhielt er eine - theologisch formuliert - synoptische, eine Übersicht gebende Antwort.

Die Lebensweise des Franziskus habe unmittelbar und sofort gleichgesinnte Gefährten angezogen. Und alsbald hatte dies zur Gründung der »Minderen Brüder« geführt, deren Orden rasch wuchs. Franziskus war aber gleichermaßen auch Mitbegründer des Klarissen-Ordens seiner - und jetzt wurde Theo fast poetisch - »Herzensfreundin« Chiara.

Denn - getreu dem Evangelium, dem er zu folgen suchte - seien Frauen von Anfang an und ohne Einschränkung Teil dieser Berufung und dieses Heilsplanes seines Vorbildes, Jesus, in dem er unzweideutig den einen Retter allen Lebens, das ist der gesamten Schöpfung, und den Sohn Gottes, den Christus, gesehen habe.

Carolus schwieg, auch wenn er selbst schon oft ähnliches gedacht hatte, und nach einer von Seiten des Theophilus höflich gemeinten Pause fuhr dieser erklärend fort.

Diese Gleichstellung von Frau und Mann in dem Heilsplan seines Herrn und Leiters habe einen Großteil des Lebens des »Francesco« charakterisiert. Francesco, der diesen Namen schon als Kind wegen seiner Vorliebe zur französischen Sprache erhalten hatte, denn eigentlich habe er er Giovanni Battista Bernardone geheißen.

So sehr bestimmte die Überzeugung, dass es »in Christus» Mann und Frau eine gleiche Stellung besässen, das Denken des Franz von Assisi, dass sein erstes »literarisches« Werk dann die nur kurze Regel der ersten

»Klarissinnen«, wie sie später genannt werden, gewesen sei. Der berühmte »Sonnengsang«, der - wörtlich - »Cantico delle Creature«, den sie hier in Stade alle kannten, der wurde wohl erst einige Jahre später verfasst. Und auch die anderen Texte, die er dann auch irgendwann einmal verfasste: Sie alle seien erst danach entstanden.

Unterdessen waren die beiden, Bruder Theo und Carolus, von ihrem Spaziergang zurückgekehrt. Ausgekühlt von der feucht-kalten Luft und ermüdet von der allgegenwärtigen Nässe in den Marschwiesen retteten sich die beiden in das in diesem Moment unbenutzte Refektorium, in dessen Kamin noch die letzte Glut eines lange gut gehegten Feuers brannte. Und die warmen Ziegel um die Feuerstelle herum, waren eine Wohltat.

Lange hatte Bruder Theo versonnen in die Glut gesehen, und Carolus war erneut vor Ungeduld über den Fortgang des Gespräches fast geplatzt, als sein franziskanischer Begleiter den Gedankenfaden wieder aufgriff:

Alle entscheidenden Prägungen und Wendungen im Leben des Franziskus von Assisi seien von etwas sehr Ungewöhnlichen begleitet, ja ausgelöst worden:

Alle Impulse seines Lebens waren mit unmittelbaren - viele würden sagen »mystischen« - Begegnungen und einem ebenso direkten Eingreifen, ja wörtlich hörbaren Reden seines Gottes einhergegangen. Zu viele seien es, um alle aufzuführen, aber einige wenige wären wohl entscheidend. Und der bedächtige Theophilus begann zu erzählen:

»Es ist sein erster Biograph, Thomas von Celano, den Du ja sicher schon kennst, Bruder Carolus, der die folgende Begebenheit wiedergibt.

Als Franziskus, er muss gerade einmal zweiundzwanzig Jahre alt gewesen sein, sich einem päpstlichen Heer gegen die Herrschaft der Staufer in Apulien anschließen will, hat er irgendwo auf dem einsamen Weg durch die italienische Bergwelt eines Nachts einen Traum.

Und in dem Traum, so wird berichtet, habe sich folgender Dialog abgespielt:

tenet dicens

t nullus promouentibus recautiatur inmonasterio · nisi
quem aut bona uoluntate fieri nec ita commend uri
t unuenifq; apprinelbo & uotis· sepancum porno dis
gause domo su omnia sit nec in se elaudir
V t adduci nutial for inpraum euc excepto· uero dici
ant curcule & everso uar quadragsimi
reddatum air ore Lironis· eduerr plus rum & re
laquaque fibi commonum necessaria addicebuaq,
ait leo …

r nosatilia innitate dni … annor diebus
si fuerim inde epaulatim rhi comedant tantum
si uero non fuerint uade requiram det detlebur

S inuero abbas aut monachus uoluerint abstinere in
ipsorum mantat arbitrio · DE PROMISSIONE

E go N· promitto stabilitatem meam & conuersione
morum meorum· & oboedientiam secundum re
gulam sci benedicti· coram do & scis cius

ITEM

Eine Stimme spricht zu Franziskus:

»Wer kann Dir Besseres geben? Der Herr oder der Knecht?«

Franziskus antwortete:

»Der Herr!«

Darauf die Stimme:

»Warum dienst Du dem Knecht statt dem Herrn?«

Franziskus:

»Was willst Du Herr, das ich tun soll?«

Der Herr:

»Kehre zurück in deine Heimat, denn ich will Dein Gesicht in geistlicher Weise erfüllen.«

Unnötig hinzuzufügen, dass Franziskus in der Tat umkehrte. Und mit allem, was er hatte und war, in Zukunft diesem wahren Herrn zu dienen.

Solche Begegnungen hatte Franziskus oft, und sie charakterisieren nicht nur sein Leben, sie begründen noch viel mehr dessen Verlauf. Franziskus nimmt diese Gesichte, von denen er noch viele hatte, wie ich schon sagte, »Sine Glossa«, ohne menschliche Randbemerkungen, ernst. Und so versteht er auch die Schrift: Sie ist ihm unmittelbare Direktive, ein wörtlich zu nehmendes Gesetz.

Es ist heute nicht die Zeit, Dir chronologisch das Leben des Franziskus zu erzählen. Doch das ist wichtig: Diese Unmittelbarkeit der Gotteserfahrung prägt uns Franziskaner - und gleichermaßen die Orden der Franziskanerinnen mit all ihren Spielarten - bis heute. Das macht uns manchmal ein wenig »jenseitig«, das hast Du ja schon bemerkt. Es ist vielleicht für Dich so, als wären wir »nicht immer ganz da«.

Und gerade in der Anfangszeit des Ordens wurden wir »Minoriten« auch als Gefahr für das hierarchische Kirchengefüge wahrgenommen. Und in der Tat, auch wenn es hart klingt: Es ist das Evangelium und dessen konsequente Anwendung, die in mancher Hinsicht eine Art Gefahr für die Kirche, wie sie heute ist, darstellt.

Denn das meiste von dem, was Anderen alles bedeutete, das bedeutete uns gar nichts. Und so waren und sind wir schwer zu taxieren.«

Carolus war tief getroffen und aufgewühlt von den Worten, die er da soeben - auf den warmen Steinen vor dem Kamin des Refektoriums - gehört hatte. Und er meinte, er würde eine Pause brauchen, um das alles zu verarbeiten. Doch eines wolle er noch wissen:

»Was machen die Franziskaner in der Handelsstadt Stade? Warum sind sie hier? Und was treibt einen früheren benediktinischen Abt, nämlich den bereits erwähnten Meister Albert, in ihre Arme?«

Bruder Theo lächelte ihn an, lange schweigend, dann meinte er nur, das könne er ihm besser zeigen als erklären.

Und als Carolus ihn verdutzt und fragend ansah, lud er ihn ein, ihn am Folgetag zu begleiten. Auf einen seiner vielen Gänge zu den Armen der Stadt Stade.

ARME DES HERRN

ls Carolus Mitte November 1247 durch die Pforte des Franziskanerklosters von Stade an der Elbe gekommen war, mit dem festen
Entschluss, dort - so Gott will - den Winter zu verbringen und einen
großen Bericht an seinen Abt Nantelmus zu schreiben, ahnte er von den
Hintergründen der Ordensprägung der Franziskaner nur teilweise etwas.

Und der ihm zugewiesene Bruder Theophilus, den er alsbald nur noch
»Theo« nannte, der war es, der ihm erstmals gewissermaßen einen Blick
in das Innere der franziskanischen Seele gewährte.

Und Bruder Theophilus hatte Carolus überraschender Weise aufgefordert, ihn - nach einer nächtlichen Pause - zu den Armen der Stadt zu begleiten. Doch in der Nacht hatte Carolus kaum - und wenn, dann nur
mit Unterbrechungen - geschlafen. Er war aufgewühlt, und das aus gutem Grunde:

Natürlich war das Leben des Franziskus nach der ersten Fassung des
Berichts von Thomas von Celano bereits vor seiner Abreise aus St. Maurice in seinem Heimatkloster schon angekommen gewesen, und man hatte es sogar mit glühendem Herzen gelesen. Und die Einzelheiten dieses
Lebens waren auch unter den Brüdern diskutiert worden.

Doch das waren damals für Carolus und seine Mitbrüder in St. Maurice
eher Träume, Schwärmereien und ein wenig »luftige« Hoffnungen, die
aus den Zeilen der ersten Lebensbeschreibung auf sie alle zugekommen
waren. Und die meisten hatten einfach die drastischen Konsequenzen
solch franziskanisch geprägter Nachfolge gescheut. Hier aber, bei den
Franziskanern von Stade sollte Carolus - nur einundzwanzig Jahre nach
dem Tod des Gründers - die Realität dieses Ordens »irgendwo in der
niederdeutschen Provinz« erleben. Wie würde sich das anfühlen? Und
was war es denn im Kern, was spielte sich hier ab?

Und selbst dies wäre eine Randnotiz gewesen, wenn Carolus nicht selbst
schon ähnliche - und sehr prägende! - Erlebnisse gehabt hätte, wie wir
das von Franziskus von Assisi heute wie selbstverständlich kennen:

Erstmals war es in seiner Zelle in St. Maurice gewesen, während der leidvollen Fastentage in der Zeit, die seiner Abreise aus dem Heimatkloster unmittelbar vorausgegangen war. Dann aber vor allem auch auf dem unendlich langen Weg hierher, nach Stade. Und so war es wohl kein Zufall mehr, dass sich Carolus für die Winterzeit nicht nur den - erforderlichen - großen Bericht an Nantelmus sowie einige Briefe zu schreiben vorgenommen hatte.

Er wollte sich ebenso seinen persönlichen Erinnerungen an den ersten Teil seiner bisherigen Reise widmen, den Teil, den er »Tempus Invocationum - Zeit der Anrufungen« genannt hatte. Denn auf diesem hunderte von Meilen langen Weg hierher nach Stade hatte er so manche Erfahrung gemacht, die ein auch - wie so manches aus dem Leben des Franziskus - wenig »jenseitig« zu sein schienen. Und Vieles davon war sogar außerordentlich unüblich, und Carolus versuchte, dies alles - aus seinem Erinnern heraus - nochmals neu zu verarbeiten und einzuordnen: Was war ihm denn eigentlich widerfahren? Und was war davon geblieben?

Am Tage aber, als er zum ersten Mal durch die Pforte des Stadener Franziskanerklosters gegangen war, war Carolus auch nicht im Ansatz klar, dass er einen Gleichklang, eine Analogie der Impulse und Weisungen und Wendungen, in seinem eigenen Leben würde entdecken dürfen, eine Analogie zu den Fußstapfen des Ordensgründers selbst. Und das, obwohl er ihn in keiner Weise kopierte, und obwohl er ihn natürlich nie kennengelernt hatte. Und er hatte auch keine Absicht, in diesen Orden einzutreten.

Doch wenn Carolus dies alles weder gleich zu Anfang bewusst war, noch er irgendwelche franziskanischen Lebensstile absichtsvoll kopierte, so musste diese Ähnlichkeit der Erlebnisse wie der Impulse in seinem Leben an etwas Anderem liegen...

Carolus sollte davon schon bald einen ersten Eindruck erhalten.

Theophilus hatte Carolus schon am Ärmel seines Gewandes gezupft und von den anderen Brüdern weggeholt, als kaum ein frühes Grau am Himmel den Anbruch eines neuen Tages verkündet hatte. Es wäre keine Zeit mehr zu bleiben, sie müssten nun gehen. Und Essen bräuchten sie auch keines, denn die, zu denen sie nun gingen, die wären auch ohne Speise.

Nur ein großes Bündel hatte Bruder Theo geschultert, ohne Carolus zu erläutern, was es enthielte.

Es war grau, am Himmel und in den Herzen, als die beiden jungen Mönche vor die Tür traten. Völlig unerwartet hielt Bruder Theo Carolus kurz an der Hand, dann sprach er laut ein inbrünstiges Gebet, das Carolus aber nicht verstand, denn es war in solch archaischem Niederdeutsch aus dem gemächlichen Theo herausgequollen, dass es Carolus auch mit Erläuterungen nicht verstanden hätte. Der Franziskaner schloss aber auf Lateinisch:

»In nomine patris et filii et spiritus sancti«,

so dass Carolus wenigstens kurz mit einem »Amen» antworten konnte.

»Folge mir«,

Sanft, aber bestimmt wurde Carolus von Theo nun angewiesen. Und schon nach Augenblicken waren die Füße der beiden, trotz der einfachen Sandalen, durchnässt von dem immer stärker werdenden Nieselregen. Sie waren hinuntergegangen, den Hügel hinab, auf dem das Kloster der Franziskaner lag, zum Flüsschen Schwinge. Dem folgten sie ein paar Schritte. Dann bogen sie nach links ab, einem kleinen Wasserlauf folgend.

Nach wenigen Schritten betraten sie ein baufälliges Haus, das kaum breiter war als die Tür, durch die sie eintraten. Muffig und versifft roch es im Innern, kalt und klamm war die Atmosphäre. Aus dem oberen Geschoss drang ein rhythmisches Stöhnen an ihr Ohr, und Bruder Theo, der die Verhältnisse wohl kannte, stapfte zielsicher die steile Holztreppe nach oben.

Im Obergeschoss lag auf einem Strohsack in der Ecke ein zerlumpter Mann unter einer von Ungeziefer zernagten Decke. In der Nacht war er nicht in der Lage gewesen, sich seiner Notdurft in geordneter Weise zu entledigen, und so stank alles nach Urin: Der Mann, die Lumpen, die er trug, die Decke und der Strohsack. Und stöhnend keuchte der - geschätzt - kaum Fünfzigjährige bei jedem Atemzug.

Ohne irgendwelche Erläuterungen bat Bruder Theo Carolus, das Feuer in der Feuerstelle am anderen Ende des Raumes zu entzünden und alles vorzubereiten, damit sie dem Mann eine größere Menge Brei zubereiten könnten, es werde heute seine einzige Mahlzeit sein.

Und während Carolus sich sogleich an die Arbeit machte und auch ein wenig Wasser für die Speise von einem nur wenige Schritte entfernten Brunnen holte, begann Bruder Theo die Wunden des Mannes zu versorgen.

Selbst abgesehen von der mit Sicherheit tödlich verlaufenden Lungenerkrankung, die der Mann hatte, wären auch seine anderen Verletzungen kaum zu überleben gewesen:

Die offenen Wunden an beiden Beinen eiterten stark, und Theo verband alles neu und legte unter die Verbände eine ölige Kräuterschicht aus Verschiedenem, das er selbst in den umliegenden Wäldern und Wiesen gesammelt hatte.

Der offenbar heilkundige Theo wusste, dass es mit dem Leben des hilflosen Mannes in kürzester Zeit aus war, wenn seine Füße erst einmal schwarz würden und abstürben. Den auch eine Operation durch den Feldscher, der immer irgendwo in der Stadt unterwegs war, würde ihm nicht mehr helfen. Er würde keinen Eingriff mehr überleben.

Das Getreide für den Brei hatte Theo schon bereitgelegt, und Carolus machte sich nach seiner Rückkehr sofort an die Zubereitung. Und für einen Moment dachte er in der nun gründlich verrauchten Ruine des stark baufälligen Stadthäuschens in Stade an die klare Luft der heimischen Berge.

Und wie oft er schon Feuer im heimischen Zuhause, auf dem Bauernhof oberhalb Naters, gemacht hatte. Und fast wäre ihm - unter dem Druck seines gefühlvollen Herzens - eine Träne entschlüpft.

Bruder Theo sprach währenddessen mit dem todkranken Mann. Und offensichtlich beteten die beiden miteinander, doch Carolus verstand kein Wort.

Nur, dass dem Mann kalt sei, das hatte er begriffen. Und ein wenig legte er noch Holz in das Feuer nach. Doch durch das nicht verschließbare Fensterloch drang unbarmherzig die kalte Luft über dem nahen Kanal an der Schwinge ein.

Als der Brei endlich fertig war, nahm Bruder Theo eine ganze Schüssel davon. Und während er den kranken Mann fütterte, sprach er liebevoll auf ihn ein. Und wieder verstand Carolus kein Wort. Und alsbald weinten die beiden, der eine vor Rührung und Erbarmen, der andere vor Schmerz und Erleichterung, dass sich doch noch eine Menschenseele um ihn kümmerte.

Und Carolus wäre fast hilflos danebengestanden, das Leid beider kaum ertragend, das des Helfenden und das des zum Tode hin Leidenden, wenn sich nicht in dem Raum eine Wärme breitgemacht hätte, die nicht von dem kleinen Feuerchen stammen konnte, das er vor einiger Zeit entfacht hatte. Für einen kurzen Moment war ihm, als käme die Wärme von oben, fast durch die niedrige Decke hereindringend. Und es war wie ein freundliches Gesicht in dem Raum, das ein paar Worte in das trübe Halblicht hauchte, die klangen, als würden sie sagen:

»Nur noch ein klein wenig, nur noch kurze Zeit…«

Und als sie dann gingen, den Kranken seinem Schicksal und Gottes Hand überlassend, brachte auch Bruder Theo kaum ein Wort heraus. Doch er bedeutete Carolus kurz, dies sei nur der Anfang gewesen, nur ein Tropfen auf den heißen Stein.

Und so gingen sie den gesamten Vormittag weiter, Stück für Stück aus dem Bündel des Bruders Theo einem Kranken oder Armen etwas Hilfreiches verabreichend, Arm für Arm und Bein für Bein und Wunde für Wunde verbindend.

Und auch einem erblindendem Jungen konnten sie ein wenig Erleichterung verschaffen, als sie ihm seine entzündeten, trübe gewordenen Augen verbanden. Und da hatte Carolus etwas verstanden, das mehr was als Verbände und Speisen und vielleicht sogar mehr als allzu fromme Gebete:

Er war zu dem Jungen niedergekniet und begann mit ihm zu singen, zuerst einfache Töne, damit er begriff, dass er wirklich mit ihm singen wollte, und nicht nur einfach vor sich hin trällern. Dann steigerte er die Intensität, nahm die Hände des Jungen und wiegte sich mit ihm hin und her.

Und als die beiden schließlich tanzten, in einem der kleinen, heruntergekommenen Arme-Leute-Häuschen der reichen Stadt Handelsstadt Stade, da lachte das kaum halbwüchsige Kind, vermutlich zum ersten Mal seit Monaten.

»Bruder vergiss nicht«,

ermahnte ihn aber ohne Umschweife Theophilus,

»dass Du jetzt selbst Trost brauchst, wenn Du so etwas tust. Denn jetzt weint auch Dein Herz, zusammen mit den Anderen. - Und Du wirst auf die Dauer nur mit dem Trost trösten können, mit dem Du selbst von unserem Herrn getröstet wirst.«

Carolus nickte nur. Aber er verstand ein klein wenig mehr, dass nur durch die zeitweilige Jenseitigkeit vieler Franziskaner ihre ausdauernde Diesseitigkeit überhaupt zu ertragen war.

Und in einer mehrfachen Weise war Carolus heute den Armen des Herrn begegnet.

ERSTE BEGEGNUNG

Die Franziskaner haben mich aufgenommen. Und es ist ein inniges, doch auch strenges Leben hier. Die Stunden, an denen ich zum Verfassen meiner Notizen oder gar zum Studieren komme, die sind dadurch streng reglementiert und ebenso streng begrenzt.

Auch tut der kalte Winter mit seinen kurzen Tagen sein Übriges: Es ist klamm in allen Räumen, selbst in der Schreibstube. Und nur das Refektorium haben sie hier beheizt. Immerhin: Das war genau das, was ich mir auf meiner Reise hierher für mein Winterquartier gewünscht habe!

Und auch der frühere Abt des Benediktinerklosters, in dem ich zuerst untergekommen war, Albert, ist unter den Minderbrüdern. Ein wenig seltsam scheint er mir allerdings, und er hat mich zuerst eine ganze Weile kritisch gemustert, bevor er - von sich aus - mit mir sprach.

Doch konnte ich ihm ja - weisungsgemäß - nicht alles sagen. Jedoch musste ich mein Verhalten plausibel machen, und so erzählte ich ihm wahrheitsgemäß, ich sei auf einer Studienreise, die mir im Wesentlichen mein Kloster in St. Maurice finanziere. Das ist ja alles richtig. Und der Bischof von Bremen habe verfügt, ich könne hier oder bei den Benediktinern die eigentlichen Wintertage verbringen und einen längeren Bericht an meinen Abt, Nantelmus, verfassen.

Albert wurde dennoch sehr hellhörig, und mir scheint, er weiß ungeheuer viel, mehr als er anfangs zu erkennen gibt. Und so bin ich gespannt, was ich von ihm, dem geheimnisvoll Wirkenden, noch erwarten kann.

Zu meiner Überraschung lud er mich ein, ihn am kommenden Sonntag ausgerechnet in das Benediktinerkloster zu begleiten, das er selbst verlassen hatte.

»Nach dem Gottesdienst, und wir lassen das Mittagsmahl ausfallen«,

beschied er mir kurz, knapp und mit einem Akzent, wie ihn Viele hier haben... man gewöhnt sich daran.

Bis dahin, bis nach dem Mittagessen, mache ich noch ein paar Spaziergänge in den Auen und kleinen Wäldern rund um die ungemein geschäftige Stadt Stade.

Ein Jahr und ein Tag

Es war achtunddreißig Jahre her, dass der damalige deutsche König Otto IV. der Stadt Stade das schon länger bestehende Stadtrecht bestätigte und erweiterte. Am 2. Mai des Jahres 1209 A.D. war dies geschehen, und man mag vermuten, dass Otto - eventuell von Braunschweig aus, wo er sich die meiste Zeit aufhielt, bevor er dann für Jahre nach Italien zog - sich damit auch die Unterstützung der in diesen Jahren wichtigsten Handelsstadt an der unteren Elbe, der Stadt Stade, sichern wollte.

Denn Otto IV. wollte Kaiser werden, Kaiser des »Sacrum Imperium« und er hatte die Unterstützung, ja schon die Zusage des damaligen Papstes, Innozenz III. Und so wurde Otto IV. am 4. Oktober des selben Jahres 1209 A.D. in Rom zum Kaiser gekrönt. Er war der einzige aus dem Welfengeschlecht, dem dies je gelingen sollte. Sein Konkurrent um diese Würde, der Staufer Philipp von Schwaben war - mit großer Sicherheit ohne jegliches Zutun Ottos - kurz zuvor ermordet worden.

Als Otto IV. jedoch bereits ein Jahr später, nämlich 1210, von dem selben - wegen neuer Ereignisse schwer enttäuschten - Papst exkommuniziert wurde, bereitete dies die Bühne für die Königswahl und die spätere Kaiserkrönung des in den Tagen des Carolus dann regierenden Kaisers, des Staufers Friedrich II.

Den »ehrenwerten Bürgern« von Stade wurden damit eine solche Fülle von Rechten verliehen, dass die zuvor schon stark bevölkerte Stadt aus allen Nähten zu platzen drohte. Viele Tausend Menschen beherbergten die eng gefassten Mauern, dazu deren gesamtes Vieh, eine enorme Zahl auswärtiger, ja fremdländischer Händler und - auch durch die starke innerstädtische Präsenz des Erzbischofs von Bremen, der seit einigen Jahren, seit dem Ende der jahrzehntelangen Auseinandersetzungen mit den Grafen von Stade, als Landesherr fungierte - eine große Menge an Geistlichen und Orden.

Kern der Rechte der Stader Bürger war nicht einfach die selbständige Verwaltung. Kern war vor allem die persönliche Freiheit. Egal woher und unter welchen Umständen jemand in die Stadt Stade gelangt war:

Wenn er - oder sie! - zumindest »ein Jahr und einen Tag« in der Stadt unangefochten leben konnte, so galt er (oder sie) als frei und dem Recht der Stadt Stade unterstellt.

Dieses Recht regelte aber nicht nur die Eigentumsfragen, sondern auch die Fragen der Gerichtsbarkeit, ja auch der persönlichen Unversehrtheit. Vor allem waren, in diesem Zusammenhang, »Prozessführungen« ausgeschlossen, die Zweikämpfe und ausgesprochen zwielichtige oder gar abergläubische Gottesurteile zur Grundlage hatten. Und all dies bedingte auch einen Zuwachs und Ausbau der Stader Verwaltung und der zivilen Gerichtsbarkeit.

Bei all dem muss man bedenken, dass damit auch Stader Recht auf diejenigen angewendet wurde, die sich beispielsweise nur handelshalber in der geschützt liegenden Hafenstadt an der Schwinge aufhielten.

Im beginnenden Winter des Jahres 1247, als Carolus gerade dort eingetroffen war, war die Stadt daher gerammelt voll. Und man hörte Sprachen aus aller Herren Länder. Hinzu kamen der enorme Betrieb des damals vor den Stadttoren gelegenen Marienklosters, dem Carolus ja bereits entflohen war.

Und so genoss es Carolus, selbst das im Innern seiner hinter dem Burghügel gelegene Gemäuer recht unruhige Franziskanerkloster fast täglich zu verlassen und mit irgendeinem Fischer über die sehr nahe gelegene Schwinge überzusetzen an deren anderes Ufer. Dort hatte er alsbald nur weites Land um sich, und gelegentliche Wäldchen und Buschlandschaften gaben ihm die Illusion einer gewissen - hoch erwünschten - Einsamkeit. Wenigstens für einige Stunden.

Doch wenn er zurückgekehrt war, hatte er meist Mühe, nicht ständig jemandem zu begegnen. Und - entgegen gängiger Auffassung - ist Klosterleben jedweder Art im Kern gemeinschaftliches Zusammensein und weniger einsame Verlassenheit.

Und so kam Carolus nicht umhin, immer wieder auch dem Magister Albert über den Weg, ja geradezu in die Arme zu laufen. Und schon nach seinem ersten Wochenende im franziskanischen Kloster von Stade beschreibt er seine Eindrücke - und Erlebnisse! - wie folgt:

ALBERT VON STADE

W er ist dieser Albert von Stade? Es hat mich die ganze Nacht bewegt. Am gestrigen Sonntag hat er mich mitgenommen, und wir sind - ohne an der Mittagsmahlzeit teilzunehmen - hinausgegangen, vor die Stadt, in das Benediktinerkloster.

Doch nicht am erregten Rummel dieses irgendwie überfüllten Ortes haben wir teilgenommen, sondern wir sind schnurstracks in die Bibliothek hinein.

Albert hat hier Zugang und die Möglichkeit unbeschränkter Nutzung, fast so, als würde sie ihm selbst gehören. Und er wies mich - zu meinem Erstaunen - mit großer Ausführlichkeit ein. Ich solle öfter hierher kommen, meinte er. Es würde mir guttun.

Nun, da es mich an die absoluten Anfänge meiner Unternehmung erinnert, und die bisweilen geradezu verzweifelten Zeiten in der Bibliothek von St. Maurice, ist das nur teilweise richtig.

Aber es ist eine bemerkenswerte Geste: Er hat sich noch gar nicht viel mit mir unterhalten, aber er hat schon viel von dem gespürt, was mich bewegt.

Und besonders auf einige Ausgaben des Kirchenvaters Augustinus wies er mich hin, und - fast im Vorbeigehen, denn jeder scheint es einmal gelesen haben zu müssen, dieses wichtige Werk - zeigte er mir auch eine schön geschmückte Ausgabe der »Vita Caroli Magni» des Einhard.

Was mir das bedeutet, und dass ich seit rund elf Monaten selbst Aufzeichnungen zu meinem Leben mache, die davon sehr beeinflusst sind, das habe ich noch nicht gewagt, ihm zu sagen.

Was ihn aber, was Magister Albert bewegt, das vermag ich noch lange nicht zu ergründen. Und ich habe noch nicht gewagt, ihn so unverblümt danach zu fragen.

Doch er scheint selbst an etwas Großem zu schreiben, jedenfalls hat er das am Rande durchblicken lassen. Und ich glaube ihm das gerne:

Er kennt sich in dieser Bibliothek aus, fast so, als wäre sie seine eigene, übergroße und mit Tausenden von Bänden ausgestattete Zelle.

Albert ist beileibe nicht der einfache und dichterisch-verträumte Mensch, den er im ersten Moment vielleicht darstellen will. Seine Augen glühen, wenn er von Äbten und Fürsten und Mächtigen erzählt.

Und mir fiel auf, dass sich sein Gesicht verfinstert und seine Sätze schroff und kurz werden, wenn er von dem Papst redet.

Wer ist dieser Albert von Stade?

ERZÄHLUNG UND DEUTUNG

Albert, der seinen Beinamen »von Stade« erst im Laufe seines Lebens bekommen hatte, war - wie es Vielen heute erscheint - von seinen Ursprüngen her gar kein Mönch. Stattdessen war er Mitglied eines Stiftes, dem er freilich in Gelehrsamkeit, geistlicher Disziplin und Einhaltung der Stundengebete diente. Albert war zunächst, wie es scheint, eben ein solcher Säkularkanoniker.

Doch auch die säkularen Stifte gehorchten einer festen Regel, einer »Regula«, und das war meist die des Augustinus. Und in aller Regel waren auch sie in den Tagen des Carolus - wie die Orden selbst - feste Größen in der Verwaltung von Herrschaften und Regionen.

So erscheint es auch nicht abwegig, dass Albert von Stade anfangs in anderen Kollegiatstiften, und gar nicht in Stade tätig war.

Ganz sicher weiß man aber, bis auf den heutigen Tag, dass er - nach einer anfänglich anderen Tätigkeit - im Kapitel der Domherren von Bremen, und damit im unmittelbaren Einflussbereich des Bremer Bischofs, und zuletzt eben desjenigen Bischofs Gerhard, der Carolus nach Stade gewiesen hatte, tätig war.

So tat Carolus gut daran, sich auch Albert gegenüber auch nur in dem Maße zu offenbaren, wie er das schon dem Bremer Bischof gegenüber getan hatte. Juden, Slawen, Witwen, Wölfe und Edelsteine, all das deutete er besonders in den ersten Tagen ihrer Begegnung in Stade aber auch nur höchst vage an.

Stattdessen versuchte er zunächst einmal aufrichtig, den Meister Albert zu verstehen. Das war jedoch nicht einfach.

Carolus schien aus den manchmal geheimnisvoll anmutenden oder gar in dichterischem Kleide daherkommenden Äußerungen Alberts herauszuhören, dass ihn Bischof Gerhard von Bremen vor rund fünfzehn Jahren gedrängt hatte, das Amt des Priors des Benediktinerklosters in Stade zu übernehmen und kurz darauf sogar der Abt dieses Klosters zu werden.

Albert wuchs dadurch, und besonders durch die auch stark nach innen gerichtete Aufgabe des Abtes, aber eine Aufgabe zu, mit der er nicht zufrieden schien. Die quirligen und anscheinend eigenwilligen Brüder des Klosters St. Marien vor den Toren der Handelsstadt Stade väterlich, und damit auch seelsorgerlich, zu betreuen hieß, die dortigen Benediktiner nämlich auch in eine geistliche Pflicht und Disziplin zu nehmen. Ganz so, wie es die benediktinische Regel eigentlich vorsah.

Heikel war dies aber in Stade besonders deshalb, weil viele der dortigen Brüder sich - wie man in der Rückschau vermuten darf - intensiver um die Ostkolonisation und die Zusammenarbeit mit dem Deutschen Orden kümmern wollten als um eine eher der eigenen inneren Reinigung hingegebenen Klosterdisziplin.

Albert von Stade muss sich daher schon nach wenigen Jahren als Abt von St. Marien dermaßen deplatziert gefühlt haben, dass er alles auf eine Karte setzte:

Entweder es würde ihm gelingen, in dem Kloster St. Marien eine wesentlich strengere Ordensregel einzuführen - und da hatte er, wie wir sicher wissen, an die Zisterzienserregel gedacht - oder er würde die Aufgabe, dort Abt zu sein, wieder abgeben.

So muss Albert, wie man sagen könnte, schon »mit einem Bein gegangen« gewesen sein, als er im Jahre 1236 A.D. das Kloster, dem er eigentlich vorstand, für mehrere Jahre verließ und sich auf eine Reise machte. Doch wohin hätte Albert denn reisen können? Was würde alleine Sinn machen?

Aus Alberts eigener Feder wissen wir, dass er von dem Bischof in Bremen, dem eher als Machtmenschen einzustufenden Gerhard, keine Unterstützung erfahren konnte. Und er, Albert, so schreibt er später wörtlich, er sei »desperatus«, hoffnungslos oder auch verzweifelt gewesen.

Und so wollte er sich an einen Anderen wenden, um eine strengere Regel einführen und damit die Stader Benediktiner wieder zu ihrer in Alberts Augen eigentlichen Bestimmung zurückführen zu können.

Doch an wen? Wer konnte schon über dem Bischof in Bremen stehen? Ein weltlicher Herr - König oder Kaiser - wäre nicht für eine geistliche

Reform zuständig gewesen, und überdies war der zum damaligen Zeitpunkt als deutscher König vorgesehene Konrad IV. im Jahre 1236 ein Kind von acht Jahren.

Das wirklich Nahliegende aber war, sich inhaltlich an die Kongregation zu wenden, die bereits vor langer Zeit die Benediktiner schon einmal erfolgreich reformiert hatte und die aus ihnen hervorgegangen war, nämlich an die der Zisterzienser. Und wäre da einmal Einigkeit erzielt und Unterstützung gesichert, so war es nur schlüssig, den Papst zu bitten, diese Übereinkunft autoritativ abzusegnen.

Um es kurz zu machen: Abt Albert machte sich 1236 auf den Weg nach Rom. Doch vorher besuchte er das Stammhaus der Zisterzienser im französischer Citeaux, etwa 30 gallische Meilen von den Benediktinern von Cluny entfernt. Und er muss sich - im Lichte des Zisterzienser-Wahlspruches

»Una caritate, una regula similibusque vivamus moribus...

> *... wir wollen in einer Liebe, unter einer Regel und nach einheitlichen Bräuchen leben«*

- dort sehr wohl gefühlt haben.

Dort, in Citeaux, scheint er zudem alles erreicht zu haben, was er wollte. Und dann war auch später in Rom Papst Innozenz IV. dem Stadener Abt wohlgesonnen. Doch Innozenz überließ, politisch klug, dem Bremer Bischof die letzten Entscheidungen vor Ort.

Und als Albert schließlich 1240 wieder in Stade angekommen war, nach einer fast vierjährigen und nur etwas weniger als Tausend Meilen langen Reise, hatte er - trotz aller Unterstützungszusagen von höchsten Stellen - keine wirkliche Handhabe gegen die in seinen Augen zu weltlichen Benediktinerbrüder. Und auch der Bischof von Bremen hatte - bei allem Wohlwollen - kein Interesse an Veränderungen des aktuellen Machtgefüges.

Wie Albert dann - es war im Jahre 1240 A.D. - das dann Folgende genau angestellt hat, das weiß man nicht. Aber er muss, so die Vermutung, dafür gesorgt haben, dass in Stade umgehend ein Minoritenkloster der Franziskaner gegründet wurde.

Erschwerend kam nun aber hinzu: Albert stand als dessen Abt nicht mehr zur Verfügung. Stattdessen wollte er in Zukunft nur noch literarisch tätig sein, und so entstand - Carolus war dies lange nicht klar - eine Art Übereinkunft, dass Albert, unter Einhaltung aller franziskanischen Regeln, inklusive der Armut, dennoch volle Bewegungs-, Handlungs- und Studienfreiheit hatte, während eine Anderer die Rolle des Abtes in dem neuen Franziskaerkloster von Stade übernahm.

Und so kam es, dass der von Carolus oft wegen seiner Gelehrsamkeit als »Magister Albertus« Angesprochene, auch noch im Benediktinerkloster, oder zumindest in dessen Bibliothek, ein stets gern gesehener Gast war.

Und so lange die Klosterpforten dort geöffnet waren, vom frühen Morgen bis zum späten Abend, hatte Albert ohne Weiteres Zugang zu den Bibliotheksräumen, vor den Stadtmauern, in St. Marien.

Albert aber hatte - neben einer Reihe anderer Werke - eine Weltchronik begonnen, und davon wollte er dem jungen Carolus noch zu seiner Zeit unterrichten. Und für den eigenwilligen Albert war es sehr typisch, in diesem, seinem größten Werk, Fakten, Erzählungen nicht nur mit einer oft ganz eigenwilligen Deutung der Ereignisse, sondern bisweilen sogar mit versartiger Dichtung und sogar mit Dialogen zu vermischen.

Und so staunte Carolus doch sehr, dass er die Schilderung der großen Reises des Albert von Stade in einen Dialog eingekleidet sah. Und es war für ihn ganz so, wie auf seiner eigenen Reise nach Stade:

Aus dem Gehörten und aus dem Erlebten muss man sich - sehr oft im Zwiegespräch mit anderen Reisenden - ein Bild der Welt machen. Und Alberts Welt war eine bunte.

Der Bericht

Carolus hatte in der Zwischenzeit begonnen, den so wichtigen Bericht an seinen Abt im Kloster von St. Maurice an der Rhône weiter zu schreiben. Systematisch ergänzte er zunächst seine bereits im Kloster von Jerichow begonnenen Notizen für diesen Bericht, in dem er wie ein Jurist vorging:

Er »glossierte« seinen eigenen Text, das heißt er versah ihn mit systematischen Hinweisen, Ergänzungen und Randbemerkungen. Dann ließ er ihn einen Tag liegen.

Als Carolus sein jetzt schon ausgesprochen umfangreiches Produkt dann anderntags ausgeschlafen ansah, entschloss er sich, vollkommen neu zu beginnen:

In einer »Praefatio«, einem Vorwort, erläuterte er zunächst seine Situation, in der er nun den Bericht verfasse. Denn schickte er eine Gliederung hinterher und gab schließlich jedem Absatz eine Überschrift.

Auf diese Weise konnte tatsächlich nicht nur der selbst reiseerfahrene Nantelmus sowohl den Weg, den Carolus gegangen war, als auch die Zusammenhänge verstehen, die sich ihm daraus erschlossen.

Den ersten Teil nannte Carolus »Matris Lingua«, die Sprache der Mutter.

Und er erläuterte unter diesem Rubrum, dass er fast von Tal zu Tal, aber sicher von Gegend zu Gegend, andere Sprachen angetroffen hätte. Und schon am äußersten Ende des Wallis würden sich Familien sammeln, die auswanderten, und die auch ihre Sprache in andere Gegenden mitnähmen.

Diese Bewegung sei nicht aufzuhalten, und er - Carolus - sei daher der Meinung, man müsse diese Leute in der Zukunft sowohl in ihrer eigenen Sprache unterrichten als ihnen auch in dieser Sprache Seelsorge zukommen lassen. Selbst Gottesdienste auf »Walserdeutsch«, wie er es nannte, halte er für denkbar.

Doch sei das Phänomen bei weitem nicht nur auf die auswandernden Walliser beschränkt. Und in der Surselva, am oberen Rhein, seien sie schon weiter:

Dort würden selbst die Benediktiner-Mönche die Psalmen ins Romanische übersetzen, und er müsse gestehen, das höre sich »wunderschön« an.

Und dann gäbe es im »unteren Rheintal«, wie Carolus die Gegend zwischen Dornbirn und Bregenz nannte, Einwanderer, die wieder eine andere Sprache sprächen, »Suevisch«.

Und sie würden zusehends sowohl die Romanen als auch die ebenfalls dort eingewanderten Walser dominieren. Und es sei nur eine Frage der Zeit, bis auch diese rührigen und »geschwätzigen« Leute ihre eigene Ausbildung und eigene Schulen hätten. Und die Vermutung, diese Ausbildung werde langfristig eben nicht auf Latein durchgeführt, läge sehr nahe.

Und dann hätte er Bayern getroffen. Eine sehr ausdrucksstarke Sprache hätten sie, und Franken und Thüringer und dann im Norden die Sachsen. Und spätestens die Sachsen sprächen Niederdeutsch, und die Verständigung sei schwierig.

Und dort, in den großen Städten wie Lübeck und Hamburg, würden die Leute bereits heute nicht nur vorwiegend Deutsch reden, sondern sie arbeiteten auch an »muttersprachlichen« Gesetzen. Und hier »änderten die Tatsachen die Theorien«, wie sich Carolus effektvoll ausdrückte.

Denn spätestens ab Hildesheim nach Norden hin werde man in Zukunft auch die höhere Ausbildung, etwa die der Juristen, nur noch zum Teil auf Latein halten können. Denn die eigentliche Sachkenntnis, die würden die Dortigen sehr bald schon in deutscher Sprache erwerben. Maximal noch eine Generation würde es dauern, bis das alles »mit Heftigkeit« begänne.

Dann kam ein Kapitel, das Carolus mit »Vacuum«, die Leere überschrieb.

Es sei schwierig, begann er, über die »Leere« zu schreiben, wenn man über die »Lehre«, berichten solle, und Nantelmus müsse sich das Wortspiel auf Deutsch ansehen, denn auf Latein sei es ja keines.

Was er meine, das würde schnell klar, wenn man sich vor Augen halte, dass jeder nur für die eigenen Zwecke unterrichte: Die Orden für ihren eigenen Nachwuchs, die Domschulen für ihre Domherren, deren Kinder und einige Ministeriale, die in der Verwaltung und den Kanzleien arbeiteten, und sogar die Stifte würden nur das notwendigste tun. Und wenn es einmal sehr, sehr gute »Discipuli«, also so etwas wie Zöglinge gäbe, dann sei das praktisch immer das Verdienst Einzelner. und er berichtete über Braunschweig und Hildesheim und erwähnte die Namen einiger berühmter Lehrer, von denen man ihm dort berichtet hatte.

Die großen Ausnahmen seien einzelne Stifte, wie das berühmte, ehemals kaiserliche in Quedlinburg, und er erwähnte die vorbildliche Bemühungen der Äbtissin Gertrudis, und dass sie eben gelegentlich nicht nur Frauen, sondern auch Jungen unterrichteten, und auch vor slawischen Adligen als Zöglingen nicht zurückschreckten.

Die Slawen, die er getroffen hätte - und hier ging er »wegen eigener Betroffenheit«, wie er sich lächelnd über sein eigenes Wortspiel sagen musste, ausnahmsweise nicht ins Detail - die hätten außer in den Klöstern keine Schulen.

Er, Carolus, würde daraus messerscharf schließen, dass die Slawen in Zukunft weder in der Lage wären, sich dauerhaft selbst zu verwalten, oder sie würden das eben nicht in ihrer eigenen Sprache tun. Sondern in irgendeiner Form des Deutschen. Dies aber führe zum Untergang ihrer eigenen Kultur und der Vorherrschaft deutscher Siedler.

Einzig die von vielen verachteten Juden würden sich in ihrer Ausbildung nicht auf den Adel oder die hohen Verwaltungsbeamten konzentrieren - denn »beides haben sie ja nicht« - sondern sie würden stattdessen die Willigen befähigen, und nicht - Carolus wurde hier in seinen Formulierungen »bissig« - wie die meisten Deutschen versuchen, die oft Unfähigen mühsam willig zu machen. Und er berichtete von seinem entmutigenden Erlebnis an einer fränkischen Schule, wo er kurz ausgeholfen hatte. Und so zögen bei ihnen, den Juden, gute Lehrer Schüler aus dem gesamten Abendland an. Und immer hätten sie, neben ihrer Theologie, auch Unterricht in Recht, und das sei bei ihnen eigentlich eines. Aber alle, wirklich alle, sprächen mehrere Sprachen.

»Ausblick«. Carolus schloss mit dem Hinweis, von dem Studium Generale in Köln würde er viel erwarten, insbesondere aber so etwas wie gemeinsame Lehrinhalte und eine für alle vergleichbare Ausbildung.

Viele hatte Carolus weggelassen, doch er ergänzte seine Ausführungen um ein letztes Kapitel, die »Annotationes«, die Anmerkungen.

Und wie zufällig streute er hier ein, dass »im übrigen« die Pilgerwege im gesamten Reich gegenüber den Handelswegen immer mehr in Verfall gerieten. Und so würde es in Zukunft wohl auch dazu kommen, dass Reisen vorwiegend von Kaufleuten durchgeführt würden. Oder eben von Herrschern.

Und das Pilgerwesen? Er wisse es nicht, gestand er offen. Es würde wohl entweder im Laufe vieler Jahre »einschlafen«. Oder das Gegenteil würde passieren: Dass es nämlich auch ganze Massen ergreifen würde. Er könne es nicht sagen. Verändern würde es sich jedoch auf jeden Fall.

Aber eines wisse er genau: Die »armen Leute«, und die Pilger und die Mönche, die seien während des Reisens allesamt zunehmend mehr sehr gefährlichen Situationen ausgesetzt. Und anders als bei den Handlungsreisenden, den Kaufleuten, gäbe es kein »Geleitwesen«, das sie schützen könnte.

Den Streit unter den Reisegefährten und den furchtbaren Tod des Friedmann und seines Sohnes in der Heide, und ebenso was daraus folgte, das verschwieg Carolus bewusst.

Und zum Schluss, als sei es etwas völlig Nebensächliches, fügte er hinzu, dass die Ausbildung von Frauen vernachlässigt würde. Und nur einige wenige Einrichtungen würden dies - außer eben den Frauenklöstern zu eigenen Zwecken - planmäßig unternehmen.

Dann schloss Carolus Paulus mit einem formellen Dank für die große Unterstützung, die Nantelmus ihm persönlich hatte angedeihen lassen, und er versicherte, dass es ihm gut gehe. Und von Köln aus, wo er noch im Frühjahr - er blieb auch hier vage - ankommen wolle, würde er erneut schreiben. Und er wäre dankbar, wenn Nantelmus Auftrag an den Kölner Konvent der Dominikaner dort rechtzeitig einträfe.

Eigentlich war er damit am Ende mit der Kernaufgabe, die er sich für diesen Winter vorgenommen hatte. Doch Carolus war sich unsicher, ob er damit wirklich alles gesagt hätte, oder ob er noch etwas ergänzen solle. Auch hatte er noch überhaupt nichts von seiner seelischen noch von seiner geistlichen Verfassung geschrieben.

Doch immer noch fühlte er sich von irgendetwas getrieben, und so sind seine weiteren Aufzeichnungen auch eher Wegmarken eines innerlich Wandernden als Anzeichen der Ruhe eines Angekommenen.

Inscriptio Secunda

*E*s *ist uns zutiefst in die monastische Seele eingeschrieben, dass wir der Toten gedenken. Und für viele unserer Klöster im Abend– und Morgenland ist ein solches Gedenken zu pflegen, geradezu der Grund unserer Existenz.*

In St. Maurice hat man von Anfang an - seit der Gründung im Jahre 515 - der burgundischen Herrscher und ihrer Bischöfe gedacht. Freilich - deutlich anders als in sehr vielen sonstigen Stiften und Klöstern im Reich - galt das Gebet, und vor allem das »Ewige Lob«, »Laus Perennis«, zu allererst Gott, und dann den Lebenden: Denen vor allem, die Verantwortung trugen. Und erst dann den Toten.

Und es ist ein seltsames Ding, dass man nicht nur Gottes gedenkt, sondern auch für die betet, nicht anwesend sind, für die Fernen, die von denen wir oft nur eine vage Vermutung haben, dass sie überhaupt noch unter den Lebenden weilen. Und - bei Licht besehen ist das merkwürdig - denn dann erwarten wir auch noch, dass Gott unsere Gebete hört, dass er hilft, dass er eingreift, dass er Dinge erleichtert, dass er beflügelt, denn es ist ja sein Geist, »der lebendig macht«, wie die Schrift sagt. All das - Gott zu loben, obwohl wir ihn nicht sehen, und für Nicht-Anwesende zu beten, die wir auch nicht sehen - das ist freilich ohne Zweifel schriftgemäss.

Doch da ist auch das seit Jahrhunderte, ja, man hat mir gesagt, seit römischen Tagen, gepflegte Totengedenken. Warum tun wir das eigentlich?

Vielleicht sind es ja nur die trüben, grauen Wintertage hier in Stade, die mich auf solche Gedanken bringen. Vielleicht ist es diese - ein seltsames Wort, aber es drängt sich mir gerade auf - diese innere Ortlosigkeit und dieser schon schmerzhafte Mangel einer ernst zu nehmenden Aufgabe, die mich auf solche Gedanken bringen.

Doch warum gedenken wir, wie das an ungeheuer vielen Orten und in organisierter Form geschieht, warum gedenken wir der Toten?

Sicher: Weil wir sie geliebt haben… und ich muss zugeben: Das gilt ja nicht für alle. Und viele, für die wir in den Klöstern bitten, die kannten wir gar nicht. Tun wir nicht auch ein bisschen so, als ob Gott sie vergessen hätte?

Oder haben wir Angst, dass sie nicht auferweckt würden am jüngsten Tag, wenn wir nicht für sie beteten?

Ich werde daraus nicht schlau… Wir nennen es ebenso »Memoria«, das Gedenken, wie wir auch in allgemeiner Form von Gedenken sprechen. Und »Memoria«, das ist ja zudem auch unser Erinnerungsvermögen.

Was also ist »Gedenken« eigentlich?

Klar ist, dass es viele Facetten hat. Und diejenige, die mich heute beschäftigt, die beunruhigt mich sehr…

… ich finde in den Heiligen Schriften, weder im Alten noch im Neuen Bund, eine Anleitung zum Totengedenken in der Form, wie wir es tun. Das beunruhigt mich. Was tun wir da?

Und wurden wir nicht gewarnt, nicht mit den Toten zu reden? Aber das tun wir laufend, und ich weiss gar nicht, ob ich so etwas laut in einem Konvent fragen dürfte. Sind das häretische Gedanken, wenn ich mich doch einfach auf die Überlieferung der Schriften stütze? - Mit Gott zu reden, uns an ihn zu erinnern, ihn anzubeten, das ist »alleine würdig und recht«, wie wir es auch immer wieder im Rahmen der Gottesdienste neu verlautbaren. Wir wissen von Gott aber auch, dass er lebt. Der Vater: Immer der »Lebendige«. Der Sohn: »Der Auferstandene«. Und der Geist: »Der immer schon Wirkende«.

Und Totengedenken: Warum wollen wir die Spanne zwischen Dahinscheiden und Auferstehen irgendwie beeinflussen? Und vor allem: Wo um alles in der Welt reden die Schriften davon, dass wir eine Hoffnung auf Auferstehung hätten, nur alleine aus dem Grund, weil andere für uns gebetet hätten? - Darf ich so reden?

Die Schriften sind eindeutig: Den Stand vor Gott, den bekommen wir aus dem Glauben an die Rechtfertigung, die alleine er uns geschaffen hat. Und wie Paulus, der Apostel, völlig klar sagt: »Alleine aus dem Glauben«.

Wenn die Toten also nicht geglaubt haben, als sie noch lebten, so können sie doch auch das »Heil nicht erben«? Erneut: Darf ich so fragen?

Wo doch sehr viele Klöster nur deshalb ein Auskommen, damit meine ich ein Einkommen, haben, gerade weil sie es übernommen haben, der Toten laufend zu gedenken… denn noch ist der Tag der Auferstehung ja nicht da.

Und erneut: Darf ich so fragen? … Mein Herz sagt mir: Ich muss so fragen. Und was gäbe ich jetzt dafür, mich in diesen Dingen mit unserem Abt Nantelmus zu besprechen oder einem der älteren Brüder in St. Maurice.

Doch auch ich gedenke der Toten: Derer, die vor mir gewesen sind. Derer, die auf mein Leben eingewirkt haben. Derer, die unsere Herrschaften und Reiche geprägt haben. Und es ist ein, wie ich hoffe, würdiges und würdigendes Andenken!

Und das ist wieder eine ganz andere Seite von »Memoria«, von Gedenken. Ist es ein zu sehr diesseitiges Gedenken, das ich meine und bevorzuge?

Es ist einfach so, weil mir das andere nichts sagt: Ich kann es mir nicht vorstellen. Ich bin damit eine Art Sonderling... aber es weiss ja auch niemand. Gott sei es gedankt.

Doch wen kann ich fragen, da ich doch mehr Sicherheit will? Etwa Albert, den Gelehrigen? - Noch habe ich dazu nicht genug Vertrauen. Denn es tun doch praktisch alle in den Klöstern, und meine Fragen sind sicher seltsam. Und er, Albert von Stade, wird es ja wohl auch ständig gemacht haben: Noch vor einer halben Generation war er ja der Abt der Benediktiner...

Und so gebe ich mich immer wieder meinem eigenen Erinnern hin, den Werken, die ich einmal gelesen habe, und die ich gerne immer wieder konsultieren möchte.

Den Menschen, die ich in diesen Werken auf eine literarische Weise begegne. Und den Menschen, die solche literarischen Werke verfasst, die sie tradiert, die sie verbessert und glossiert haben. Auch Bücher haben eben ihre Schicksale, ganz so, wie die antiken Römer es schon sprichwörtlich sagten: »Habent sua fata libelli!«.

Ich aber warte noch ein günstiges »Fatum«, ein günstiges Schicksal, das mich - meine abertausend Gedanken und Gefühle beruhigend - durch diesen immer länger und immer langweiliger werdenden Winter bringt.

CIVITAS TERRENA

*I*ch habe hier die Pflicht, meinen Bericht über meine Reise seit dem zweiund-zwanzigsten Tag des Monats April dieses Jahres zu schreiben. Doch es fällt mir nicht leicht!

Zwar ist es - im Vergleich zu dem nahegelegenen Hafen an der Schwinge - viel ruhiger hier im Kloster der Franziskaner in Stade, und ich werde auch in Ruhe gelassen, um meiner Aufgabe nachzugehen. Doch was mir der Meister Albert - ich muss ihn so nennen, denn er ist ein überaus kundiger und freilich kaum zu durchschauender Mensch, ein Gelehrter - ins Herz gepflanzt hat, ist das, was ein Teil von mir immer schon gesucht hatte:

Eine gute Bibliothek, fantastische Fragen, die er mir stellte und eine überragend schöne Ausgabe von »De Civitate Dei«, des »Gottesstaates« von Augustinus.

Abgelenkt also von dem, was mich hinlenkt, zu dem, was mich eigentlich interessiert, verfolge ich dennoch pflichtge-mäß die Aufgabe, Nantelmus, meinem verehrten Abt in dem so schrecklich weit entfernten St. Maurice d'Agaune einen ersten Bericht über meine Erkenntnisse zu geben. Einen Bericht, den ich schon vor vielen Wochen an der Elbe, im italienisch wirkenden Kloster von Jerichow an der Elbe begonnen hatte.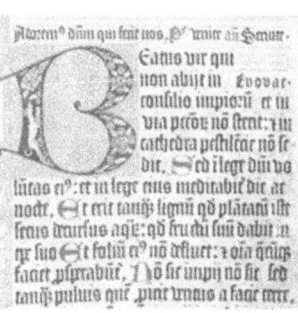

Und ob es Erkenntnisse sind, die ich auf der ersten Reise gewonnen habe, oder ein-fach nur bedeutungslose Eindrücke, ich weiß es nicht.

Aber verändert hat mich meine bisherige Reise, das weiß ich. Nur ist mir unklar, ob und wie ich das meinem Abt im fernen St. Maurice schreiben kann.

Hier am Ort ist es Albert von Stade selbst, der mich fragen lässt, für welche Seite eigentlich sein Herz mehr schlägt... und ich bin heilfroh, dass er die Frechheit, die in meiner Frage steckt schon deshalb nicht erkennen kann, weil niemand (außer Gott) diese meine Zeilen liest.

Denn Alberts Herzens-Alliance, wem gilt sie? Denn, und seine oft höchst dichteri-sche Sprache hat wohl schon auf mich abgefärbt, ist es die keusche und tugendhafte Jungfrau des endlosen und fast bewusstlosen Vertrauens in die Mutter Kirche?

147

Versteht er sich wirklich zu allererst und ausschließlich als Vertreter und Amtswalter dieser »Civitas Dei«, von der Augustinus so eindrücklich redete?

Oder ist er so mit dem Papsttum und seinem früheren Orden - und vielleicht der Kirche überhaupt? - »über Kreuz«, dass er fast all das, was sie tun, ablehnt und viel eher Teil einer wie auch immer gearteten »Civitas Terrena« sein möchte...?

Oder ist es, dass er sich einfach immer schon insgeheim als solch ein Mitglied der »Erdengesellschaft«, der »Civitias Terrena« versteht! Hat er sich gewissermaßen einer Amazone verschrieben, einer Frau, die mehr Kriegerin ist als Mutter?

Denn da ist einerseits seine vermutlich abgrundtiefe Überzeugung, dass unser Immer-noch-Kaiser (schon wieder bin ich froh, dass das hier niemand liest), Friedrich, der wirklich von Gott berufene Herrscher ist, und mir scheint, Albert ergreift - wenn auch in literarischer Form - unverblümt für ihn Partei. Was ihn in einen Gegensatz zu dem Papste, und dem Bischof von Bremen, bringen könnte.

Aber Albert ist auch ein »Freund der Herrschenden«, und immer noch geniesst er insgeheim die »offenen Türen« und das hohe Ansehen, wenn er - wie er dies oft tut - in die Bibliothek seines früheren Klosters zurückkehrt und sich jeder vor ihm verbeugt.

Mehr aber noch: Immer noch begeistert sich Albert, wie in seinen früheren Tagen wohl oft, wie ich vermute, für die livländische »Missionierung« an den Küsten des Mare Balticum. Doch »Missionierung«, das ist ein Begriff, der mir - aus dem herzlich Wenigen, was ich hier schon in Erfahrung bringen konnte - nicht richtig über die Lippen will.

Denn mir scheint, obwohl ich niemals dort war, und es vielleicht auch nie sein werde, den »Fortschritt« den Ritter und Krieger im östlichen Mare Balticum machen, weniger mit der Kirche, als vielmehr mit ihrem irdischen Gewinn und vor allem mit der einfachen Ausdehnung ihrer Macht zu tun zu haben.

Und wie schon der große Kirchenvater schreibt: Die »Civitas Terrena«, die Herrschaft der Mächtigen hier auf Erden, das kann göttlichen Ursprungs sein. Es muss es aber beileibe nicht. Und dies ist keine stumpfe Waffe: Es ist ein zweischneidiges Schwert.

Und während sich mein Herz mit diesem Verdacht quält, und der Grund dafür ist mir wahrlich nahe, zu nahe, wie mir meine Seele sagt, sagt mir meine

»Memoria«, mein Erinnern nicht nur immer wieder, was alles in den vergangenen Monaten wichtig war.

Und auf diese Dinge will ich mich konzentrieren!

Und auch mein Geist betet immer und immer wieder das, was mir Anfang des Jahres, am zweiten Fastensonntag dieses Jahres 1247 A.D. so ins Herz geschrieben wurde:

»Gedenke Deines Erbarmens, Herr, und an die Taten deiner Huld; denn sie bestehen seit Ewigkeit…

> *…reminiscere miserationum tuarum Domine et misericordiarum tuarum quia ex sempiterno sunt«*

Es ist meine Hoffnung, dass er, der himmliche Herr, genau das tut und mir aus meinen seelischen Nöten hilft! Und es ist meine Verzweiflung, dass ich an genau das Wort, das mir Trost spenden sollte, so viele Fragen habe, wenn mein Intellekt darüber nachdenkt.

Und im Grunde ist es mir zu groß, zu schwer, und zu überwältigend. Mir ist, als läge die Welt auf meinen Schultern.

»Quamdiu domine, wie lange noch, Herr«,

bete ich gerade immer wieder!

Memoria · Das Erinnern

Es war einer jener äußerst kurzen, milchig-grauen Dezembertage, an denen man nicht wusste, ob die wenigen Stunden des trüben Tages wirklich mit Licht gesegnet waren, oder ob das, was man fast nur schemenhaft zu sehen glaubte, nicht doch eher eine Art besonders helle Nacht war. Und der Tag, den zu sehen man gewohnheitsmäßig unterstellte, der Tag nur eine böse Täuschung der von dem winterlich-trüben Wetter ermatteten und in wörtlicher Weise »umnachteten« Sinne?

Carolus war es, trotz der trüben Stimmung, die alle und alles ergriffen hatte, noch am Vormittag gelungen, sich aus dem Klostergebäude zu schleppen und in der Bibliothek der Benediktiner »für ein paar Tage» ein Buch auszuleihen, das ihn in seiner Anfangszeit in St. Maurice - es war schon einige Jahre her und schien alles sehr weit weg - auf Schritt und Tritt begleitet hatte.

Und nur unter Hinweis auf eine Art Schülerverhältnis, wie er es ausdrückte, zu dem »Magister Albertus» wurde ihm gestattet das so vertraute Werk des Kirchenvaters Augustinus für »einige Tage« auszuleihen. Freilich hatte der verschlafene Bruder in der Bibliothek, den winterliches Grau auch in seinem Innern abstumpfend aber friedlich zu umhüllen schien, nicht näher definiert, wieviel denn »einige Tage» seien.

Das galt es zu nützen. Und Carolus eilte schnell zurück, bevor der sich eines Schlechteren besinnen konnte. Zurück, zurück eilte er, in die Stadtmauern und hinein in das Franziskanerkloster von St. Johannis in Stade.

Schnurstracks war er in das Scriptorium gegangen und hatte sogar das Mittagessen ausfallen lassen. Und gleichermaßen gierig wie vorsichtig blätterte er durch den ungewöhnlich großen und wertvollen Folianten. Ungeduldig nahm er die wunderschönen Buchzeichnungen und Initialen nur am Rande wahr, und zielstrebig ließ er sich nicht durch die rhetorisch bisweilen so hitzigen ersten neun Kapitel der »Confessiones«, der Bekenntnisse des Kirchenvaters, ablenken. Carolus suchte das zehnte Kapitel. Und dort fraß er sich in der Tat fest.

Als er es erschöpft beendet hatte, nagte er noch - gewissermaßen - ein wenig an dem ihm noch schwieriger scheinenden elften Kapitel herum...
... und gab schließlich ermattet auf, als das vage Licht des grau-trüben Tages völlig verblich und er schon am Nachmittag eine große Kerze anzünden musste, um überhaupt noch seinen Weg zu finden.

Winter ohne Schnee, Winter ohne Licht und Luft und Sonne, das ist etwas Schreckliches, dachte er. Und es wurde ihm von dem franziskanischen Bruder, der die Aufsicht in den Schreibräumen und der Bibliothek hatte, gestattet, die große Kerze mit in seine Zelle zu nehmen, denn das Scriptorium würde nun geschlossen. Froh, aber bur mit Mühe gelang es Carolus daraufhin, den Folianten mit dem Werk Augustins an sich zu nehmen, und samt seiner wertvollen Fracht tapste er ein wenig überladen in die Privatheit der ihm zugewiesenen Zelle.

Und dort, in der Intimität und Ungestörtheit seiner Kammer, entfaltete Carolus - gelegentlich in den den Folianten schauend, den er auf seine Liege gelegt hatte - seine eigenen Gedanken, seine Gedanken zum Erinnern, sowohl der Völker als auch der Menschen.

Und als er das Wichtigste - es hatte gerade Mitternacht geschlagen - notiert hatte, und als er frustriert bemerkt hatte, dass er die wichtigste Frage, die Augustinus so explizit stellte, nämlich die, wie und warum wir Gott finden können, dass er, Carolus, die gar nicht behandelt hatte, sank er erschöpft auf sein Bett und sackte in einen dunkelgrauen Tiefschlaf, den Folianten fest umarmend.

Um Gott und wie man ihn findet, wollte er sich »morgen« kümmern, irgendwann nach diesem Schlaf, der sich ihm klebrig und schwer aufzwängte wie ein bleiernes Tuch...

Und erst am späten Vormittag des folgenden Tages las er das nächtens von ihm Verfasste, eine weitere Inscriptio nämlich, sich selbst halblaut vor.

Es ist ein Geheimnis, musste er dann vor sich selbst zugeben, als er es gelesen hatte...

INSCRIPTIO TERTIA

Es ist wahrhaft ein Geheimnis, über das der Kirchenvater schreibt. Und ich weiß nicht, warum er sich so unendlich viele Gedanken darüber macht, wie wir Gott erkennen. Und in aller Hochachtung vor seinem unglaublichen Beitrag zum Bau des historischen Gebäudes dieser unserer Kirche meine ich, er habe sich die Mühen gewissermaßen am falschen Ende gemacht.

Wie also, und das ist in der Tat einer der Kernfragen unseres Lebens, die Augustinus da stellt, indem er die »Memoria«, das Gedächtnis durchforscht, wie also finden wir Gott?

Ist es nicht so, dass er viel eher uns findet, und dass wir gar nicht zu ihm kämen, wenn er uns nicht gesucht - und gefunden - hätte!

Wir sind alle in die Irre gegangen, wie die Schafe, sagt die Schrift. Und er hat sich für uns gegeben, als wir noch Sünder waren, um die »Gerechtigkeit Gottes« zu erfüllen. Und kein Mensch kommt zum Vater, außer der Christus öffnete ihm den Weg.

Wenn Gott uns nicht zu sich hinzieht, bleiben wir außer halb des Reiches Gottes. Wenn Gott sich uns nicht offenbart, erkennen wir nichts.

Und da ist es: In meinen Augen ist es eine Art »verkürzter Schluss«, dass sich der von mir wirklich verehrte Vater Augustinus so sehr auf das Erkennen stürzt. Das ist zwar der Kern des »ewigen Lebens«, wie es der Evangelist Johannes so wunderbar als Wort des Jesus von Nazareth zitiert.

Aber das letzte Ziel, so scheint es mir auf der Grundlage der Schriften ungeheuer überzeugend und mehr als eindeutig, ist - was uns betrifft - nicht so sehr, dass wir erkennen, sondern dass wir »recht anbeten«, wie Christus es der Samaritanerin an dem Brunnen offenbarte.

Das letzte Ziel unseres gesamten Seins ist »Adoratio Dei«, Verehrung Gottes. Darin erfüllt sich unsere gesamte Bestimmung, jetzt und für immer.

Das sagt die Schrift, das erfahren all die, die in großer Nähe zu ihm und ohne Kompromisse für ihn leben wollen. Und der erst vor einer Generation verstorbene Franziskus, der war so einer.

Und wenn wir ihn anbeten, dann stellt sich das ein, was der Herr selbst am Ende seines Lebensweges gebetet hat, dass wir nämlich »verherrlicht« werden. Verklärt werden, würde ich es übersetzen, denn es steht ja »Clarificatio« in der Schrift, »klar werden«, oder »hell werden«.

Und »mache Dich auf, werde licht«, das heißt, »werde hell«, sagt uns schon die Schrift im alten Bund.

Es geht also gar nicht darum, dass wir von uns aus Gott erkennen. Das geht doch gar nicht! Und eigentlich legt das der Kirchenvater doch auch überzeugend dar.

Es geht immer darum, dass wir ihn, den Herrn und Schöpfer aller Dinge, anbeten, verehren, verherrlichen, loben und lieben.

»Was liebe ich, wenn ich Dich liebe«, fragt der Vater Augustinus auf inbrünstige Weise. Könnte ich ihn, Augustinus, nur von Angesicht zu Angesicht sehen, so würde ich ihm sagen, dass die Frage ganz anders lauten muss, und zwar zwingend, sonst hat er den Erlöser missverstanden. Die Frage muss lauten:

»Wen liebe ich, wenn ich Dich liebe?«.

Und da ist die Antwort klar: »Da ward ein Mensch, von Gott gesandt...«, nein, nicht Johannes, sondern der, für den er Zeugnis ablegte: Jesus von Nazareth.

Den liebe ich. Und den kenne ich, weil er sich mir bekannt gemacht hat, und weil er dies immer wieder tut.

Denn »dieser Jesus«, der ist nicht mehr tot: Er lebt. Und er ist auferstanden. Und genau deshalb ist er meine Hoffnung.

Und genau das ist das Geheimnis, wie ich es auch schon vor Beginn meiner Reise, vor fast einem Jahr, in der Zelle unseres Klosters in St. Maurice, so klar sehen durfte: Das Geheimnis ist, dass dieser Christus in uns Wohnung genommen hat, und das ist die Hoffnung auf die zukünftige Herrlichkeit, auf eine »Clarificatio Perennis«, auf eine immer während Verherrlichung.

Aber das ist Gottes Werk. Und wir sind »sein Werk«, wie der Apostel Paulus, mein großes Vorbild in der Nachfolge, schreibt.

So geht es nun nicht um Erkennen. Ich will es einmal hart sagen: Es geht um Dienen. Dienen, in hingebungsvoller Liebe. Nicht etwas für uns gewinnen wollen, auch wenn es denn Erkenntnis Gottes wäre.

Sondern etwas von uns weggeben wollen, auch wenn es unser Leben wäre. So wie er seines für uns gegeben hat!

Das ist das Vorbild, das er uns gegeben hat.

U*nd da ist ein Zweites. Und mir scheint, nach unendlich langem Nachdenken, es scheint auf einen oder mehrere der griechischen Philosophen zurückzugehen:*

Hinter sehr Vielem, was der Kirchenvater - und ich vermute nicht nur er - lehrt und denkt, steckt die Annahme, dass alles Zeitliche unvollkommen sei. Nüchterner formuliert, das einfache Fundament, dass sich etwas nur deshalb verändert, weil es etwa unvollkommen ist, scheint mir - bei allem Respekt - falsch.

Ist es nicht zuvörderst Gott selbst, der die Quelle aller Veränderung ist?! Und ob das so ist! Nichts hätte sich verändert ohne ihn: Alles wäre »Tohuwabohu«, also äußerste Unordnung geblieben ohne ihn.

Und dann: Als Zweites, das was Gott gemacht hat: Es war gut! Das schreibt der Vater Augustinus erneut und in einem Höchstmaß bestätigend in seinem 13. Buch der »Bekenntnisse«.

Und war es nicht geradezu das Beste von allem, dass dieser Jesus sein Leben für uns geopfert hat! Und ist es nicht - in meinem Augen - der Höhepunkt und Wendepunkt aller Geschichte, dass er am Kreuz gesagt hat: »Es ist vollbracht«?

Und da er doch »ohne Sünde« war, und dennoch sehr, sehr viel, ja geradezu alles verändert hat, wie könnte Veränderung dann gewissermaßen von einer Unvollkommenheit zur nächsten, ja, irgendwie »wanken«?!

Nein: Gott ist es, der die Zeiten und die Zeitalter setzt. Und warum sagen wir dann als Bekräftigungsformel mehrfach am Tag in unseren Stundengebeten: »In Saecula Saeculorum«, das ist Plural und bedeutet eigentlich »In aller Ewigkeiten Zeiten«, oder klarer »Durch alle Zeitalter hindurch«.

Und wenn er die Zeitalter setzt, warum sollte dann auch nur eines dieser Zeitalter mit einem Mangel behaftet sein?! Denn nur was Gott tut, das ist wohlgetan!

Was also, wenn der gesamte Ansatz falsch wäre? Und was dann, wenn auch die damit verbundene Seelenqual des beständigen Suchens nach etwas, was man - gewissermaßen - so gar nicht braucht, um »Beatus«, um selig zu werden?!

Und ich muss darum auch ein Drittes hinzufügen: Was ist der Name Gottes, fragte Moses im Buch Exodus.

»Ego sum, qui ero«,

sagte der Allmächtige damals. So solle er, Mose, es dem Volk Israel sagen. Der Satz bedeutet aber nicht »Ich bin, der ich sein werde«, sondern wie so viele andere lateinische Sätze, in der wir das Futur (»ero«) als Bestätigung einer in der Zukunft endlos fortdauernden Handlung verwenden, und das jeden Tag, wenn wir die Psalmen lesen. Der Satz muss daher in unsere deutsche Sprache so übersetzt werden: »Ich bin (schon heute), der ich immer sein werde«.

Zu Deutsch: Gott ist in allem, was er heute schon ist und gesagt hat und tut, auch in alle nur erdenklich Zukunft verlässlich und treu.

Oder anders: Er, unser Gott selbst, wandelt sich nicht. Nicht die Dinge wandeln sich nicht. Oder die Verhältnisse wandeln sich nicht. Oder gar die Materie wandelt sich nicht, wie wir es in der Schule als eine Quintessenz des Aristoteles gehört haben. Und ich will deshalb, nicht für die Öffentlichkeit, aber für mich selbst sagen, in äußerster Zuspitzung:

Gott ist verlässlich in allen Veränderungen. Aber er ist auch die Quelle aller guten Veränderungen. Und er wird alle schlechten Veränderungen zunichtemachen, deshalb ist er auch der Erlöser.

Das heißt, in der Sprache der Schulen: Gott ist Ewigkeit vor allem deshalb, weil er durch alle Zeitalter hindurch »gute Zeit« ist. Oder anders: Gott ist ständig-guter Wandel. Und das in alle Ewigkeit.

Wie sonst könnte er auch der »Summus Artifex«, der höchste Künstler genannt werden, wie das einige getan haben?! Wie sonst könnte er Schöpfer und Erhalter genannt werden? Wie sonst könnte er »Der Herr, Dein Arzt« genannt werden!

Gott ist allerbeste Veränderung! Ein stetiges Sich-Wandeln, ohne an Qualität zu verlieren. Niemand und nichts sind ihm gleich!

In all dem wandelt sich Gott nicht: Er ist in unvorstellbar hohem Maße verlässlich und gut.

Und daraus folgt - in meinen noch fast jugendlichen Augen - noch ein Drittes: Genau darin, sollen wir »Gottes Nachfolger als die geliebten Kinder« sein, und das, weil wir von Anfang an schon, wie ich fühle, in eben diesem ständigen

Uns-Verändern ohne Andere zu werden sein Ebenbild sind, oder es jedenfalls ein könnten.

Zeit ist in höchstem Maße »das Medium«, in dem wir sind.

Das arbeitet der Vater Augustinus in so ungemein treffendem Maße anhand der Analyse der »Memoria« heraus, dass ich dem fast nichts hinzufügen kann.

Nur noch das Eine: Dass Fügung oder Schicksal uns täglich vor Augen führen, dass wir in dieses »Medium« der Zeit einfach hineingeworfen sind, ohne ihm entfliehen zu können. Es ist wie ein unausweichlicher Widerstand von Bedingungen und Möglichkeiten.

Wir »sind« gewissermaßen einzigartiger Schauplatz einer Zeit, die sich in einmaliger Weise in jedem einzelnen Leben und nur durch uns und in uns abspielen kann.

Doch wir können daran auch scheitern: Wir können die falschen Dinge, ja sogar die richtigen Dinge, aber zum falschen Zeitpunkt tun. Dann haben wir die persönlich-unausweichliche Komponente unserer Existenz nicht ergriffen:

Denn für uns ist die »Zeit des Lebens« eigentlich »Opportunitas«, Gelegenheit, wörtlich »Ad Portum«, zum Hafen, zum Ziel, gelangen. In jedem Augenblick.

»Zeit haben«, genau das ist im Grunde unser Leben.

U *nd da ist noch ein weiteres: Das nämlich, was der Apostel Paulus als das Größte bezeichnet hat: Caritas, die tätige Liebe. Doch darüber muss ich mir in einer weiteren Nacht, und in weiteren Gebeten, Gedanken machen. Und es kann dauern.*

Denn das ist vielleicht noch ein höheres Geheimnis...«

ANNALES STADENSES

Erneut schreiben wir im Jahre 1247 A.D. einen Adventssonntag, es ist der vierte. Und in wenigen Tagen feiern wir das Weihnachtsfest. Erneut hat mich Magister Albert hier in Stade - diesmal nicht ohne Essen, aber mit einem vorzeitigen Aufbruch von dem selbigen - mitgenommen in die Bibliothek seines früheren Klosters. Dabei schleifte er einen großen Packen großformatiger Pergamente mit, und meinte auf dem Weg nur, er wolle mir die später zeigen.

Dann - in der Bibliothek der Benediktiner - breitete er die Pergamente aus und begann, mir erstmals im Detail und nicht nur in einigen hingeworfenen Satzfetzen zu erklären, woran er arbeitete:

Albert arbeitet an einem Annalen-Werk. Er versucht, wenn ich es richtig verstnden habe, in unendlich langen Listen, die Geschichte der Päpste - und auch deren Interaktion, so würde ich es nennen, mit den jeweils regierenden Königen oder Kaisern - aufzuzählen und in kürzesten Worten oder einzelnen Sätzen zu erläutern.

Irgendwann geht Albert dabei jedoch von den Listen in eine Art Text über. Das kommt mir jedoch deshalb irgendwie seltsam vor, weil er auch da schreibt, als würde er »Fetzen für Fetzen« aneinanderkleben. Und höchst Wichtiges wird oft weggelassen, während völlig Nebensächliches fast lustvoll breit erzählt wird. Und das bis an den Rand des kaum Glaubhaften.

Vielleicht bin ich aber einfach nur zu jung, um zu würdigen, was er da tut. Denn ich schätze, Albert von Stade ist rund vierzig Jahre älter als ich. Und mir kommt es vor, als stamme er selbst aus einer anderen Zeit.

Völlig verblüfft war ich, dass er zum Beispiel über Karl den Großen - in Kontrast zu der breiten und detailreichen Darstellung Einhards in der Vita Caroli Magni - zwar Wichtiges, aber längst nicht alles Wichtige schreibt. - Ich will mir gerade dazu aber noch ausführlicher selbst eine Meinung bilden… und zwar bald, bzw. sobald ich meinen Bericht an Nantelmus endlich auch »offiziell« fertiggestellt und abgesandt habe.

Ebenfalls zu meinem Erstaunen zeigte er mir nur einen einzigen Satz: Er bezog sich auf Anselmus Cantuariensis, den die Engländer Anselm of Canterbury nennen. Dieser hätte, so Magister Albertus, sehr weitsichtig gelehrt. Was er mir damit sagen wolle, fragte ich Albert.

»Wenn du wirklich Wissen erwerben willst, und systematisches Vorgehen, auch in den Wissenschaften und nicht nur Kalenderreihen studieren und Itinerarien beschreiben, wie ich das tue: Dann - wenn Du das wirklich willst - dann gehe zuerst nach England. Dort gibt es in der Stadt, die sie »Ochsenfurt«, beziehungsweise auf Englisch »Oxford« nennen, an der Themse gelegen, bereits eine Schule, die seit langem von verschiedenen Scholaren gemeinsam auf der dortigen »Hohen Straße« und an anderen Orten betrieben wird.

Wenn Du weiterkommen willst, als Du es in dem von Dir angestrebten Köln vermutlich je können wirst, dann gehe dorthin.

Ich konnte es nicht. Aber Du könntest…«

Solchermaßen verblüfft verließ ich die Bibliothek, und ich blieb auch dem Abendessen fern. Was wollte Magister Albert mir da sagen? Und wie sollte ich das denn machen? Das ist doch gar nicht mein Auftrag! … Doch irgendwie nagt es tief in mir und an mir…

Im Handelshafen von Stade fand ich mehrere Schiffe, die offensichtlich vorhatten, hier zu überwintern. Ihre Waren hatten sie wohl in den verschiedenen Häusern gestapelt oder gar schon verkauft. Und ich hörte im frühen Dunkel des herannahenden Abends die Gesänge und den polternden Lärm der offensichtlich schon betrunkenen Besatzungen - zumeist in fremden Sprachen, die von fernen Landen kündeten.

Und ich bekam erneut diese Sehnsucht im Herzen zu spüren, die Sehnsucht, die sich seit einem Jahr so in meiner Seele bemerkbar macht: Laut, stürmisch, wissbegierig, ereignishungrig, tatendurstig, wie ein unbändiges Tier.

Und ich musste dreimal im Dunkeln um die Stadt mit den vielen Kirchen gehen, bevor ich zur Ruhe kam.

Wohin? Wohin?, fragte ich mich. Und wann?

Die Fragen bleiben allesamt an den Allerhöchsten gerichtet!

SUBLIME AUFBRÜCHE

Es hatte sich etwas im Leben des Carolus Paulus ausgebreitet in diesen Tagen der Vorweihnacht des Jahres 1247 A.D. Etwas, das innen spürbar und ungemein wirksam, aber äußerlich noch in keiner Weise sichtbar war.

Es wäre falsch, dieses vage Heraufdämmern eines inneren Morgenrotes als eine Art »Fernweh« zu beschreiben, und schon gar nicht war es - obwohl sie gut zu Carolus gepasst hätte, die schon übliche Reiselust.

Es war in Carolus stattdessen ein Wissen um etwas gegenwärtig, ein Wissen um etwas, das sicher kommen würde, das er aber weder kannte, noch gegenwärtig sah, noch zu beschreiben gewagt hätte.

Wie unter einem »Limes«, einer Türschwelle also, entwickelte dieses Etwas ein Eigenleben. Ein Eigenleben, während das normale, alltägliche Geschäftig-Sein trampend und angespannt darüber hinweg zog, als hätte es keinen blassen Dunst von der Sprengkraft des Neuen, das - noch unter der Schwelle keimend - in wenigen Momenten denjenigen, den es betreffen würde, durch die Enge der Tür hinausreißen und in ein neues Leben, einen neuen Segen vielleicht, aber sicher in ein neues Abenteuer stürzen würde. Ein Damm kündigte seinen alsbaldigen Bruch an…

»Siehe ich verkündige Neues, erkennt ihr es denn nicht«, das Wort der Schrift lag schon in der Luft. aber es war noch nicht in den Ohren des Carolus gedrungen. Und »Pflüget ein Neues…«, das Wort des Propheten Jeremia, braute sich über dem Haupt des Carolus zusammen und ließ sein Herz schneller schlagen - er wusste nicht einmal warum - , so dass es fast zu zerspringen drohte.

Was würde kommen? Über welche Schwelle war er vielleicht schon geschritten, ohne es selbst zu merken?

Doch zunächst hielt er sich noch an äußere Zeichen, an Fakten und Daten und Ereignisse. Und immer wieder neu versuchte er, nochmals Halt zu gewinnen, wo er doch eigentlich schon am - sublimen, unterschwelligen - Aufbrechen war…

ZUM NEUEN JAHR

Nicht sanglos, aber fast klanglos gingen sowohl Weihnachtsfest und der Beginn des neuen Jahres bei den Franziskanern in Stade vorbei. Und karg war auch die Mitternachtsmesse in der Nacht zum Weihnachtstag.

Magister Albert hat mich aber in den Tagen nach der Weihnacht weiter in seine Arbeiten als Chronist eingeweiht und gab mir viele Stücke zu lesen, die er bislang schon fertiggestellt hatte. Ich habe zwar ungeheuer viel gelernt dadurch. Aber es sind mir auch Zweifel gekommen:

Mir scheint, der ehrwürdige und gelehrige Magister - ich wähle diese Bezeichnung, weil er so gelehrig ist, nicht weil er meines Wissens in großem Umfange gelehrt hätte - ergreift durch die Blume, zwischen den Zeilen, und manchmal alleine durch Auswahl und Gewichtung seiner Berichte in tiefer Weise Partei für die eine oder andere Seite. Seine Berichte sind, wie soll man sagen, gewissermaßen Hinweise, wie man sich wirklich am besten zu verhalten habe.

Selten stellt er einzelne Ereignisse in ein Umfeld, sie werden so nicht immer von außen verständlich. Ich weiß gar nicht, wie ich das ausdrücken soll: Ich würde eine solche Chronik anders schreiben. Nüchterner. Mehr an dem orientiert, was ich wirklich weiß, durch Studium oder eigene Anschauung. Und nicht nur, an dem, was man eventuell von Leuten gehört hat, dies wieder von anderen Leuten gehört haben, und so weiter. - Mich bewegt das Ganze: Wie soll man sich denn nun an die Dinge erinnern?

Das Erinnern an das »Erinnern« bringt mich immer wieder zurück in meinen Gedanken: Die Fastenzeit im Kloster St. Maurice taucht dann in mir auf, und das »Reminiscere...«, das

»Erinnere Dich Gott an Deine Barmherzigkeit...«,

das macht mir Sehnsucht. Kann man das haben: Sehnsucht nach jemanden, den man im Grunde nur flüchtig kennt? Sehnsucht nach Gott? So, wie dies auch der Kirchenvater Augustinus angedeutet hat. Nur ist es jetzt stärker.

Der König David schreibt das einmal in einem seiner Psalmen: Es würde ihn dürsten nach Gott. Und »Wie ein Hirsch nach Quellen lebendigen Wassers, so verzehre sich seine Seele nach Gott...«.

So geht es mir in diesen Tagen, hier in dem sonnenlosen und nebelreichen, aber immerhin recht freundlichen Stade. Auch habe ich meinen Bericht an den Abt Nantelmus, den ich ja schon im Kloster Jerichow an der Elbe begonnen hatte, nun schon einige Tage fertig.

Er fällt bislang ernüchternd aus: Eigentlich macht im Reich der Deutschen jeder ein bisschen, was er will. Und ich habe den Bericht in ein paar Kategorien, so will ich das einmal nennen, eingeteilt. Aber es bleibt, als Summe: Über das Ganze der Ausbildung im Reich hat niemand einen Überblick.

Das Gesamtbild wird nur verdeckt durch den Umstand, dass man zum Beispiel beim Erlernen einer Sprache - wie das Lateinischen - immer merkt, ob man sie kann: Ist man weniger erfolgreich, dann kann man nicht übersetzen. Es gibt also ein Korrektiv. Doch ein Korrektiv ist ja noch lange keine Methode, und schon gar kein allgemeiner Plan des Lehrens, keine »Doctrina«, wie das Augustinus einmal genannt und über die er ein Buch geschrieben hat.

Völlig anders ist das bei Dingen wie den Rechenkünsten oder den Lehren über die Natur. Ohne die eigene Anschauung, das ist bereits jetzt meine Überzeugung, ohne ein auch planvolles Hinsehen auf die Dinge, die wir beschreiben und lehren wollen, scheitert schon jede Beschreibung. also hier liegt die Methode, wenn ich so sagen kann, in der Sache selbst. Ob das wirklich immer so gehandhabt wird, weiß ich noch nicht.

Und vieles von dem, was an allen Orten gelehrt wird, an den verschiedenen Schulen, ist ungeheuer lückenhaft. Da bin ich mir sicher. Außer der Skizze einer Wegbeschreibung, die mir Albert von Stade gezeigt hat - es handelt sich um eine riesige Reise nach Rom und zurück - gibt es kaum Itinerarien, die zum Beispiel bei so etwas wie »Landeskunde« - ein neues Wort, das ich soeben kreiert habe - helfen würden. Und das einzige, was ich persönlich hatte, das war die - lückenhafte - Beschreibung von Nantelmus. Und die witzigen Beschreibungen meines bayerischen Bruders Thomas. Aber immerhin.

Meinem leiblichen Bruder werde ich noch schreiben, bevor ich weiterziehe. Das habe ich mir noch vorgenommen.

Dann möchte ich Stade verlassen. Ich hätte kaum geglaubt, dass das mitten im Winter möglich sein würde, aber es ist ein Wetter hier, wie ich es nicht kenne: Es ist meist kalt und feucht, besonders wenn die morgendlichen Nebel von der Elbe herziehen.

Und manchmal schneit es, aber gerade einmal zwei Finger hoch. Und solch ein Winter ist - abgesehen von unangenehmen, klammen Kälte allerorten - kein Hindernis für eine Abreise.

Allerdings brauche ich schon in näherer Entfernung eine weitere Unterkunft und ich möchte auch endlich etwas tun, was mir echte Anforderungen stellt.

Das alles braucht noch Planung.

An dem nun bevorstehenden Wochenende nun, dem ersten des 1248ten Jahres A.D., möchte ich mit dem Meister Albert über meine Abreisepläne sprechen.

INDIZIEN

R und dreihundert Jahre lang hatte sich das Abendland - und mit ihm sogar die Levante, das sind die am östlichen Mittelmeer liegenden Länder - eines ungemein günstigen Klimas erfreut. Und zusammen mit vielen anderen Einflüssen begünstigte dies ein bisher ungekanntes Wachstum der Bevölkerung: Tausende von Städte und Siedlungen waren entstanden, und es wurde ungeheuer viel Wald gerodet, um dem Land mehr Ackerfläche abzugewinnen.

Besonders offensichtlich war das dort, wo neu hinzugezogene deutschsprachige Siedler bisher wenig genutzte und ursprünglich von anderen Völkern bewohnte Waldgebiete nun für sich beanspruchten und rodeten, nämlich in Livland oder in den Ländern der »Prussen« im Osten. Aber generell verringerten sich in den Jahrzehnten vor der Lebenszeit des Carolus der Wald im gesamten Abendland beträchtlich.

Doch seit dem Ende des 12. Jahrhunderts war es immer wieder zu Überschwemmungen, kalten Sommern, Dürren oder verregnete, kalten Sommern gekommen. Und die Folge waren Hungersnöte. Viele Chronisten berichteten daher von »Fames Validissima«, von schweren Hungersnöten, in diesen Jahrzehnten.

Auch Albert von Stade, der 1232 Prior des Benediktinerklosters St. Marien in Stade geworden war, und damit exzellente Kontakte in den Osten des Mare Balticum besaß, berichtete später unter dem Jahr 1233 A.D., es habe in Livland so schwere Hungersnöte gegeben, dass die Menschen sich gegenseitig verzehrt hätten.

Und so zügellos seien sie unter dem Einfluss des Hungers geworden, dass sie sogar die »Fures«, die Räuber, von den Galgen abgenommen und »Magna Aviditate«, das ist »mit großer Gier« verzehrt hätten.

Und immer wieder war es auch zu großen und überraschenden Fluten und Überschwemmungen gekommen, in denen - unvorbereitet und ungeschützt, wie sie waren, denn es gab in diesen Tagen im

Binnenland so gut wie keine Deiche - manchmal Zehntausende umgekommen seien. Die Dörfer waren in allen Reichen des Abendlandes in solchen Fällen sofort betroffen, und oft zogen ganze Horden von restlos verarmten Bauern bettelnd übers Land.

Und sie verdingten sich meist gar nicht gegen Geld, sondern einfach gegen Nahrung und Unterkunft. So gab es in den Tagen des Carolus eine große Zahl von Armen. Und eine gute Ernte war ein Segen für Stadt und Land.

Doch auch die Städte waren gegen solche Katastrophen nicht gefeit. Im Gegenteil: Zu Zeiten der Nahrungsknappheit stiegen dort naturgemäß die Preise für Güter sprunghaft, und das brachte dann sogar bisweilen begüterte Kaufleute dazu, sich für einen Hungerlohn zu verdingen. Und viele wurden überhaupt zu Bettlern.

Hinzu waren - besonders in den Jahren unmittelbar vor der Wanderschaft des Carolus - die verheerenden Einfälle der so genannten Tartaren in Europa gekommen. Das waren mongolische Reiterhorden, die versuchten, sich mit blitzartigen Einfällen in die im Grunde ungeschützten Länder des europäischen Ostens weiteste Gebiete zu unterwerfen.

Die Wirkungen dieser Überfälle waren verheerend, und das, was man den Blutzoll dafür nennt, noch mehr. Zigtausende abendländischer Ritter und eine vermutlich noch größere Zahl von Bauern und Landfamilien verloren dabei nicht nur Hab und Gut und Ehre, sondern oft auch Leib und Leben und Nahrungsgrundlage.

Krankheiten taten ihr Übriges: Auf dem Land starb man meist still leidend.

Und in der Stadt häuften sich zudem durch die oft unsäglichen Lebensumstände die Krankheiten im Übermaß. Auch begannen sich schleichend die weiträumigen Beziehungen dieser Tage zu rächen, denn nach und nach wurden meist von weither Seuchen, ja sogar Tiere eingeschleppt, die todbringende Krankheiten übertrugen.

So waren am Beginn des Jahres 1248 A.D., als Carolus - studierend, notierend und im Innern schon mit seinem erneuten Aufbruch beschäftigt - im Franziskanerkloster von Stade unweit der Elbe weilte, die allgemeinen

Lebensbedingungen in allen Reichen, die man damals zum Abendlande zählte, unklar, unsicher und ohne wirklich verlässliche Perspektiven.

Und was das Klima auf der Erde anging, so fehlte eigentlich nur noch ein richtig gewaltiges Ereignis, um Wetter, Winde und Meere, und die allgemeinen Verhältnisse der Menschen so sehr zum Nachteil zu verändern, dass danach eigentlich nichts mehr ganz so vorgefunden werden konnte, wie es zuvor einmal gewesen war.

Doch noch war es nicht ganz so weit.

AUFGEHALTEN

Nun ist es auch hier, nahe der Elbe, in der Stadt Stade, endlich Winter geworden. Doch der Schnee ist gerade einmal knöchelhoch. Und es ist draußen eher so, als wäre alles mit einem weißen Pulver überstreut worden, wie eine Dekoration. Denn richtig tiefen Schnee scheint es hier nicht zu geben. Nur eine gewisse Verzierung, die man auch Schnee nennt, und sie erinnert mich an einen fernen Traum. An einen Traum von Heimat und Kindertagen.

All das, der wenige Schnee und das nur mäßig kalte Wetter, würden mich freilich nicht von der Abreise abhalten. Doch Magister Albert, der hat nun meine Abreise nochmals verzögert, denn er hat mich noch ein wenig zu bleiben. Er wolle mir noch etwas zeigen, meinte er am gestrigen Sonntag. Doch er ist bislang noch nicht mit der Sprache herausgerückt. Und ich sagte ihm, lange wollte ich mich nicht mehr hier aufhalten.

Freilich: Ich konnte dem Bischof von Bremen schreiben, ich sei nun fertig. Und ich habe ihm den Bericht an Nantelmus beigelegt. Ein Bericht, an dessen Ende ich freilich noch etwas sehr Persönliches ergänzt habe, und ob es richtig war, das Nantelmus zu schreiben, das weiß ich nicht. Doch ich musste es tun, denn erst jetzt habe ich Frieden, mit mir, mit Gott und Nantelmus.

Es wird viele, viele Wochen dauern, bis unser Abt in St. Maurice diesen Brief erhält. Und ich habe ihm, Nantelmus, in meinem Schreiben auch davon unterrichtet, dass ich mich jetzt Richtung Köln aufmache, es aber wohl erst in den ersten Sommermonaten erreichen werde. Ich werde schon noch Bleibe in den kommenden Monaten finden. Da bin ich sicher, doch bin ich wegen irgend etwas Anderem unruhig: Mir ist, als sei ich noch nicht fertig mit meinen Aufgaben, doch ich sehe hier keine weiteren. Und so bin ich sicher, ich bin für meinen Teil fertig mit dem, was ich in Stade zu tun hatte. Ob es noch an anderen Orten Dinge zu tun gibt, das werde ich sehen.

Hier in Stade aber, da bleibt eben nur noch das Anliegen des Meisters Albertus. Er aber ist es mir wert, dass ich noch ein paar Tage ausharre.

Den Brief an meinen Bruder aber habe ich Albert gegeben. Sicherheitshalber. Ich wollte nicht, dass er in die Hände des Bremer Bischofs Gerhard gelangt, da er *schon einmal einen privaten Brief von mir gelesen hat. Wie schon früher, vor fast einem Jahr, habe ich den Brief an die Franziskaner in Ascoli Piceno adressiert. Irgendwann in diesem Frühjahr oder eher im Sommer wird der Brief in den bergen von Ascoli, bei meinem Bruder, ankommen.*

So hoffe ich… und habe auch davon geträumt, meinen Bruder einmal zu besuchen. Auf jeden Fall will ich ihn wiedersehen! … und mein Herz schmerzt, wenn ich an ihn und an meine Schwester Anna denke.

Und ich habe meinem Bruder in dem Brief geraten, dass er sich aus den Fehden, die sein Herr, Kaiser Friedrich, ständig ausficht, so weit es geht heraushält. Ich bete so sehr, dass das auf eine gute Weise geht.

Meinerseits habe ich Albert, den Gelehrigen, nun auch um Hilfe gebeten: Wer, wenn nicht er, kennt den Weg, den ich nach Köln gehen muss. Und er hat mir in den kommenden Tagen eine eingehende Instruktion zugesagt. Gebe Gott, dass er Wort hält…

Ich lege die Feder nieder und begebe mich zur Ruhe. Es ist nun doch kalt, ungewöhnlich kalt, wie man mir sagte.

DER WEISSE STEIN

Es war der selbe Tag, an dem Carolus von Meister Albert gebeten worden war, noch ein wenig in Stade zu bleiben, weil er ihm noch etwas zeigen wollte. Viel weiter im Osten - das Wetter war nochmals deutlich kälter dort als in der Handelsstadt Stade - hatte ein anderer Mönch, durch den hier fast knietiefen Schnee watend und völlig durchgefroren, das Pfarrhaus von Wismar erreicht.

Der Mönch Nikolaus, der Reisegefährte des Carolus, mit dem er einen großen Teil der ersten Reise von den fränkischen Landen im Süden bis an das Mare Balticum gegangen war, hatte sehr auf eine milde Winterwitterung gehofft. Nur wenn die See offen bliebe, würde er die Insel »Swantje Wustrowa«, die »Heilige Insel«, per Boot verlassen können. Und nur, wenn er bald in Wismar einträfe, würde er sein Wort, das er seinem Gefährten und Mitbruder Carolus gegeben hatte, einhalten können:

Denn es war ja ihrer beider Vereinbarung, dass er - im guten Fall - von Wismar aus nach Lübeck weiterreiste und der Witwe des Friedmann den versprochenen Beistand leistete. Und der Winter war dafür eine gute Gelegenheit, denn andere Reisen oder Aufträge waren zu dieser Jahreszeit kaum auszuführen.

Doch dann war der eisige Wind von Osten gekommen, und innerhalb weniger Tage war die Insel Wustrow, wie sie auf Deutsch genannt wird, von einer dünnen, aber schnell dicker werdenden Eisschicht umschlossen.

Und Nikolaus war verzweifelt: Der Einschluss der Insel im Eis bedeutete, dass kein Schiff würde die Häfen verlassen können. Er schien gefangen. Und Nikolaus wurde sehr ruhelos und auch des nachts fand er kaum Schlaf.

Und nichts schien besser zu werden, als von Norden her dieser endlose Schneefall einsetzte, und sich Schneeverwehungen auftürmten, und das ging ganze zwei Tage so.

Doch dann, nachts im Schein des Mondes, als der Schneefall nachgelassen hatte, war Nikolaus - die Müdigkeit durch die schneidende Kälte vertreibend - an die Seite der Insel gestapft, die dem Festland zugewandt war.

Und zuerst dachte er sich nichts dabei, als er in weiter Ferne, fahl beleuchtet von dem klaren Mond, mehrere Tiere über das Eis auf die Insel zukommen sah:

Es waren allesamt Hirsche und sie überquerten die Eisfläche und verschwanden auf der Insel Wustrow in einem kleinen Wald. Zuerst dachte sich Nikolaus - gefangen von dem fast mystischen Anblick der im Mondlicht silbrig-grau glänzenden Tiere - nichts dabei.

Dann aber wurde es ihm mit einem Schlag klar: Die Tiere waren weit schwerer als er selbst. Und wenn das Eis diese Hirsche trug, und dazu noch den Tritt ihrer schmalen, scharfkantigen Hufe erlitt, dann würde es auch ihn tragen und erleiden. Es war wie neues Leben in ihm, als es auf einen Schlag klar wurde: Er konnte auf diesem Weg die Insel verlassen!

Noch in der selben Nacht flocht sich Nikolaus aus Zweigen und Fellstreifen eine Unterlage, die er unter seine Schuhe - und er hatte feste Schuhe, mit ledernen Sohlen, für den kalten Winter hier am Mare Balticum - spannte. Das würde die Last noch besser verteilen, und es würde ihm auch durch die Schneewehen in den Senken auf seinem Wege nach Wismar helfen.

Und tief im Bündel des Nikolaus, das er sich ebenfalls bereits geschnürt hatte, war der Schatz versteckt, wegen dem er die gefährliche Fahrt auf sich nahm: Der Schatz des Friedmann, den er dessen Frau bringen wollte

Einzig die wilden Tiere blieben eine Gefahr. Und er wollte nicht erneut unter die Wölfe fallen. So besorgte er sich am darauffolgenden Tage noch Fackeln und Werg und Zündsteine und sogar ein wenig Holz zum Anfeuern, damit er sich zur Not unterwegs an einem Feuer wärmen oder sogar mit Fackeln wilde Tiere auf Abstand halten konnte. Denn gerade jetzt, bei Frost, war das herumliegende Holz in den Wäldern sehr trocken, und das würde ihm im Zweifel helfen, schnell eine große Lohe zu entfachen.

Nichts davon hatte Nikolaus dann aber benötigt auf seinem sich mehrere Tage hinziehenden Fußweg nach Wismar. Nur im Freien übernachten, das ging nicht, und so waren seine Etappen kurz, und andauernd musste er sich Herberge suchen. Alles hing an dem weißen Stein, sagte er sich auf dem im kalten Winter sehr gefährlichen Weg nach Wismar immer wieder.

Doch in ihm brannte die Frage aller Fragen: Würde er einen weißen oder einen schwarzen Stein antreffen, wenn er bei dem Pfarrer in Wismar ankam? Was, wenn ihn schlechte Kunde erwartete? Würde er dann vielleicht auf eigene Faust weitere Schritte unternehmen müssen? Doch welche? Der Gedanke quälte ihn, und er drohte zu einem Alptraum zu werden. Und immer inständiger wurden seine Gebete.

Doch als er dann - endlich, am ersten Sonntag des neuen Jahres 1248 A.D. - an die Tür des Pfarrhauses klopfte, und als auch ihm - wie schon lange zuvor dem Carolus - ein verschlafener und nach einem wohl frühen Gottesdienst bereits am helllichten Tag betrunkener Pfarrer die Tür öffnete und ihn mit einem »Aha, da kommt er endlich...« begrüßte, da wich die Spannung derartig von dem Slawen Nikolaus, dass er zuerst nicht lateinisch, sondern in seiner slawischen Muttersprache auf den verstörten Pfarrer einredete.

Schließlich kam auch für ihn die Stunde der Erleichterung: Der Pfarrer öffnete das Päckchen, das ihm wenige Wochen zuvor - als die See noch schiffbar gewesen war - ein Bote des Rates der Stadt Lübeck überbracht hatte - und er übergab dessen Inhalt dem Mönch Nikolaus. Und noch bevor dieser den Inhalt wirklich begutachten konnte, lallte der Pfarrer so etwas Ähnliches wie, seine Mission sei jetzt beendet, und es wäre ihm recht, wenn er die Stadt bald wieder verlassen würde.

Doch Nikolaus überhörte das alles: Mit vor Aufregung zitternden Händen wickelte er das Päckchen auf und öffnete den kleinen Ledersack in seinem Innern: Der weiße Stein! Da war er, ein erlösendes Zeichen, und ein Alpdruck fiel von Nikolaus ab. Und zuerst übersah er die daneben liegende Botschaft des Carolus. Und fast hätte er den kleinen Pergamentfetzen weggeworfen, doch dann erkannte er die Handschrift:

»Komme bitte schnell: Es eilt! Dein Bruder Carolus.«

Nikolaus war zu durchgefroren, um noch an diesem Tag weiterzureisen, wie der Pfarrer das zunächst von ihm verlangt hatte. Zudem ging auch von Wismar aus kein Schiff nach Lübeck. Doch mit Hilfe des am Nachmittag wieder langsam nüchterner werdenden Pfarrers, der mit der Nüchternheit auch seine Freundlichkeit wiederentdeckt hatte, gelang es ihm, sich einer über Land reisenden Kaufmannsgilde anzuschließen, die am Folgetag die rund dreitägige und im Winter beschwerliche Reise nach Lübeck von Wismar aus antrat.

Als Nikolaus kurz vor dem darauf folgenden zweiten Januarwochenende in Lübeck eintraf - Carolus hatte zu diesem Zeitpunkt nicht die leiseste Ahnung, was da mittlerweile vor sich ging - führten ihn seine Schritte unmittelbar und umgehend zum Haus der Witwe. Die Frau, die mittlerweile vor Angst, Nikolaus würde - entgegen der Abmachung - nicht kommen, fast gestorben war, brach schon bei seinem Anblick in Tränen der Erleichterung aus.

Und bereits am nächsten Morgen eilte »Niko«, wie Carolus ihn immer freundschaftlich-verbunden genannt hatte, zum Rat und meldete, wie es der in der Kanzlei des Rates von Lübeck hinterlegte Gesellschaftsvertrag vorsah, seine Tätigkeit als Verwalter der Schmuck-Handels-Gesellschaft an. Nikolaus erhielt dabei auch das Recht, sich - solange er seine Tätigkeit ausübe - in der Hansestadt aufzuhalten.

Und alles, was er nun privat oder in Ansehung der Gesellschaft tue oder unterlasse, fiele unter lübisches Recht alleine. Und bliebe er mehr als ein Jahr und einen Tag, so könne ihn auch fürderhin kein fremder Herr mehr nach »fremdem Recht« belangen. Zwei Zeugen des Rates bestätigten diese Erklärung.

Alsbald jedoch war es nun Nikolaus Pflicht, den rechtmäßigen Erben des Friedmannschen Schatzes ihr Vermögen zu übergeben. Und Nikolaus tat recht daran, aus diesem Anlass eine kleine Urkunde aufzusetzen:

Er, Nikolaus, Mönch des böhmischen Klosters »Na Františku« in Prag, übergebe hiermit das von dem verstorbenen Friedmann aus Ratzeburg seiner Frau vermachte Erbe, eine hölzerne Schachtel mit orientalischen Zeichen verziert, und deren Inhalt, mehrere Säckchen vermutlich äußerst wertvoller Steine.

Und dann zeigte Nikolaus ihnen die Steine: Er wickelte die hölzerne Truhe aus seinem Bündel und schüttete ein Säckchen nach dem anderen auf ein dunkles, samtenes Tuch, das die beiden Frauen ausgebreitet hatten. Alle Steine zusammen hatten ein großes Gewicht, zwanzig bis dreißig Pfund schätzten die Drei.

Und als Nikolaus den beiden Frauen verdeutlichte, dass die vermutlich sehr, sehr, sehr wertvollen, aber ungeschliffenen Steine aus dem Orient seien, und dass sie dort weit mehr wert seien als Gold, da weinten die beiden. Und besonders Katharina konnte ihre Tränen kaum mehr stillen:

Ihr Vater hatte für sie alle ein Vermögen erworben, und nun konnte er es selbst nicht mehr genießen. Und auch nicht ihr Bruder Hendrik. Und nochmals erzählte Nikolaus die Geschichte von des Bruders Heldentod. Und dann hatten alle drei Tränen in ihren Augen.

Nikolaus war aber nun von seiner Herausgabeverpflichtung befreit, das Erbe war übergeben.

Als Verwalter der Schmuck-Handels-Gesellschaft der Friedmannschen Familie, zudem mit einem in der Ferne weilenden Gesellschafter, dem ihm als Carolus Paulus bekannten Marcus aus dem Ort Geimen im oberen Wallis, hatte er aber im selben Moment eine völlig neue und ihm im Grunde fremde Aufgabe übernommen.

Zudem war das Geschäft in den vergangenen Jahren - denn die verstorbenen Friedmann und sein Sohn Hendrik waren ja mehrere Jahre weggewesen - zwar nach außen von dem früheren Verwalter vertreten worden, aber die eigentliche Arbeit inklusive des Einwerbens von Kunden hatten die beiden Frauen gemacht, Friedmanns Witwe und ihre Tochter Katharina.

Katharina war dabei immer mehr in die Rolle der eigentlichen Geschäftsinhaberin hineingewachsen: Sie war es, die die Bücher führte, die Rohware zu Schmuckstücken umarbeiten ließ, die die Kunden in geduldigen und freundlichen Gesprächen gewann. Und sie war es auch, die - das konnte Nikolaus erst jetzt feststellen - die ersten Entwürfe für neue Preziosen herstellte. Und während ihre Mutter sich im Grunde schon zurückzog, war Katharina zur Seele des Geschäfts geworden.

Umso demütigender waren zuletzt die Eingriffe und Übergriffe des bisherigen Verwalters gewesen.

All das erzählten die beiden Frauen dem Nikolaus an mehreren, langen Abenden, und sie ließen auch die heldenmütige Rolle des Carolus in der Vertreibung des alten Verwalters und der Verhandlung vor dem Rat nicht aus.

Und langsam wurde den Dreien, bei ausgiebigen abendlichen Gesprächen klar, dass die von ihnen betriebene Gesellschaft vielleicht in Zukunft einen immensen Wert besitzen könnte. Alles würde an der Möglichkeit hängen, die Steine aus dem Erbe zu bearbeiten und zu verkaufen, und all das würde ihr Freund und Gesellschafter Carolus nun klären müssen. Auf ihm, auf seinem Geschick, auch als Organisator einer Handelsbeziehung und als einer Art Kaufmann, lag ein Großteil der Hoffnungen der kleinen, verschworenen Gemeinschaft, die da gerade entstand, der Friedmannschen Schmuck-Handels-Gesellschaft in Lübeck...

Friedmanns Witwe hatte unterdessen die ihr von Carolus als Gesellschaftsanteil übergebenen »Rheinsteine« - auch sie verwendete den Namen jetzt - zu Schmuck verarbeiten lassen. Und sie berichtete, dass sie ihn hätte gut und gewinnbringend verkaufen können. Die nächsten Monate würden sie daher keinen Mangel leiden.

Nikolaus erhielt als Aufenthalt die Dachkammer, in der auch schon Carolus übernachtet hatte, und die Mahlzeiten nahmen sie - wie in allen solchen Häusern üblich - gemeinsam ein.

Nikolaus war klug genug, der noch jungen Katharina all die Bereiche zu überlassen, in die sie die letzten Jahre hineingewachsen war. Und er selbst übernahm die offiziellen Rechtsgeschäfte und die Vertretung in der Stadt. Auch hatte er schnell - des Schreibens in mehreren Sprachen kundig - die Korrespondenz und die Bücher übernommen.

Katharina und Nikolaus harmonierten - trotz eines Altersunterschiedes von fast zwanzig Jahren - schon bald hervorragend in allen Dingen. Und so verbrachten sie meist nicht nur die Arbeits- und Essenszeiten miteinander, sondern hie und da, und immer öfter, auch die langen Winterabende.

Und alsbald beschlossen die beiden, dem Gefährten und Gesellschafter Carolus nun - gemeinschaftlich - einen Brief zu schreiben, wohl wissend, dass diese Nachricht ihn erst im Frühjahr, um die Osterzeit herum, in Köln im Kloster der Dominikaner, wo Carolus sich eben um diese Zeit einfinden wollte, erreichen würde. Und Nikolaus bat den Rat um Hilfe und Vermittlung, da sie einen verlässlichen Boten nach Köln suchten.

Doch der war bald gefunden: Die ersten Handelsdelegationen waren schon bereit, Lübeck in den beginnenden Frühjahrstagen auf dem Landweg Richtung Rheinland und Brabant zu verlassen. Sie würden als Boten dienen.

Carolus unterdessen, von all dem, was sich da im Friedmannschen Haushalt in Lübeck abspielte ahnungslos, war erst jetzt - kurz vor seiner Abreise aus Stade - mit einigen der neuesten und zutiefst bewegenden Gedanken des gelehrigen Meisters Albert konfrontiert worden.

Und die beträchtliche Unruhe, die das in ihm auslöste fasste er, wie so oft, in eigene Worte...

HÄRESIE

So habe ich Albert noch nicht erlebt: Unkonzentriert, unruhig und nachsinnend. Ein paar Male fand ich ihn am Ufer des kleinen Flüsschens Schwinge, für sich alleine. Und als ich ein wenig näher kam, ging er weg, mich nie ansehend, so als wolle er nur vortäuschen, mich nicht gesehen zu haben. Und er verschwand dann meist hinter einer Biegung des Weges oder er war plötzlich zu den Häusern zurückgekehrt, und am Ende muss er dann - schattengleich - in einer der vielen Kirchen der Handelsstadt Stade gegangen sein.

Albert will etwas mit sich und Gott ausmachen, das hatte ich dann jedes Mal gemerkt. - Doch ich bin noch geblieben, obwohl ich alles erledigt habe.

Und mein Warten hat sich nun in diesen Stunden gelohnt, auf eine sehr nachdenkliche Weise.

Erst gestern Abend nahm mich Albert zur Seite und wir gingen, nun gemeinsam, den Weg an der Schwinge, den ich sonst alleine gehen sah. Erst umständlich eröffnete er mir, dass ein italienischer Mit-Bruder des franziskanischen Ortes gerade aus dem Orte Schwäbisch Hall gekommen sei, und er habe berichtet, der Streit zwischen Konrad, den Kaiserlichen und dem Papst sei nochmals überhöht worden von einer Gruppe Priester, die sich ihrerseits als einen »Orden« bezeichnet hätten.

Und sie hätten ungeheuerliche Dinge gesagt, unter anderem

»... dass der Papst ein Ketzer wäre, alle Bischöfe und Prälaten Symonisten und Ketzer, auch die niederen Prälaten mit den Priestern, weil sie mit Lastern und Todsünden behaftet nicht die Macht hätten, zu binden und zu lösen und weil diese alle Menschen verführten und verführt hätten«.

Und genau so werde er das alles auch in seinen Annalen aus Stade berichten, ereiferte sich Albert. Dass viele, vor allem der Oberen in der Kirche, ihre Ämter erkauft hätten, dass wisse er, meine Albert. Das mit der »Simonie«, der Käuflichkeit der Ämter, das stimme also. Das ändere freilich nichts an deren Berufung, und das sei die andere Seite der Medaille.

Doch diese Leute, sie hätten an einem ganz anderen Punkte vermutlich recht: Nur Gott alleine könne letztlich Sünden lösen. Die Schrift sei hier sehr klar.

Und wie das Recht seiner Vertretung in unseren Zeiten gestaltet sei, das habe schon - vor wenigen Jahren - der Kaiser selbst öffentlich in einem Brief an die Kardinäle der Kirche in Zweifel gezogen. Auf den Fels des Glaubens nämlich sei die Kirche gegründet, »Petra«, stehe da im griechischen Text, und »Petrus« habe zwar das Amt angetreten, aber unser Herr habe von dem Felsen als von einer Haltung gesprochen, nicht nur von einem Manne.

Und Albert war sehr still, und er wirkte fast ängstlich, als er mir sagte, darauf sei die Kirche letztlich gegründet, auf den Glauben, und auf die »Gratia Dei«, die Gnade Gottes.

Und so Vieles, was er selbst, was er Albert, erlebt habe, würde der Kirche, obwohl eine »Institutio Venerabilis«, eine ehrwürdige Institution, vermutlich vor dem alleinigen Richter, vor Gott, nicht zur Ehre gereichen.

In seiner Chronik, seinen Annalen, die er gerade in Stade schreibe, würde er, so sagte er, in recht umfassender von den diversen Reden der so genannten Häretiker in Schwäbisch Hall berichten.

Albert, schien mir, war verzweifelt. Und ich bin tief bewegt von seiner Offenheit, aber auch von dem, was er mir sagte.

Vieles was ich auf meiner Reise bisher schon gesehen habe, und noch mehr, alles, was ich selbst in der Schrift gelesen, und was ich zu Hause auch in den griechischen Schriften - so gut ich konnte - verstanden habe, gibt ihm im Grunde recht.

Doch wie soll es weitergehen? Mit dem Reich? Mit uns? Mit der Kirche? Wem sollen wir glauben, wenn das alles so ist? Und was bedeutet das alles für mich, den kleinen Mönch aus St. Maurice?

Und ich betete danach zu meinem Gott, er möge sich doch seiner Güte erinnern, »Reminiscere miserationum tuarum« ...

... und uns doch wissen lassen, was sein Wille sei. So in den vergangenen Fastentagen im vorigen Jahr. So, wie ich es Zuhause gelernt hatte.
Und es war eine lange Stille danach - zwischen mir und dem Allmächtigen...
Und immer noch warte ich auf eine Antwort. Von oben.

Albert wird mir heute noch, entsprechend seiner großen Erfahrungen, die er selbst noch vor wenigen Jahren auf seiner Romreise gemacht hatte, einige Stichworte zu meiner möglichen Reiseroute nach Köln mitgeben.

Ebenso schrieb er mir schon gestern einige Zeilen an den Bischof von Verden, den er gut kenne, wie er meinte, und der »Hohe Herr« möge mich weiter geleiten. Denn mein Weg sei bereitet, wie Albert am Ende geheimnisvoll bemerkte.

So werde ich das in diesen Tagen ungeheuer eisige Wetter und die zugefrorenen Bäche nutzen und morgen früh aufbrechen, um dann sehr schnell in Verden zu sein. Trotz des Sonntages, den wir morgen feiern.

Ich werde meine eigene Messe feiern, im Gehen.

SEITENWECHSEL

Albert von Stade hatte Carolus Paulus, dem jungen Mann aus dem Wallis, nicht einfach einige wenige Hinweise für den Reiseweg nach Köln gegeben, sondern - anders als in dem dialogisch aufgebauten Text seiner »Annales Stadenses« - hatte sich der immer betagter werdende Mann die große Mühe gemacht, den dort beschriebenen Weg anhand einer Linie mit Ortsnamen und ergänzenden Hinweisen aufzuzeichnen.

Und nicht nur den Weg nach Köln hatte er ihm, samt den dazu gehörigen teils schon in den »Annales« Alternativen, etwa wo er den Rhein bei Hochwasser überqueren könne, aufgezeichnet. Nein, Albert erläuterte ihm - in einem hellsichtigen Moment - den gesamten Weg nach Rom. Und zurück. Für solche Menschen, so war ihm in Innern, hatte er seine Reisebeschreibung angefertigt. Und mit aller Entschiedenheit gab der von Mühsal beladene Albert in einem erläuternden Gespräch die Reiseerfahrungen seiner reifen Jahre an Carolus weiter.

Carolus ergriff am Ende des fast väterlichen Gesprächs nicht nur das von Albert eigenhändig zusammengefaltete Pergament und verstaute es danach in seinem bereits gepackten Bündel. Er bedankte sich auch in einem großartigen Resümee seiner gewonnenen Erkenntnisse.

Und bei aller Distanz der Lebenswege und der inneren Anschauungen verabschiedeten sich die beiden Männer doch in tiefer Rührung. Es war für beide eine einmalige Begegnung.

Und noch eine Empfehlung an den unweit von Stade residierenden Bischof von Verden hatte Albert Carolus mitgegeben. Der dortige Bischof sei - zu Zeiten als Heinrich Raspe, der Landgraf von Thüringen, deutscher König gewesen sei - dem Königshause und der noch »ungemein jungen, aber leider glücklosen« Königin Beatrix, einer Herzogstochter aus dem Hause Brabant, sehr nahegestanden.

Und - ein wenig augenzwinkernd - »der Gute« würde immer noch gerne von diesen Zeiten, in denen er eine Größere Rolle für das Reich gespielt habe, als er das heute tue, er würde immer noch gerne davon berichten.

Er, Carolus, möge ihm doch bitte geduldig zuhören, das wünsche er - Albert - sich persönlich von ihm. Und als Carolus ihm das lachend zusicherte, da beschrieb ihm Albert den Weg nach Verden nochmals eigens sehr genau.

Und die beiden verabschiedeten sich. Nicht so, als ob sie sich nie wieder sehen, sondern so, dass sie sich - ob hier oder in einem noch klar bestimmten »Drüben« - jederzeit gerne wieder begegnen wollten.

Zuletzt, in seinen letzten Sunden in Stade, hatte Carolus dem Brief an Nantelmus, den Abt seines Klosters, dem Brief, den er bislang immer für unfertig gehalten hatte, noch einige sehr persönliche Worte hinzugefügt.

Ihm, Nantelmus, seinem geistlichen Vater, wolle er abschließend doch nicht verschweigen, dass die Reise ihn, Carolus, verändert habe und dies wohl weiter tun werde. Sein Vertrauen in den Allmächtigen sei sehr gewachsen, schon jetzt, und wer weiß, was die kommenden Jahre noch bringen würden. Er hoffe, nur eine Vermehrung der guten Anfänge.

Aber sein Vertrauen in die Mitmenschen sei an vielen Stellen gesunken. Die Mächtigen missbrauchten ihre Macht in so manchen Fällen, und selbst die geistlichen Herren seien hie und da »wie von Sinnen« und verleugneten, ja verhöhnten das Evangelium.

Doch Gott sehe die Niedrigen an, er tröste die Betrübten - ja, im Übermaß - und in gewisser, in »geistlicher Weise«, kröne er die mit Herrlichkeit, die von den Anderen missachtet würden. Und so hätte es ja die »Beata Virgo«, die »Selige Jungfrau«, Maria, selbst auch in ihrem Lobgesang ausgedrückt. Und auch dem folge er, Carolus.

Und auch wenn die Kirche schon in der Vergangenheit so weit gegangen sei, die lediglich Unbequemen, wie die Stedinger Bauern, von denen er einige auf seinem Weg hierher kennengelernt habe, als Ketzer zu denunzieren und sie mit dem Tode zu bedrohen, so wolle er, Carolus, in den kommenden Jahren nicht nur herausfinden, was sein Auftrag sei - nämlich wie das Studium in allen Teilen des Reiches organisiert sei - , sondern er wolle auch herausfinden, was der Auftrag Gottes für sein eigenes, sein persönliches Leben sei...

... Und warum es die Kirche selbst sei, die die Armen unterdrücke, und warum die meist Gutwilligen, aber bisweilen eventuell ja einfach Fehlgeleiteten, von der eigenen Kirche verfolgt würden. - Carolus war klar, dass er sich, würde ein solcher Satz in falsche Hände gelangen, auf gefährliches Gelände begab. - Und dennoch, er zitiere nun das Evangelium, man müsse Gott mehr gehorchen als den Menschen.

»Ich habe in meinem Herzen eine neue Seite meines Lebensbuches aufgeschlagen«,

schrieb Carolus auf Deutsch und ergänzte dann auf Französisch:

»J'ai pas seulement tourné une page, j'ai changé la côté, et en prenant une décision finale je me suis changé en cœur même ...

... ich habe nicht nur eine Seite umgeschlagen, ich habe die Seiten gewechselt, und indem ich eine endgültige Entscheidung getroffen habe, habe ich mich sogar in meinem Herzen verändert«

Französisch war die Muttersprache des Nantelmus, und Carolus wollte keinen Zweifel an dem Inhalt seiner Entscheidung lassen. Er wolle dem Evangelium des Herrn in einer Weise folgen, wie er es von den Franziskanern, und die wiederum von Franziskus selbst, gelernt habe. Nein, er wolle sicher nicht den Orden wechseln: Wozu auch?!

»Wir haben alle den selben Herrn!«,

begründete er das gegenüber seinem Ziehvater im Orden der Augustiner Chorherren sehr offenherzig. Und er wolle auch ihm, Nantelmus, in Treue auf jeden Fall bis zur Beendigung seines Auftrages, und gerne auch darüber hinaus, dienen. Und darauf möge sich, der »Vater im Geiste«, bitte verlassen!

Aber auch er sei dabei, die Nachfolge des wirklichen Herrn »Sine Glossa», ohne Zusätze zu leben. Ganz so, wie dies Franziskus vorgelebt habe. Auf jeden Fall, wolle er, Carolus, das lernen. Und

»La décision é prise... die Entscheidung ist gefallen«.

Es war gesagt. Es war heraus. Und als Carolus jetzt den Bericht an Nantelmus zum letzten Mal zusammenfaltete, da hatte er Position bezogen. Entscheidend. Und er hatte in der Tat die Seiten gewechselt.

In Verden

A ller guten Dinge sind drei, sagt man. Ein Scherz, den ich mir hier in Verden, das an dem schönen Fluss Aller liegt, gerne erlaube. Auch wenn er nichts bedeutet...

... Auf Empfehlung Alberts von Stade hin habe ich eine Audienz beim schon etwas älteren Verdener Bischof Luder von Borch bekommen. Der von der Sprache her bremisch klingende hohe Herr war sehr interessiert an meinem Auftrag, den ich ihm - eine Eingebung? - anders als den meisten Anderen recht ausführlich und sogar unter Hinweis auf die tatsächlichen Auftraggeber erläuterte.

Aber Luder von Borch, der hiesige Bischof, meinte, er könne mir kaum wirklich helfen. Zwar plane er »an einem dem Herrn gefälligen Tage« selbst die Errichtung einer Schule, doch ob es eine »Schola Verdensis« - im Sinne einer öffentlichen Schule, »wozu auch!« - je geben werde, das wisse er nicht. Freilich bilde er den ministerialen und geistlichen Nachwuchs an seiner Domschule aus, »wie eh und je«. Das alleine mache für ihn Sinn.

Er wies mich aber weiter: Sein Vorgänger im Amt, Yso von Wölpe, sei der Bruder einer der Grafen von Wölpe gewesen, die zwischen »Lüneburch« und der Weser eine große Zahl kleinerer und größerer Besitztümer hätten. Und auch ich erzählte nun ein wenig von meiner ersten Reise, die mich ja auch nach Lüneburg und bereits zuvor, in Celle nämlich, schon einmal an den Fluss Aller gebracht hätte.

Doch dann fuhr Bischof Luder - wie aus einer längst vergangenen Welt berichtend - fort, dieser Bruder seines Vorgängers Yso - ich fühlte mich bei seinen Erzählungen an alttestamentarische Stammbäume erinnert und konnte ihm bei seinen vielen Verweisen auf längst Verstorbene und mir schon im Grundsatz Unbekannte nicht immer folgen - der heutige Graf Wölpe also, der hätte eine »Neue Stadt« gegründet, denn Nienburg an der Weser gehöre ihm ja bereits. Zu dem Zeitpunkt seiner Erläuterungen ahnte ich nur vage, wo dieses Nienburg liegen sollte.

Doch Luder, der Gesprächige, fuhr ohne Ansehung meiner aus einer fernen Gegend stammenden Person und meines anscheinend guten Fassungsvermögens unbeirrt fort: »... und neben dieser Stadt hat Graf Wölpe ...

... ein ebenso neues Kloster gegründet, besetzt mit Zisterzienserinnen, das wiederum einen Schulbetrieb beherberge, und das Ganze wiederum - »interessanter Weise« - für Frauen aus edlem Hause.«

Warum der Bischof das aber für so interessant hielt, das zu fragen hatte ich - dem haltlosen Rausch der Luderschen Erzählungen schutzlos ausgesetzt - keine Chance zu fragen.

Dort also, bei dem Grafen Wölpe, dort möge ich mich erkundigen, nach einer Schule. Und auch einen Gruß möge ich ausrichten. Und gerne könne ich ein paar Tage in Verden bleiben...

... denn mit dem, der mich letztlich geschickt habe, sei er - als Vertrauter des »bedauerlicherweise eben erst verstorbenen Königs Heinrich Raspe« - wohl auch vertraut. Und ich brauchte ein paar Augenblicke, bis mir klar wurde, dass Bischof Luder von Borch wirklich den Papst, Innozenz IV., meinte. Und dass er das Wort »vertraut« verwendet hatte. Ich war hellwach an diesem Punkt des Gesprächs.

War Bischof Luder aber bislang schon weitschweifig und übergenau gewesen, so überbot er sich nun in Rückbezügen, Querverweisen und am Ende nur noch kryptischen Hinweisen: Denn zusammen mit der damals amtierenden Königin Beatrix, von der er wisse oder ahne - er sei sich da gerade auch nicht ganz sicher -, dass sie sich wieder in den Niederlanden aufhielte, und wenn ich sie sähe, solle ich auch sie grüßen..., also zusammen mit der Königin, die da einmal war, jetzt aber nicht mehr sei, habe er, Luder, einmal die Urkunde des Königs, der schon wieder hatte abreisen müssen, gesiegelt. Das käme nicht häufig vor.

Ich konnte, auch wegen des mittlerweile ins platte Niederdeutsch übergegangenen Diskurses, nur noch mühsam folgen. Doch ich nickte freundlich. Und den Gruß an die »Königin Beatrix« halte ich eigentlich für einen Scherz: Wie sollte ich, das kleine Mönchlein, ihr denn je begegnen...?! Doch willig - und auch ein wenig spöttisch - gebe ich mich drein, im »ausgebauten poetischen Konditional«, etwa so:

> *Begegnet' ich ihr,*
> *ich grüßte sie gern,*
> *von Luder von Borch,*
> *dem Bischof und Herrn*
> *in Verden, am schönen Fluss Aller.*

Nun gut. Ich will dem offenbar so gutwilligen Herrn nicht Unrecht tun. Er ist im Grunde ein bemerkenswerter Mann.

Noch zwei Tage kann ich nun hier in Verden Gast des Bischofs sein, und das ist eine Ehre, die ich nur dem Umstand zuschreibe, dass Luder den eigentlichen Autor meiner Mission - den hohen Rechtsgelehrten aus Lyon - anscheinend persönlich kennt.

Auch bist die Stadt selbst bemerkenswert: Nordstadt und Südstadt sind in Verden auf sehr erstaunliche Weise gleichzeitig getrennt und vereint, und beide haben sowohl Zugang zu der Aller, die unweit von hier in die Weser mündet, als auch je einen eigenen Markt. Wer hier wie das Sagen hat, ob der Adel des Umfeldes, das Domkapitel oder der Bischof, das ist mir gerade zu kompliziert, zu verwickelt, um es während meines kurzen Aufenthalts näher zu ergründen.

Was sie aber hier in Verden haben, das sind einige große Ställe mit wunderschönen, dampfenden Pferden, und ihrem heftigen Atmen, was man in der winterlichen Kälte, die zurzeit herrscht wunderschön beobachten kann: Ihre geradezu rauchenden Nüstern stoßen bei jedem Atemzug neblige Schwaden aus... Doch ich fürchte mich ein wenig vor den großen, unruhigen Tieren. - Ich werde die winterliche Kälte nutzen und bald weiterziehen, vor die Tore Nienburgs, zu dem Grafen von Wölpe. Nur werde ich nicht alleine gehen, die Gegend ist mir zu wild, und der Wald südlich der Stadt und an der Aller scheint mir voll von wilden und um diese Jahreszeit hungrigen Tiere zu sein.

Und noch eines liegt mir am Herzen, was ich in den vergangenen Wochen vergessen hatte: Ich werde der Quedlinburger Äbtissin Gertrudis berichten, was ich bislang gesehen habe. Und ich werde das noch von Verden aus tun, der Bischof hat sicher überall hin einen regen Botenverkehr, und überhaupt hat er etwas wie ein riesiges »Fischernetz« an Beziehungen über weite Teile der nördlichen Länder gespannt... auf seine Weise hat er etwas Geniales.

Aber zurück: Dass ich ihr berichte, das hatte ich der Äbtissin Gertrudis versprochen. Und auch, was meine Pläne sind. Ich denke dabei auch an meine Schwester Anna... Vielleicht mag die Hohe Frau Getrudis mir ja dann nach Köln schreiben, denn ich weiß ja sicher, dass ich dort anfangs des Sommers, und ich meine persönlich, ja schon vor Ostern, sein soll. So jedenfalls hatte es mir Nantelmus geboten. Und ich folge.

RETHEM

Tatsächlich fand Carolus binnen zwei Tagen in Verden einen Kaufmannstross, der nach Rethem am Flusse Aller zog und von dort aus weiterwollte, ein kleines Stück die Aller hinauf, um dann dort, wo die Leine in die Aller mündet, ab einem kleinen Leinehafen bei der Ortschaft Schwarmstede auf Booten, die Leine hinauf, nach Hannover zu ziehen.

Diesen Tross begleitete Carolus, und sie kamen noch am Abend des Abreisetages am Allerübergang an. Und fast hätte der Fährmann an der Aller, der so spät am Tage schon keine Fahrgäste mehr erwartete, den Ruf zur Überfahrt verschlafen.

Doch der ganze Tross konnte dann - mit einigem Hin- und Her - in mehreren Fuhren doch noch gut über die Aller setzen. Und sie kehrten in Rethem nahe der kleinen Kirche ein.

Was sie dort antrafen, war ein im Grunde kleines, aber - auch nach Meinung der dortigen Bürger, von denen sie einige dann am Abend in einem winzigen Gasthof antrafen - anscheinend immer wichtiger werdendes Dorf, das - wie soll man es ausdrücken - den wichtigsten Allerübergang weit und breit begleitete. Auch flossen drei kleine Flüsse rund um Rethem in die Aller, nämlich die Alpe (und Carolus wunderte sich über diesen Namen sehr), die Schipse (auch dies eine wunderliche Bezeichnung) und eben die Wölpe, die offensichtlich auch namensgebend für das Geschlecht derer von Wölpe war.

Weit konnte es also bis zum Sitz des Grafen von Wölpe vor den Toren von Nienburg nicht mehr sein, dachte Carolus.

Eine alte Wallburg hatte - südwestlich des Ortes Rethem nahe an dem Flüsschen Wölpe gelegen - im Namen und Auftrag der Grafen von Wölpe den Ort Rethem wohl lange beschützt. Aber erst in jüngst vergangenen Tagen habe Graf Wölpe, so die Einheimischen beim Abendtrunk im Gasthaus von Rethem, ein Lehen an eine Familie des Ortes vergeben. Und diese errichteten jetzt eine Burg, direkt an der Aller gelegen. Doch habe man soeben erst mit dem Bau begonnen.

Noch war der Winter kalt, und Carolus fragte sich, ob der Kaufmannstross, den er begleitet hatte, bei diesem Wetter weiter als bis zu diesem Ort Schwarmstede käme. Denn ein kleiner Fluss wie die Leine, so vermute er, der sei bei Frost wohl kaum schiffbar. Doch er wollte sich auf keinen Zwist mit den Kaufleuten einlassen.

Carolus aber selbst brach schon früh am kommenden Morgen auf. Doch lange stand er noch am Ufer der Aller: Zähe Nebel hingen in den tiefen Wäldern links und rechts des an den Ufern bereits gefrorenen Flusses, und kaum ein Vogel rührte sich. Es war so, als sei alles in einen eisigen Winter hineingetaucht, verträumt und starr, wie in einer jenseitigen Welt. Und der kleine Ort hinter ihm, Rethem, der schien im Winternebel verborgen wie hinter milchigem Glas. Es war wie eine mystische Phantasie.

Aus dem Ort hörte er dann aber doch noch das ganz irdische Muhen der Rinder und das ungeduldige, wie immer hungrige Grunzen der Schweine, und Carolus fühlte sich für einen Moment ganz entfernt sogar an zuhause erinnert.

Doch er war damit auch erinnert an sein eigentliches Vorhaben, und so überquerte er die Alpe und ein wenig später die Wölpe und zäh und entschlossen folgte er der Wegbeschreibung, die er am Abend zuvor von den Einheimischen bekommen hatte.

Unheimlich war die Wanderung durch die Moore und Riedgebiete, doch es gab - solange er auf dem klar bezeichneten Wege blieb - auch wenig Möglichkeiten, sich zu verirren. Lediglich die Tiere fürchtete Carolus, als »gebranntes Kind«, erneut.

Und so war er erleichtert, als er spät abends auf der Burg des Grafen Wölpe eintraf, den Empfehlungsbrief des Bischofs von Verden vorwies und daraufhin eingelassen wurde.

Der Graf schien hoch erfreut, einen Besucher zu haben, doch er selbst habe heute keine Zeit, gab er entschuldigend von sich. Und mit kurzen Worten befahl er den »unerwarteten Gast« vor das große Feuer in einer kleinen Halle zu setzen und ihm Speise und Wein zu servieren, so viel er wolle.

Carolus war perplex: Auf seiner ganzen Reise war ihm solches nicht widerfahren, und er fühlte sich wirklich willkommen und im Grunde - völlig unerwartet - auch geehrt.

Und nachdem er sich zuerst gescheut hatte, zuzugreifen, taten dann wenig später die Wärme und der Wein ihr Werk, und der Mönch Carolus begann fröhlich mit sich selbst und seinem Gott laut zu reden.

Und erst als er dann, nach reichlichem Genuss aller Segnungen und einem schon mehr als ausreichenden Erhitzen von Körper und Gemüt auch noch zu singen begann, beschied ihm dann doch einer der treu aufwartenden Diener, es sei schon Mitternacht, und ihm scheine es - bei allem Respekt - angebracht, wenn er sich ein wenig leiser verhalte.

Beglückt und für den Moment sorgenfrei legte sich Carolus dann schlafen, auf großen Kissen, vor dem immer noch lodernden Feuer, darauf bestand er, er sei völlig durchgefroren. Und man ließ ihn gewähren, denn seine tatsächlich kalte Kammer, die könne er nun doch auch besser morgen noch beziehen.

Und was der solchermaßen Gestärkte und Beseelte dann am Folgetag erlebte, das fasste er wenig später in eigene Worte.

DES GRAFEN NEUSTADT

*E**s waren schöne und auch kalte Tage, die ich meist wandernd in einer weiß bepuderten Landschaft voller kleiner Flüsse und vieler Wälder verbrachte: Seit ich aus Verden weg bin, war der Himmel meist ruhig und oft schien eine kühle, winterliche Sonne.*

In Rethem hatte ich als erstes Station gemacht und dort bin ich - zusammen mit einem Kaufmannszug - auch über die Aller. Dem Fluss Aller, dem ich nun schon mehrfach begegnet bin. Dann durch unheimliche Moore und Heiden direkt nach Westen, Richtung Nienburg, immer in der Nähe des Flüsschens Wölpe. Und als ich - mit einer Empfehlung des Bischofs von Verden - weit vor den Toren der Stadt Nienburg in der Burg des Grafen Wölpe am Abend des zweiten Tages, nachdem ich Verden verlassen hatte, vorstellig wurde, nahm dieser mich gerne und freundlich auf. Und ich verbrachte - alleine, aber mit gutem Essen - eine warme und fröhliche Nacht an seinem großen Feuer.

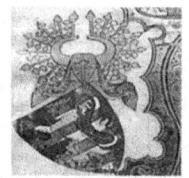

Und ich blieb mehrere Tage dort, und der Graf - Konrad II. von Wölpe - selbst zeigte mir seine Stadt: Nienburg an der Weser. Fast wie einen hohen Herren hat er mich behandelt, und selbst der dortige Priester hat mir eine Reverenz erwiesen, als wäre ich der Bischof selbst. Mir, einem einfachen Mönch…

Doch wie alle Medaillen hatte auch diese zwei Seite: Graf Wölpe erläuterte mir seine komplizierten Familienverhältnisse, und auch welcher Onkel wo Bischof war etc. Ganz abgesehen, dass ich mit seiner Sprache Probleme hatte: Vor lauter »ditt und dat« konnte ich mir am Ende nur behalten, dass sein Vater Bernhard II. eine neue Stadt gegründet habe, und es gäbe dort ein Kloster, und dort würde er mich nun um einen Gefallen bitten.

Es schien keinen anderen Namen für die neue Stadt seiner Vorfahren zu geben als nur »Neustadt«, was aber der schmucken, kleinen Siedlung, die ich mittlerweile kennengelernt habe, keinen Abbruch tut.

Keine Meile von der Stadt entfernt hätte seine Familie, so fuhr - als ich noch bei ihm weilte - der Graf fort, die im Übrigen eng mit dem früheren Kölner Erzbischof Rainald von Dassel, dem Reichskanzler Kaiser Friedrich Barbarossas in Italien, verwandt sei, ein Kloster gegründet. Dort lebten Zisterzienserinnen in großer Ab-

*Und er fügte noch ein Weiteres hinzu: Die Äbtissin der Zisterzienserinnen in die-
sem Kloster nördlich von Neustadt, die hätte es unternommen, seinen
»Augenstern«, seine älteste Tochter, Margarethe, zu unterrichten, »bis das Mädchen standesgemäß verheiratet werden« könne.*

*Die Äbtissin sei eine ehrenwerte und gute Frau. Aber es gäbe dort niemanden, der
seine Tochter ausreichend in fremden Sprachen unterrichten könne. Sicher: Latein,
sei ohne Zweifel allgegenwärtig. Aber seine Familie unterhielte traditionsgemäß
gute Beziehungen an den Rhein, ja bis nach Holland und Frankreich. Ob ich
nicht Französisch, und vielleicht auch ein wenig Griechisch, unterrichten könne?*

*Mein Lohn sei ein kostenloser Aufenthalt, und ein stattliches Angeld, das er mir
sofort mitgeben würde. Den Rest würde ich bei Beendigung erhalten, wenn seine
Tochter ein wenig Französisch sprechen könne. Ob das bis zum Osterfest zu erledigen sei? - Er wolle mir dann zu Ostern meinen Lohn selbst bringen.*

Ich war überfahren, aber ich willigte ein.

*Ich musste dem Grafen Wölpe dann anderntags in aller Ausführlichkeit erläutern,
woher ich genau käme, wo das Kloster St. Maurice läge etc., und er meinte, es
würde ihm Freude bereiten, wenn seine Tochter Margarethe auch einige Brocken
Italienisch lernen könne. Dann »parliere es sich leichter«, wie er sich ausdrückte.*

*Dass der Zeitplan für das junge Fräulein auch von deren geistiger Aufnahmefä-
higkeit abhängt, das versuchte ich ihm vergeblich beizubringen. Aber wir beschlossen den Handel dennoch damit, dass er mir das Angeld aushändigte und mich
dann - zusammen mit einem offiziellen Schreiben an die Äbtissin - auf den Weg
schickte. Seine Tochter möge ihm dann auch über den Fortschritt berichten.*

*Seit der ersten Minute, in der mir Konrad II., Graf Wölpe, den Antrag machte,
seine Tochter zu unterrichten, frage ich mich, wozu das junge Fräulein denn Französisch oder gar Italienisch benötige? Von Griechisch ganz zu schweigen! Zwischen all den Marschlanden hier, zwischen den Äckern, Mooren und Sümpfen der
Aller- und Weser-Niederungen hier scheint mir das maßlos übertrieben. Aber er
wird seine Gründe haben... Nur, wenn ich ehrlich bin, ich hätte diese Gründe gerne gekannt. Doch sei es drum! - Und immer wieder lege ich meine Wege in die
Hand des Höchsten.*

*Ich werde also heute noch, von Neustadt aus, wo ich dieses Zeilen in Ruhe und
auch in Wärme schreiben kann, und wo sie gerade an einer Kirche und einer Art*

Festung bauen, zu dem vom Grafen erwähnten Kloster aufbrechen. Und ich bin auf das Gesicht der, bislang - soweit ich weiß - ahnungslosen, Äbtissin gespannt.

Die Familie der Äbtissin soll aus einem kleinen slawischen Dorf auf einer großen Insel im Mare Balticum kommen: »Dargen«, nannte es Graf Wölpe und die Insel sei Usedom. Aber auch das könnte nur eine Randnotiz, eine Marginalie, sein.

Ob die Äbtissin aber noch die slawische Sprache beherrscht...?Es lässt mir keine rechte Ruh... Ob ich ihr von meinem Besuch bei Niko erzählen kann? ... ohne ihn und unser »Unternehmen« wirklich zu gefährden?

Was mich aber noch mehr bewegt: Ostern ist in diesem Jahr erst Mitte April, und bis dahin soll ich - nach dem Willen des Grafen - Sprachunterricht erteilen. In der Abgeschiedenheit eines winzigen Fleckchens Erde. Es wird mir viel Geduld abverlangen! Immerhin bin ich dort aber versorgt und verdiene Geld für meine weitere Reise.

Doch wie soll ich so schnell von dort, von dem Kloster, nach Köln kommen, damit ich dann - Ende April - dort in Köln mit dem Studium beginnen kann? Aber es müsste, nach allem, was ich weiß - und vor allem, nach allem, was mir Albert von Stade am Ende noch persönlich erzählt hat - in der Wärme des Frühjahrs vielleicht doch zu schaffen sein.

LEINEUFER

Es gibt nur wenige Worte im deutschen Sprachraum und im Raum, den die deutschsprachigen Völker im Laufe ihrer langen Geschichte einnahmen, die derart viele Bedeutungen haben konnten, wie das Wort »Leine« sie hat. Und fast gewinnt man den Eindruck, als hätte es nur wenig gegeben, das mit diesem Wort nicht hätte in Beziehung gebracht werden können.

Ob Angelleine, Bootsleine, Fangleine, Hundeleine, Pferdeleine, Reißleine, Rettungsleine, Schleppleine, Segelleine, Steuerleine, Trockenleine, Wäscheleine, zunächst einmal scheint immer eine Art Seil oder eine feste Schnur gemeint zu sein. Aber auch »leinen« als Ausdruck einer Tätigkeit gibt es, vor allem dialektal konserviert, im Sinne von »anlehnen« oder »sich abstützen auf«.

Und selbst wenn man an Flüsse oder Orte diesen Namens denkt, sollte man sich vor allzu schnellen Erklärungen hüten: Es gibt derart viele kleine Flüsse, die sich »Leine« oder »Lain« nennen, dass man dem Fluss, an dem sich Carolus auf seiner Wanderschaft eingefunden hat, auch nicht so richtig näherkommt.

Am nächsten könnte man der Namensgebung einer der wichtigsten norddeutschen Flüsse aber kommen, wenn sich die Verhältnisse an den Ufern des über 30 gallische Meilen langen Flusses einmal selbst anschaut. Denn da drängt sich dem Betrachter ein Eindruck auf, den auch echte Leineschiffer nach nur wenigen Minuten der Unterhaltung meist von sich aus bestätigen: Die Leine ist nur schwer schiffbar. Das Wasser fließt schnell und der Fluss hat ungeheuer viele Sandbänke und Untiefen. Und - wie das sicher über Tausende von Jahren so war - will man ein Schiff gar flussaufwärts bewegen, dann muss man es »an die lange Leine« nehmen. Und ziehen. Treideln nennt man das.

Freilich: Auch das sind nur Gedankenspiele. Denn der Fluss Leine, über den wir reden, der hatte schon in den vierhundert Jahren vor der Zeit des Carolus so derart viele Namensvarianten entwickelt, dass man froh sein konnte, dass alle, die an seinen Ufern wohnten ihn schließlich gleich nannten. »Laginga«, »Lainegha«, »Lagina« sind nur einige davon, doch irgendwann, kurz bevor Carolus dort eintraf, nannte man ihn einfach »Leine«.

Und kein Mensch weiß, wann es genau war, dass man - wegen der Doppeldeutigkeit des Namens - begann Scherze zu machen wie, an seinen Ufern könne man - ohne von Schergen oder Henkersknechten verhaftet zu werden - jedermann »an der Leine« spazieren führen.

Doch in des Carolus' Tagen war die Leine ein viel benutzter Fluss: Benutzt von lokalen Fischern in kleinen Booten und winzigen Netzen, die sie in einer der vielen Buchten auswarfen, benutzt von den ersten Flößern, die von weit her, von ihrem Oberlauf herkommend, Holz bis ins ferne Bremen brachten und benutzt von Salz- und Gewürzhändlern, die besonders die zügige Talfahrt auf der Leine nutzten, weil sie wussten, dass dieser Fluss eine hohe Fließgeschwindigkeit hatte.

Und so war das nahe am Kloster Mariensee gelegene Leineufer, das Carolus in seinen Tagen erlebte, in keiner Weise zu vergleichen mit der idyllischen Ruhe, ja geradezu einer gewissen Zeitlosigkeit, die spätere Generationen dort wahrnehmen.

Der junge, stets bewegte und oft seinerseits bewegende Carolus genoss dieses Treiben.

Im Kloster

Das Kloster Mariensee, das ich noch vor dem vergangenen Wochenende von Neustadt aus in weniger als zwei Stunden Fußwegs erreichte, liegt unweit des Leineufers in einem kleinen Ort, der vor recht genau 40 Jahren unter dem lateinischen Namen »Lacus Sancte Marie« bereits Erwähnung in der Gründungsurkunde des Vorfahren meines Auftraggebers, des Grafen Wölpe aus der Gegend von Nienburg, fand.

Die Äbtissin des Klosters, Barbara mit Namen, nahm mich sehr freundlich, jedoch auch ein wenig nachdenklich auf und wies mir eine Zelle ganz am Rande des recht neuen Klosterkomplexes zu.

Ein besonderer Vorzug der Zelle ist der ebenerdige Ausgang in den Klostergarten, mit einer eigenen Tür ins Freie, einer Tür, die von der Zelle aus über einen winzigen Vorraum zu erreichen ist.

Auch hat es in meinem Flügel innerhalb des Hauses eine kleine Quelle, die in einem putzigen Brünnlein in Stein gefasst ist und über eine Rinne im Fußboden wieder nach draußen abfließt. Das ist vor allem nachts sehr bequem.

Kurz nach meiner Ankunft wechselte das Wetter, die geringe Schneeauflage, die alles so herrlich strahlend und weiß gemacht hatte, schmolz und es wurde etwas wärmer.

Doch nun ist es unangenehm feucht: Feucht in den nassen Wiesen, feucht in der klammen Luft und den kalten Nebeln, und sogar feucht im Haus. Und erst recht in meiner Zelle. Und sogar auf meiner Liegestatt. Ein wenig erinnert mich das nicht an das Leben eines Mönchs, sondern das eines Molchs...

Einzig in dem Refektorium, dem Speisesaal des Klosters, ist ein beheizbarer Kamin eingerichtet und er wird auch fast den gesamten Tag befeuert. Ich esse dort getrennt von den in strenger Klausur lebenden Zisterzienserinnen, und es hat nur noch einen Mann dort, der für die Klosterwerkstatt und ein paar Pferde verantwortlich ist.

Doch ich verstehe ihn nicht, und sein Deutsch ist wie eine Fremdsprache für mich... Dennoch: Wir beide essen zusammen, und ich habe das Tischgebet auf Latein gesprochen.

In dieser Woche, die heute nun schon in den zweiten Tag geht, wolle sie mit mir das Vorgehen im Unterricht besprechen, und ich bin gespannt, ob sie heute dazukommt.

Denn mit des Grafen Wölpes Tochter Margarethe hat die Äbtissin Barbara noch nicht gesprochen, und so habe ich meine zukünftige Schülerin noch nicht persönlich gesehen.

Und in diesem mir so fremden Land habe ich eine solch tiefe Sehnsucht, ein solch tiefes Verlangen, dass es nur einen gäbe, der sie stillen könnte. Ob er sich meiner noch erinnert? Ob er mich vergessen hat?

INSCRIPTIO QUARTA

W *ie findet man Gott? Ist es nicht »wie aus einem fernen Land...« Und ist es nicht so, wie heute gerade bei mir: Zwischen den Windungen und Schleifen der geschäftig befahrenen Leine dennoch in einem Niemandsland festgehalten für eine Zeit, so sehne ich mich nach dem einzig Festen, das ich kenne... nach Gott?*

Der geschätzte Kirchenvater Augustinus unterstellt, man würde ihn durch »Erinnern« in seinem Gedächtnis finden. Und das von mir ebenfalls so geschätzte Buch seiner »Confessiones«, seiner »Bekenntnisse«, stellt - nach dieser anfänglichen Festlegung - die fast unauflösliche Frage, wie wir uns denn überhaupt an ihn erinnern könnten, da er doch für unsere Seele unfasslich und für unseren Geist im Grunde unverständlich ist.

Und seit der Zeit wieder vertiefter Studien, in den Klöstern der Franziskaner und Benediktiner in Stade durch Meister Albert angeregt, verfolgen mich Fragen, die mit dem Erinnern zu tun haben: Dem Erinnern der Völker, meinem eigenen Erinnern, und dem Erinnern Gottes. Letzteres in dem doppelten Sinne, nämlich sich an ihn zu erinnern, und - wie es die Schrift so oft bezeugt - dass er sich nämlich an uns erinnert.

Und das Erinnern Gottes, das sagen wir deshalb auch in zweifacher Hinsicht. und dies nochmals explizit: Einmal auf uns selbst gemünzt, wie wir uns denn an ihn erinnern können. Und dann die noch weit schwierigere Frage, wie er sich uns erinnern kann, da er doch vollkommen ist und nichts vergisst. Zudem: Unser Gott »schläft nicht«, wie der Prophet Jesaja sagt. Warum also, muss er sich erinnern? Und wie könnte das denn überhaupt gehen?

Und dann ist da David, der an so vielen Stellen seiner Psalmen genau dies thematisiert: Wie wir uns an Gott erinnern, und wie er sich an uns erinnert. Und geht nicht die Schrift ihrer eigenen Interpretation schon in logischer Hinsicht voraus! Will sagen: Ich muss doch zuerst die Schrift kennen, bevor ich mich mit ihrer Interpretation befasse. Wohlan!

Wie geschieht es, dass wir uns Gott nähern wollen, oder uns gar an ihn erinnern, wo unser Verstand ihn doch eigentlich gar nicht kennen kann?

Es ist, wie wenn das Wild eine Witterung von frischen Wassern aufnimmt, und so beschreibt es auch David. Wenn - in einer Phase langer Trockenheit - Hirsche oder Rehe in unseren großen Wäldern den Duft aufnehmen, der sich über Wiesen und unter den Bäumen verbreitet, wenn wir die »Suonen«, unsere Walliser Wasserrinnen, öffnen und das Wasser sich in einem mächtigen Schwall über die ausgetrockneten Weiden ergießt: So »zubereitet«, sagt David, wie der Hirsch nach der Ausschüttung des Wassers sei, so zubereitet sei unsere Seele zu Gott hin.

»Zubereitete Seele« ist nicht genug, das lateinische »Anima Praeparata« wiederzugeben, denn es ist mehr: Die Seele ist auf Äußerste ausgerichtet, und - wie soll man sagen - geradezu auf Gott hin gespannt.

> *»Sicut areola praeparata ad inrigationes aquarum sic anima mea praeparata est ad te Deus...*
> *... wie der Hirsch lechzt nach frischem Wasser, so schreit meine Seele, Gott, zu dir.«*

Und ich will mich an David halten, und nicht fragen, wie es denn gehen kann, sondern höchstens wann, und warum wir immer wieder in diesen »Durst unseres ganzen Seines« kommen, dass alles in uns so sehr nach Gott schreit.

> *»sitivit anima mea Deum fortem viventem quando veniam et parebo ante faciem tuam...*
> *... meine Seele dürstet nach Gott, nach dem lebendigen Gott. Wann werde ich dahin kommen, dass ich Gottes Angesicht schaue?«*

Und es sind ja nicht nur wir selbst, denn wir leben ja - weiß Gott - nicht als Einsame in dieser Welt, sondern sind von Anfang an und bis zum Ende auch fundamental auf die Anderen bezogen. Es sind ja auch die Anderen, die uns bisweilen in eine Art Gottes-Ferne hineinreden können. Besonders in Zeiten großer Trockenheit, wenn unsere Seele schon ermattet ist.

> *»fuerunt mihi lacrimae meae panis per diem ac noctem cum diceretur mihi tota die ubi est Deus tuus ...*
> *... meine Tränen sind meine Speise Tag und Nacht, weil man täglich zu mir sagt: Wo ist nun dein Gott?«*

Und vielleicht ist genau das für unsere Seele ein erster Zugang, anders gesagt: Vielleicht ist so eine Rückkehr unseres Herzens über das Erinnern, vor allem das Erinnern an gemeinschaftliche erlebte schöne Stunden möglich:

»horum recordatus sum et effudi in me animam meam quia veniam ad umbraculum tacebo usque ad domum Dei in voce laudis et confessionis multitudinis festa celebrantis ...

... daran will ich denken und ausschütten mein Herz bei mir selbst: wie ich einherzog in großer Schar, mit ihnen zu wallen zum Hause Gottes mit Frohlocken und Danken in der Schar derer, die da feiern.«

E s gibt dann aber einen Kern, der erforderlich ist, wenn wir uns - über unser Erinnern - Gott, wie nach großer Trockenheit», wieder nähern wollen. Der Kern heißt: »Expecta Dominum«, erwarte, das Gott eingreift, erwarte, dass Gott handelt, erwarte, dass Gott erscheint. Denn genau darum geht es: Er erscheint, er kommt auf uns zu. Und so müssen wir unsere Seele trösten:

»quare incurvaris anima mea et conturbas me expecta Dominum quia adhuc confitebor ei salutaribus vultus eius...

...was betrübst du dich, meine Seele, und bist so unruhig in mir? Harre auf Gott; denn ich werde ihm noch danken, dass er meines Angesichts Hilfe und mein Gott ist.«

U nd oft ist es - so wie gerade bei mir selbst - dass wir uns Gottes wie aus einem fernen Lande erinnern. Dieses »Recordare«, das ist mein eigener Beitrag, es ist mein Tun, und ich darf es nicht unterlassen, sonst finde ich Gott nicht.

Ist dies alles - auch für mich jetzt - eine »Zeit des Erinnern«, »Tempus Recordationum«? Vielleicht so, wie der erste Teil meiner Reise »Tempus Invocationum«, »Zeit er Anrufungen« war? - Davids Text, der spricht nämlich so zu mir:

»Deus meus in memet ipso anima mea incurvatur propterea recordabor tui de terra Iordanis et Hermoniim de monte minimo...

... ein Gott, betrübt ist meine Seele in mir, darum gedenke ich an dich aus dem Land am Jordan und Hermon, vom Berge Misar.«
Und dann...

... dann kommt Gott.

Eigentlich klingt es völlig abwegig, im Grunde sogar unsinnig. Aber es ist so: Gott kommt selbst. Während wir uns an ihn erinnern, während wir auf ihn harren, ja ihn geradezu »erwarten«, während wir hoffen und oft auch bangen, kommt er - unmerklich zuerst - auf uns zu. Dann aber:

Dann aber zeigt er sich - und damit will auch ich meine Hoffnung stützen, selbst-gestützt auf Davids Worte in dem Psalm - zeigt er sich aber, zieht er den Schleier, das »Velum«, vor sich selbst weg, dann geschieht zumeist Überwältigendes:

»Ein Abgrund ruft den anderen in der Stimme Deiner Wasserfälle«, so beschreibt es David. Und auch ich sehne mich mit meinem gesamten Sein nach solch einem Erscheinen, ja nach solch einem Hereinbrechen Gottes in mein Leben:

> *»abyssus abyssum vocat in voce cataractarum tuarum omnes gurgites tui et fluctus tui super me transierunt…*
>
> *… deine Fluten rauschen daher, und eine Tiefe ruft die andere; alle deine Wasserwogen und Wellen gehen über mich.«*

Und ich seufze - wie das Wild im Walde - vor Sehnsucht. Und »Quamdiu«, »wie lange noch?«, rufe ich.

*U*nd jetzt, da ich mich wieder ein wenig gefasst habe, fällt mir noch ein Wei-teres auf: David löst die Frage gar nicht, die Augustinus stellte. Nämlich die Frage: »Wie kann es gehen?«. Sicher wäre es vielleicht »irgendwie interessant«, es zu wissen. Aber, Hand aufs Herz, nur, weil wir etwas »wissen«, ist es noch lange nicht da.

Aber umgekehrt: Wenn »etwas da ist«, dann wissen wir es. »Da sein« meint im-mer eine Art Widerstand, den wir nicht umgehen können. Ich glaube, genau das ist Realität, das ist Wirklichkeit.

Gott ist Wirklichkeit. Er ist da.

Und er ist es in höchstem Maße. So umwerfend, dass es uns fast in eine Art Ab-grund reißt, wenn wir es erleben. »Abyssus«, so beschreibt es David.

Und nochmals: David löst die Frage gar nicht, die Augustinus stellte. Nämlich »wie« das alles geht. David bekräftigt viel eher, dass es eben geht. Und unter wel-chen Voraussetzungen.

Es geht, weil Gott selbst kommt. Wenn wir ihn erwarten. Gott kommt auf uns zu. Er ist genau dieser »treue Gott«, als der er sich dem Mose bei Auszug aus Ägypten offenbart hat.

»Ich werde immer der sein, der ich jetzt schon bin«, das sind genau die Worte. Hier redet Gott - offenbarend - über sich selbst. Hier sagt er, wer er ist.

Und diese Treue und Verlässlichkeit, das ist sogar sein Name, wie der Text sagt. Es ist der Ausdruck seines innersten Wesens: Gott kommt auf uns zu!

Dies meint auch der Ausdruck der »lebendige Gott«.

Gott ist nicht ferne. Gott ist nicht unnahbar, außer er macht sich unnahbar. Gott schläft nicht, wie der Prophet sagt. Und - es wäre eine äußerst unschickliche und krasse Formulierung, aber ich wage sie einmal - Gott ist nicht tot. Er allein ist der wirklich Lebendige.

Und so zeigt er sich auch dem David:

> *»per diem mandavit Dominus misericordiam suam et in nocte canticum eius mecum oratio Deo vitae meae...*
>
> *... Am Tage sendet der HERR seine Güte, und des Nachts singe ich ihm und bete zu dem Gott meines Lebens.«*

Aber es ist eine Art Wechselspiel, ein Geben und Nehmen und Geben und Nehmen: Zuerst gibt er, und ich nehme. Dann gebe ich und er ... ich glaube, er nimmt auch. Ich glaube, er nimmt unser Lob - wie ich schon auf meiner letzten Reise eindrücklich sah - mit solcher Freude an, dass er Schicksale und Leben und Verhältnisse ändert.

Und es ist erneut David, der in einem anderen Psalmlied schreibt, Gott wohne sogar im Lobpreis seines Volkes. Und wo er wohnt, da teilt er aus: Gutes, Wahrheit, Gerechtigkeit, Trost und Licht.

So ist irgendwie Davids Frage, ob Gott uns denn vergessen hätte, fast nur noch rhetorisch, und doch ist sie gefährlich nahe: Denn erneut können es bisweilen die Anderen sein, die uns umgeben, und die uns immer wieder neu fragen: »Wo ist denn Dein Gott?«:

> *»dicam Deo petra mea quare oblitus es mei quare tristis incedo adfligente inimico...*
>
> *... ich sage zu Gott, meinem Fels: Warum hast du mich vergessen? Warum muss ich so traurig gehen, wenn mein Feind mich dränget?«*

Doch die Auswirkung ihrer Provokation ist - wörtlich - verheerend:

Es ist, als ob ein wildes Heer über mich hinweggestürmt wäre. Nein, noch mehr, schreibt David da, es ist - wörtlich - »als ob sie mich töteten, im Innern«. Und sie tun es den ganzen Tag: »Wo ist denn Dein Gott?!«, höhnen sie.

»cum me interficerent in ossibus meis exprobraverunt mihi hostes mei
dicentes tota die ubi est Deus tuus

Es ist wie Mord in meinen Gebeinen, wenn mich meine Feinde schmähen
und täglich zu mir sagen: Wo ist nun dein Gott?«

Und wenn dann das Dunkel der Angst meine Gebeine krank gemacht hat,
und wenn meine Hilfe - die mein Herz so sehr erwartete - sich in Augenblicken nur in einem haltlosen Nichts aufgelöst hat, dann scheint es mir, als ob Gott
mich vergessen hätte.

Dass mein Verstand dann sagt, das könne er gar nicht, das nützt meiner Seele
dann nichts. Jetzt muss etwas Anderes passieren:

Es ist nun Zeit, dass ich etwas tue. Es ist Zeit, dass ich mich - aktiv erwartend,
nicht passiv verharrend - daran erinnere, wer er ist. Gott. Wie ein Hirsch die Witterung von Wasserquellen aufgenommen hat und dann von seinem Ziel nicht
mehr ablässt. Bis er getrunken hat, von den Wassern der Erquickung. So auch ich.

Gott nämlich, so sagt mir David, hier und heute, mein Gott hat mich nicht vergessen. Und ich werde es sehen!

Doch ich muss es auch heute, zwischen Wassern und Wiesen und Wäldern
in einem fremden Land, wie ins Leere gestellt, immer neu meiner vor Angst
und Einsamkeit fast kranken Seele sagen:

»quare incurvaris anima mea et conturbas me expecta Dominum quoniam adhuc confitebor ei salutibus vultus mei et Deo meo ...
... was betrübst du dich, meine Seele, und bist so unruhig in mir? Harre
auf Gott; denn ich werde ihm noch danken, dass er meines Angesichts
Hilfe und mein Gott ist.«

VITA ACTIVA

Einmal im Kloster Mariensee angekommen, waren es aber nur diese allerersten Gedanken seiner Inscriptio, der vierten auf dieser Reise, zu denen Carolus zunächst überhaupt Ruhe hatte.

Denn die weiteren Schritte, die waren praktischer Natur: Sowohl musste er den Stoff seiner Schülerinnen vorbereiten, als auch alle Einrichtungen - und auch die nicht ganz selbstverständlichen Gebräuche des Zisterzienserinnen-Klosters - kennenlernen:

Die Stundengebete wurden mit geradezu harter Disziplin eingehalten und an so manchen Tagen wurden alle in einem geistlichen Dienst stehenden Insassen des Klosters, und dazu gehörte nun Carolus ebenfalls, zu einer »Vigilia«, zu einer Nachtwache schon kurz nach Mitternacht wieder geweckt.

Hinzu kamen die technischen Einrichtungen des Klosters und der dazugehörigen Landwirtschaft. Und Carolus wurde das eine oder andere Mal gerufen, da man gehört hatte, er käme von einem Bauernhof. Und sehr schnell war seine aktive, auch körperliche Mitarbeit eine Selbstverständlichkeit.

Und da war die Bibliothek, die nicht nur kalt, sondern auch ein wenig spärlich ausgefallen war. Die Schreibstube, das Scriptorium, die war winzig im Vergleich zu denen, die Carolus in Stade kennengelernt hatte. Und zudem stellte es keine geringe praktische Schwierigkeit dar, den Mönch Carolus von der im allgemeinen strengen Klausur der meist blutjungen Nonnen auf gute Weise fernzuhalten. Wie es die Regeln eben erforderten.

Für Kontemplation blieb so kaum Zeit. Das Leben war sofort ein aktives, ein geradezu handgreifliches.

Kam hinzu, dass man ohne Zögern - beim Ansteigen der das Kloster so zahlreich umgebenden Wasserläufe, Seen und Bäche - Vorkehrungen traf, die eigentlichen Gebäude und Gärten der Anlage vor den Schmelzwasserfluten zu schützen.

Und mit Erstaunen beobachtete Carolus, erstmals in seinem jungen Leben, wie man Notdeiche baute und kleine Flutwehre, und wie man Siele grub, um dem später dann ablaufenden Wasser sofort eine gute und verträgliche Bahn zu geben.

Carolus fand Trost im Gebet, und das täglich neu. Aber diese innerlich wärmenden Momente waren kurz, und der nass-kalte, geschäftige Alltag führten dem jungen Mann vor Augen, wie wenig die »tätige Liebe«, die »Caritas«, mit wärmenden Gefühlen, und wie viel sie schlicht und einfach mit Hingabe und Willenskraft - und oft mit viel Arbeit - zu tun hat.

Jedoch ermüdeten diese Tage des ausklingenden Winters an dem Fluss Leine nicht nur den kräftigen Gebirgsmenschen Carolus, sondern auch die unter massivem Schlafentzug leidenden meist noch jugendlichen Zisterzienserinnen.

Und diese »Vita Activa«, dieses praktisch handelnde Leben, das verlangte einen Preis, den Carolus sehr bald etwas missmutig kommentierte.

ÜBERFÜLLT

Während noch die letzten Reste eines bleichen, weis-grauen Schnees an den Ufern liegen, sind alle Flüsse und Bäche angestiegen: Die nur unweit des Klosters Mariensee vorbeifließende Leine ist überfüllt, wie mir scheint. Und deren schnell fließende Wasser drücken in die an den Klostergebäuden vorbeifließenden Bäche und Gräben, so dass dort ebenfalls alles überfüllt wird.

Und auch meine kleine Klasse, die mir Äbtissin Barbara zusammengestellt hat, ist überfüllt: Täglich nach den morgendlichen Gebeten treffen wir uns zum Unterricht mangels geeigneter Räume in der kleinen Bibliothek. Fünf ebenfalls blutjunge Nonnen bilden zusammen mit der Enkelin des Stifters von Mariensee, der nicht zum Orden gehörenden, noch jugendlichen Gräfin Margarethe von Wölpe die kleine Klasse. Und es ist so eng, dass die Fräulein - ich weiß keine andere Bezeichnung - kaum schreiben können.

Weniger »überfüllt« sind die Kenntnisse meiner kleinen Klasse, und wir haben das große Problem, dass es eigentlich keine Sprache gibt, in der wir uns wirklich gut verständigen könnten:

Sie reden ein Niederdeutsch, das mir wie eine Fremdsprache vorkommt, und Latein können sie zum Teil dermaßen schlecht, dass ich es nicht als Unterrichtssprache verwenden kann. Einzig Gräfin Margarethe liest recht flüssig Latein. Was tun?

Denn wie soll ich so ausgerechnet Französisch unterrichten? Die Grammatik, die Redewendungen, die Aussprache, wie soll ich all das vermitteln? Ich bin recht ratlos. Vielleicht sollte ich mit Latein beginnen, und dann Französisch »wie nebenbei« einführen? - Ich werde mich mit der freundlichen und kundigen Äbtissin beraten.

Was weder überfüllt noch überhaupt richtig angefüllt ist, das ist mein eigener Zeitplan. Allerdings werde ich - völlig planlos, wie mir scheint - immer wieder gerade dann gerufen, wenn irgendjemand in dem recht weitläufigen Klosterkomplex gerade nicht weiterweiß. Oder nicht weiterkann:

Als eine Kuh kalbte wurde ich heute mitten in der Nacht zur Geburt gerufen, weil man jemand brauchte, der sich damit besser auskannte als die paar Mägde, die gerade Dienst hatten. Als drei Enten ins nahe Uferschilf entlaufen waren, holte man mich, um beim Suchen zu helfen. Und als ein Balken beim Bau eines kleinen Seitenflügels abzurutschen drohte, wurde ich ebenfalls geholt - aus der Schreibstube! -, da man keinen weiteren kräftigen Mann für diese Aufgabe hatte.

All das sind Alltagsarbeiten auf einem Bauernhof, aber es verlangt mir viel Geduld ab, da ich doch anderes im Sinn habe.

Doch insbesondere, weil der Unterricht bislang nicht anspruchsvoll ist, bin ich so recht unterfordert.

Und so stehe ich unvermittelt vor der Frage, wie ich meine Tage hier auf eine sinnvolle und fruchtbringende Weise anfüllen soll. Ich möchte Ergebnisse, und nicht nur »beschäftigt werden«.

Und überhaupt: Was ist, wenn die Wasser hier weiter steigen?

Mir ist das so fremd, und ich fürchte im stillen, dass das gesamte Land sich in einen feuchten, kühlen Sumpf verwandelt, sobald der Schnee in der sicher kommenden Frühlingssonne schlagartig schmelzen wird. Werden wir dann eingeschlossen sein?

Ich fühle mich vergessen. Wie schon vor einem Jahr, noch zuhause in St. Maurice. Nun aber, ein weiteres Mal, und schlimmer als je zuvor:

Weit hinter dem Ende der Welt abgestellt, in einem mit Wasser überfüllten Land.

VERLASSEN

Die Tage zwischen dem 11. und dem 17. Tag des Monats Februar im erst wenige Wochen alten Jahr 1248 A.D., sie zogen schleichend und klebrig dahin, so als wäre der Nebel noch zäher als er schon immer war. Und klarte der Himmel einmal auf, dann nur um danach endlos und irgendwie ziellos Regenguss nach Regenguss auszuschütten.

Von seinen Aufgaben unterfordert und dem Mangel an wirklicher Begegnung und Ansprache überfordert gerieten Carolus' innere Zustände, seine Stimmungen und Launen, außer Kontrolle. Und meist wusste er selbst nicht, ob es ihm gut ging oder nicht. Zwischen tiefer Traurigkeit und einer bisweilen fast albernen Fröhlichkeit taumelte er oft in wenigen Augenblicken hin und her.

Und selbst seine große Stütze, das tägliche, laute Lesen und Deklamieren der Psalmen, schien ihm in solchen Tagen schal wie abgestandenes Wasser. - Da war kein Trost.

Und schließlich war es gerade so, als würde er, der er noch vor wenigen Tagen eine profunde und äußerst glaubensstarke »Inscriptio« geschrieben hatte, eine Meditation, die wie ein Mahnmal wirken könnte, als würde er jetzt wie eine Sandbank in ein bedeutungsloses Nichts hinweggetrieben werden, in einen endlosen, unergründlichen Ozean der Sinnlosigkeiten.

Carolus klammerte sich unterdessen wenigstens an die Rhythmen des Tages, an die Stundengebete, die freilich auch meist einfach wie Ebbe und Flut über ihn hinwegrauschten, und an die Liturgie der häufigen Gottesdienste.

Und es war in einem der Gottesdienste, mitten in der Woche, dass sein Herz plötzlich fast innehielt.

Seine Gedanken waren - wir oft in diesen Tagen - abgeschweift, und sie gingen auch während des Gottesdienstes völlig eigene Wege. Auf einem Schiff war er in seiner Phantasie eingestiegen. Es war ein italienisch anmutender Hafen, und er hörte die Sprachen vieler Länder und Völker um ihn herum.

Und sein Schiff fuhr an den östlichen Rand des Mittelmeeres und landete unweit von Tyros. Und einige Augenblicke später sah er sich - immer noch mitten im schon seit einiger Zeit laufenden Gottesdienst - zu Fuß, zusammen mit anderen Pilgern - auf die Stadt Jerusalem zugehen. Und für einen winzigen Augenblick erinnerte er sich, dass die Mutter des staufischen Königs der Deutschen, Konrad IV., immer noch Königin von Jerusalem war. Und für eine Sekunde meinte er, da einen Zusammenhang zu sehen.

Und tagträumend sah er sich dann, Augenblicke später, alleine vor einem seltsam eckigen Haus mit einem flachen Dach und zwei Stockwerken. Und er hörte Stimmen aus dem oberen Geschoss und betrat das Haus. Und er sah sich hineingehen.

Und als er in das Obergemach des Hauses trat, da sah er ein gutes Dutzend Männer am Boden, halb sitzend, halb liegend. Und sie aßen. Und einer unter ihnen, dessen Gesicht er kaum erkennen konnte - ihm war als sei es seltsam hell, so dass es ihn fast blendete - , der hob plötzlich an zu reden. Doch Carolus verstand ihn nicht, denn seine Sprache war ihm völlig fremd. Und Carolus beugte sich zu einem, der da lag und aß, und der übersetzte ihm.

Und plötzlich hatte der, der da übersetzte das Antlitz und auch das Gewand des Priesters, der gerade im Kloster Mariensee den Gottesdienst hielt, und der sagte:

»*in mei memoriam facietis...*

... tut dies zu meinem Gedächtnis«.

Fast schlaftrunken nahm Carolus wahr, dass soeben die Einsetzungsworte Jesu gesprochen wurden und dass nun die Kommunion folgen würde.

Und als er die Hostie entgegengenommen hatte, immer ein wenig neben sich stehend, und sie in seinem Mund lag und langsam begann zu zergehen, schweiften des Carolus Gedanken erneut ab, und mit einem Schlag sah er sich wieder in Jerusalem, und er war auch wieder in dem Obergemach. Und nun setzte er sich - immer noch wachträumend - neben den, der ihm übersetzt hatte. Und Carolus begann mit dem zu seinem Erstaunen lateinisch sprechenden Mann zu reden. Und er fragte ihn, wieso »der da vorne« gesagt hätte, man solle »ihm zum Gedächtnis« essen und trinken.

Erstaunt sah ihn dann der lateinisch Sprechende an, und ob er denn nicht wisse, dass der Meister wegginge, fragte er Carolus. Ehrlicherweise antworte Carolus Paulus nun, nein, er sei sich da nicht so ganz sicher, da ihm immer suggeriert worden war, »der« wäre einfach immer da.

Das stimme nun ganz und gar nicht, belehrte ihn der lateinisch Sprechende dann willig. »Der da« sei erst vor dreieinhalb Jahren gekommen, doch seither habe sich alles geändert: Das Leben, das Land, ja sogar die Menschen. Und sie alle erwarteten noch Großes von ihm. Aber wie könne er denn Großes tun, wenn er doch nun wegginge, und warum er ausgerechnet mit ihnen esse und trinke, bevor er ginge, fraget Carolus nun sehr direkt und eindringlich.

Und erneut belehrte ihn sanftmütig der lateinisch Sprechende, »Iste Homo«, »dieser Mensch da«, der habe zugesagt, er sei dennoch »irgendwie bei ihnen«, bis ans Ende der Tage. Ja, er würde sogar einen Beistand senden.... Und:

»Moment mal, jetzt sagt er etwas Wichtiges, und ich glaube, er will beten...«

konnte der lateinisch Sprechend Carolus noch zurufen, dann brach das Gesicht ab.

Und weit vor Carolus, in der recht großen Kirche des Klosters Mariensee, sprach der den Gottesdienst leitende Priester gerade den Friedensgruß zum Ausklang. Und alle erhoben sich und gingen... Doch der Mensch Carolus blieb. Verlassen.

Und Stunden später fasste er nicht nur die ersten Eindrücke über die gelehrigste Schülerin zusammen, die er hier, im Kloster Mariensee gefunden hatte. Sondern als Erstes, noch vor dem fast schon alltäglichen Selbstvergewissern in seinen Aufzeichnungen, notierte er seine Gedanken in einer weiteren, der fünfte Inscriptio dieser Reise. Gedanken, die ihm in den Stunden nach dem Wachtraum in der Klosterkirche von Mariensee den Himmel ein Stück nähergebracht hatten.

INSCRIPTIO QUINTA

E rneut waren meine Gedanken abgeschweift in dem heutigen Gottesdienst. Und sie gingen über Tausend Jahre zurück, und - welch Wunder - sie ginge in ein Land, in dem ich selbst aber noch nie war: Sie gingen nach Jerusalem. Und sie gingen in ein kleines Haus, und ich sprach tatsächlich mit einem lateinisch Redenden, der mir Wichtiges mitteilte.

Ist das Erinnern? Nein! Das ist nicht das Erinnern, von dem der Kirchenvater gesprochen hat.

Aber was ist es dann?

»Der Meister«, von dem mein Gesicht redete, der hatte - soweit erinnere ich mich noch - zuletzt ein Gebet sprechen wollen. Und ich ahne, welches Gebet das ist. Ich kenne das Gebet.

Er bittet darin Gott, den Vater Aller, unter anderem, dass die, die ihm geglaubt hätten, »immer bei ihm seien«, so wie er »mit Vater eins sei«.

So bleibt für mich: Auch wenn »der Meister« gegangen ist, so ist er doch »immer bei uns«, wie er auch an anderer Stelle sagte. Und mein irgendwie dummer Verstand, der sagt mir nun, das ginge nicht, da er doch »gegangen« sei. Mein Herz aber sagt mir: Er lebt. Und er ist nahe. Wenn auch nicht mit den Augen sichtbar, mit denen ich alles andere sehe.

Aber ich habe ihn gesehen mit den Augen des Herzens, als alle weg waren, nach dem letzten Gottesdienst.

Und er hat mir gesagt: »Fürchte Dich nicht... Wenn Du durch ein Wasser gehst, will ich bei Dir sein, dass Dich die Fluten nicht ersäufen.« Und noch vieles andere mehr hat er mir gesagt. Und ich bin nicht alleine, und besonders nicht, wen ich seiner gedenke.

Aber das mit dem Wasser, das ist auch heute wieder ganz körperlich greifbar: Denn die Wasser der Leine steigen.

DIE KLUGE

Gräfin Margarethe ist bei weitem die scharfsinnigste der kleinen Klasse von Schülerinnen, die mir Äbtissin Barbara als Aufgabe zugedacht hat. Und sie wäre die Einzige, die einem Unterricht der französischen Sprache - vielleicht sogar irgendwann einmal auf Französisch? - folgen könnte, da bin ich mir mittlerweile sicher. Und sie ist auch die Einzige, bei der sich kein Sprachproblem derart stellt, dass ich - wie bei den Anderen - gar keinen vernünftigen Unterricht machen kann.

Zwar sind sie alle sehr gehorsam, züchtig und versuchen stets aufmerksam zu sein. Doch da sie nichts oder nur wenig verstehen, sind mir schon mehrfach einige eingeschlafen.

Wie würde ich es meiner kleinen Schwester Anna beibringen, das Französische, habe ich mich in der letzten Nacht gefragt. Und ich habe einen allerersten Eindruck... und er ist sehr ungewöhnlich.

Doch möchte ich ihn mit der Äbtissin abstimmen, bevor ich weiterfahre. Und so werde ich heute, und wohl noch die gesamte Woche zunächst - wieder ist dies sehr ungewöhnlich für eine Anfängerklasse - Latein auf Lateinisch unterrichten. Doch eben dies werde ich nicht machen, wie es alle tun: Ich werde nicht zuerst grammatische Regeln herunterleiern, sondern ich gehe mit den noch sehr mädchenhaften Nonnen an einen Text, genauer an Textauszüge, die mir persönlich viel bedeuten. Vielleicht färbt es ja in gewisser Weise ab?

Denn ich habe gestern in der Bibliothek eine komplette Abschrift der »Confessiones« des Aurelius Augustinus entdeckt, und er schreibt sehr viel über Kindheit und Jugend und Leben und Tod, und überhaupt so Vieles, was uns alle bewegt. So hoffe ich wenigstens...

Ich werde mich nun aber sofort aufmachen, und meinen Schülerinnen einige Auszüge aus den Texten des Augustinus anfertigen. Aber ich werde alles neu und anders ordnen: Sie sollen eine wirkliche Chance haben, sich dieser glorreichen Sprache mit Freude zu nähern.

Ich werde mir Mühe geben, meinem gesamten Vorhaben hier den richtigen Boden zu geben: Ein festes Fundament!

DIE METHODE

Worte seien nur Zeichen, Zeichen für »Dinge«, die man meist nicht sehe, sonst könne man die Dinge zeigen. Und sich die Worte sparen. Unmittelbarkeit gäbe es nur, wenn »das Ding«, um das es gehe, da ist. Das hätten schon die »alten Griechen« gesagt. Und »Lernen«, das sei ein Auffinden, ein »Invenire«, ein »Hingehen« zu den Dingen.

Lange hatte Carolus nach den ersten Tagen mit Margarethe - auf den Uferwiesen der Leine spazierengehend und in der Bibliothek des Klosters gemeinsam nachdenkend und übend - über diese schulmäßigen Unterscheidungen nachgedacht. Er, Carolus, hatte alles das anders erlebt, in den Zeiten, in denen er das alles gelernt hatte.

Und jetzt, mit Margarethe genauso: Zuerst war da keinerlei Unterschidung von »Sachen« und »Zeichen«. Sondern da war »gemeinsam«, da war »vertrauensvoll«, und da war »äußerst diszipliniert«, gerade von Seiten Margarethes. Die Stunden ihres Einzelunterrichts, das war eine schnell wachsende gemeinsame Welt, ein Miteinander-Schwingen. Und es war fast so, als wären sie zwei große Zugvögel, die gemeinsam durch die Lüfte schwebend ein neues Land erkundeten. Eine gemeinsame Welt, und weit mehr als nur Lernen.

Und in diesem »Land der Gemeinsamkeit«, in dieser gemeinsamen Welt, da bekamen nicht nur die Dinge Namen. Denn »Verstehen«, das musste Carolus sich dann explizit eingestehen, Verstehen ist mehr als nur »Schilder« zu erlernen, um dann - wie in weiter Ferne - dann »Dinge« zu sehen, auf die die »Schilder« hingewiesen hatten. Verstehen ist gleichermaßen Wahrnehmen, Spüren, Handeln.

Vor allem Sprechen ist Handeln... sprach doch da - in den Auen umherziehend - der »Lehrer-Zugvogel« Carolus mit dem »Schülerinnen-Zugvogel« Margarethe zu allermeist in Aufforderungen: »Lies doch bitte einmal...«, oder »höre jetzt bitte genau hin...« oder »nein, bitte lass das...«. Und umgekehrt: »Könntest Du das bitte wiederholen...?« und »ach, lass uns doch aufhören, ich bin zu müde.«

Am allermeisten brachten ihn Sätze ab von der Schulmeinung, die lauteten: »Bitte entschuldige!« und »Ich möchte Dir einen Vorschlag machen!« oder »Darf ich eine Bitte äußern?«. In solchen Äußerungen waren weder »Sachen« im Spiel, für die man hätte klar irgendwelche »Zeichen« definieren können, noch gab es hier einfache Handlungsanweisungen. Hier ging es irgendwie um »formelle Tatbestände«, um »Verhältnisse«, die man durch »sprechendes Handeln« verändern wollte. Beispiel »Entschuldigung«:

Man bittet in solch einer Formulierung um den Erlass einer Schuld, die vom Gegenüber eventuell ja bislang noch gar nicht explizit ausgesprochen wurde.

Und die Grundeinheit des Verstehens ist hier auch nicht ein einzelnes Wort, sondern es ist fast immer ein ganzer Satz, auch wenn er am Ende zu einem Wort verkürzt wird, wie »Entschuldigung« für »Ich bitte um Entschuldigung«.

Sprechen schafft, so dachte sich Carolus, so etwas wie einen Horizont gemeinsamer Tatsachen, auf die man sich - obwohl meist unsichtbar - auch in vielen alltäglichen Situationen bezieht.

Und Lernen, das schien ihm dann am besten zu funktionieren, wenn man auf solch einer Atmosphäre der Gemeinsamkeit aufbaut.

Und vor allem auf einem Wechselspiel von Disziplin und Spiel. »Spiel mit Regeln«, dachte er. Ein Spiel, in dessen Verlauf immer alles vorkäme, was eine »kleine Lernwelt« ausmacht:

Einleitungen, »Expositiones«, Regeln, »Regulae«, Figuren, »Personae« und vor allem viele Bilder, »Imagines«.

Und dann, im weiteren Fortschreiten, natürlich auf Zeichen, »Signa« und die klare Definition von Dingen, »Definitio Rerum«.

Und er nannte sein Vorgehen - in Erinnerung an seine im Oberwallis lebende jüngere Schwester Anna - »Methode Anna«.

ANNAS GEDENKEN

Noch ist es nicht dazu gekommen, nein das ist falsch. Ich muss ehrlich sein, ich habe mich nicht getraut. Aber am heutigen Nachmittag habe ich der Äbtissin Barbara eine schriftliche Bitte eingereicht, dass ich sie unbedingt sprechen möchte. Denn ich muss es ihr selbst sagen, ich muss es ihr zeigen:

Ich habe - wenn ich weiterfahre mit den üblichen Schulmethoden - keinen wirklichen Erfolg. Zwar sind die jungen Klosterfrauen hier im Kloster Mariensee allesamt wirklich willens.

Aber sei es wegen des feucht-kalten Wetters, der schweren Arbeit, die neben dem Schulunterricht auf sie wartet, oder weil sie mich einfach nicht verstehen: Sie schlafen mir immer im Unterricht ein. Oder sie schwatzen, plappern... und das Schlimmste: Ich verstehe sie meinerseits auch nicht! Oder nicht wirklich, denn wer kann schon mädchenhafte Scherze in niederdeutscher Sprache verstehen?!

Aber was ich vorhabe: Ich will der Äbtissin die ersten Entwürfe meines Lesebuchs zeigen, das ich für meine Schwester Anna gemacht habe, beziehungsweise, das ich gerade noch dabei bin zu verfassen. Denn mein Gedanke ist:

Wenn ich hier, bei den jungen Nonnen, vorgehe, wie ich bei Anna vorgegangen bin, »Methode Anna« habe ich es genannt, dann werden sie alle zusammen etwas lernen! Da bin ich fast sicher.

Zudem würde ich gerne auch darüber der ehrenwerten Äbtissin Gertrudis von Quedlinburg berichten, der ich ja versprochen habe, auch über die schulische Ausbildung von Mädchen und Frauen einen Anschauungsbericht zu geben, und wie es darum steht im Reich.

Nun, ich bin gespannt, ob und wie Äbtissin Barbara Zeit für mich haben wird, in den kommenden Tagen. Und mein Verstand sagt mir auch: Wahrscheinlich werde ich noch etwas von ihr lernen können, denn sie ist ja die Erfahrenere.

Mir setzt die kalte und stets nasse, aber doch nicht wirklich winterliche Witterung zu, und ich muss mir von einer der heilkundigen Schwestern einen Kräuteraufguss für den Abend vorbereiten lassen, damit ich wieder frei atmen kann.«

In einem fernen Tal

Fernab von den didaktischen Überlegungen des Carolus, fernab von dessen verzweifelten Versuchen, einer drohenden, aus Ziellosigkeit resultierenden Verzweiflung des jungen Mönches, im fernen Tal der Rhône, oberhalb Naters, hatte die zwölfjährige Anna, die Schwester des Carolus, fast den gesamten Winter damit verbracht, alle die Ideen weiter zu entwickeln, die ihr großer Bruder in ihr ausgelöst hatte.

Und als ob aus einem Staubkorn eine ganze Welt entstehen könnte, so hat sie aus den wenigen Anregungen seines ersten Briefes ein ganzes Universum an Fragen und Themen und auch an neuen Fertigkeiten zusammengedichtet und zusammengebaut.

Noch vor dem Winter hatte sie anlässlich eines Besuches mit ihrer Mutter in Naters den Pfarrer um »etwas Neues« gebeten, und der gute Mann hatte eines schönen Herbsttages den Weg in das weit oberhalb des wichtigen Ortes gelegene Geimen nicht gescheut, und »dem aufmerksamen Mädchen« viele Pergamentblätter gebracht, angefüllt mit schönen Buchstaben und einigen Zahlen und Bilder und wenigen Anmerkungen. So könne sie sich die langen Wintertage vertreiben.

Und tatsächlich: Während ihre Eltern die Wintertage mit den unendlich lange erscheinenden Nächten zu tiefen und langen Schlafphasen nutzen, wie dies ja auch in den Bergen üblich war, saß die bald zu einer Frau heranreifende Anna des Abends meist lange an dem Stubentisch. Und immer und immer wieder las sie beim gelblich-goldenen Schein einer Kerze oder beim flackernd-rötlichen Licht eines Kienspans die Anleitungen des Pfarrers.

Und ausgangs Winter kannte sie alle Buchstaben und vor allem rechnete sie laufend und in jeder Lage. Und ihre Eltern ging sie mit anfangs unnütz erscheinenden Zahlenspielen auf die Nerven, wie etwa der Bemerkung, dass man Kühe leicht zählen könne, wenn man zuerst ihre Beine zählte und dann den vierten Teil nähme. Dann wüsste man genau, wieviel Kühe man hätte. Besonders von ihrem Vater erntete sie dafür aber nur ein Kopfschütteln.

Aber die Mutter wurde aufmerksam und dachte lange nach, als kurz darauf die immer Größer werdende Anna meinte, wenn man an einem Sonntag ein Glas Wein tränke - wie der Vater es zu tun pflegte - und man würde das nur jeden dritten Tag fortführen, dann könne man erst wieder am 22. Tag das Glas Wein wieder an einem Sonntag trinken.

Und dann begann Anna zu zeichnen. Zuerst mit einem weichen Stein auf ein kleines Stück helles Holz. Dann mit Kohle aus der Asche auf alles, was gerade herumlag. Zuerst zeichnete sie die Buchstaben von den Pergamenten des Pfarrers ab, dann kopierte sie die Zahlen und Bilder - teils mehr schlecht als recht, aber unermüdlich. Und dann begann Anna Vögel zu malen, jedenfalls sollten es wohl Vögel sein, so sicher war sich die Mutter da nicht immer. Nur die Eule erkannte sie sofort.

Und als es die immer wärmer werdenden Sonnenstrahlen zuließen, und schon ein Teil der Wege ins Tal an dem Südhang nach Naters durch die warme Frühlingssonne frei geworden waren, da machte sich das Mädchen mit einem Bündel ins Tal auf. Sie erschien beim Pfarrer und packte ihre Holzstücke aus.

35 flache, helle Holzstücke hatte sie sowohl nummeriert als auch mit einem fortlaufenden Text versehen:

Anna hatte einen kleinen Brief an ihren Bruder Carolus entworfen. Und der ansonsten eher verschlossene Pfarrer fiel aus allen Wolken, vom Himmel, in dem er sich bisweilen wähnte, auf die Erde der Unzulänglichkeiten, sozusagen.

Und die beiden schrieben nun Carolus noch am selben Tag einen »echten« Brief, mit Pergament, Feder und Tinte des Pfarrers. Und einige entscheidende Zeilen des größtenteils von Anna dahingekrakelten Schreibens lauteten:

»Liber Carolus oder Paulus, odr bessr mein herzensguter Marcus, meine Bruder-Sonne... wo bisd du nuhr, unt was machssst Du... ich hab schon ain klain wenik Läsen gelrrnt und auch Shraiben, wi Du sihst... «

Der Pfarrer nahm dem ersten Brief der zwölfjährigen Anna nicht durch eine vorschnell-strenge Korrektur den wahrheitsgetreuen Charakter:

Er ließ alles so stehen, wie sie es geschrieben hatte. Nur einen eigenen Gruß setzte er darunter.

Dann verfasste er kurzerhand eine Grußadresse an Nantelmus, den betagten Abt von St. Maurice, und bat ihn, das Schreiben schnellstmöglich dem Carolus zu senden. Er alleine wisse, wo er sich gerade aufhalte.

Und während Carolus sich in den Wesermarschen und dem unteren Leinetal sowohl um eigene Contenance als auch um einen geordneten Unterricht bemühte, war ein wegweisender Brief an ihn bereits unterwegs. Von dem umsichtigen Nantelmus sofort an die Dominikaner nach Köln weitergeleitet.

INVOCABIT

Die Fastenzeit hat begonnen, und heute ist »Invocabit«, der erste Sonntag der Fastenzeit im Jahre 1248 A.D. Ich habe früh in der vergangen Woche erfahren müssen, dass die Äbtissin des Klosters für rund zwei Wochen verreist sein wird. Und man erwartet sie nicht vor dem kommenden Wochenende »Reminiscere« zurück. Und so wird sie sich nicht vor dem kommenden Wochenende zu meiner Bitte äußern können.

Ich hing in der vergangenen Woche mit meiner Entscheidung also in der Luft, ob und wie ich mit der Idee von »Annas Lesebuch« und der »Methode Anna« weiter verfahren soll. Und ich bin erbärmlich unterbeschäftigt. Das ist nicht einfach: Ich bin nun fast ein Jahr lang unterwegs, und stets waren meine Tage mit Ereignissen und mit Neuem randvoll gefüllt.

Nun aber: So etwas wie Leere. Und ich muss aufpassen, dass ich nicht zurückfalle in die Art von »innerer Dunkelheit«, die mich in der Fastenzeit des Vorjahres in St. Maurice umfing.

Und so habe ich mich an meinen eigentlichen Auftrag erinnert, der mich in das Kloster Mariensee gebracht hat: Ihr Vater, Graf Wölpe, hat mich beauftragt, seine Tochter Margarethe in Französisch zu unterrichten.

Und so habe ich begonnen. Ich habe es einfach so getan, wie ich es mir »irgendwie« vorstelle: Mit einfachen Worte, mit vielen Bildern, mit kleinen, gespielten Situationen und mit viel Konversation.

Und ich musste es im Einzelunterricht machen, denn für einen solchen Unterricht bei den eigentlichen Nonnen habe ich kein Mandat. Sehr wohl machen wir mit dem Lateinunterricht weiter, aber es ist mühsam und langwierig. Und selbst Augustinus interessiert sie nicht sehr. Obwohl er bisweilen faszinierend schreibt. Was mache ich falsch? Ich wünschte ich könnte mich mit der Äbtissin besprechen…

Margarethe hat viel Spaß an dem Einzelunterricht, den wir freilich nur in der Bibliothek abhalten können, was bisweilen Andere stört. Einmal sind wir jedoch - als gerade die Sonne schien und etwas trockeneres Wetter herrschte - ins Freie, in die Gärten, gegangen. Und ich habe ihr Blumen und Bäume, Vögel und die Tiere des Bauernhofes erklärt. Ich glaube, wir haben etwas die Zeit vergessen:

Wir waren mehrere Stunden zusammen unterwegs. Und am Ende konnte sie nicht noch mehr aufnehmen... und sie hat einfach nur gelacht. Warum weiß ich nicht. War es wegen der Aussprache, die sie, glaube ich, einfach witzig findet?

Margarethe ist nicht wie meine Schwester Anna. Sie ist nicht so albern, nicht so ungezügelt, sie ist nicht so kindlich.

Gräfin Margarethe ist eine Frau. Sie ist intelligent, sehr zurückhaltend, außer wenn sie ab und zu einfach loslacht und nicht mehr aufzuhören scheint. Und sie ist warm und entgegenkommend in ihrem Wesen. Am Ende des Unterrichts muss ich mich fast von ihr losreißen, ich will meist gar nicht aufhören. Und ich bin unruhig deswegen. Aber das muss ich mit Gott ausmachen, denn damit kann und darf ich nicht zu der Äbtissin gehen.

Und ich war noch nie in solch einer Situation.

Zum Trost und in Erinnerung an die große Reise, die mich im vergangenen Sommer hierher in den Norden gebracht hat, wende ich mich an das Wort des heutigen Sonntags »Invocabit«. Doch ich habe schon heute früh den gesamten Psalm gelesen, nicht nur die Auszüge. Und dieser Psalm beginnt:

»Qui habitat in abscondito Excelsi in umbraculo Domini commorabitur, dicens Domino spes mea et fortitudo mea Deus meus confidam in eum...

> *... Wer im Verborgenen des Erhabenen wohnt und unter dem Schatten des Herrn bleibt, der spricht zu dem Herrn: »Meine Hoffnung und meine Festung, mein Gott. Ich vertraue ihm«.*

So habe ich es übersetzt. Und ich werde den gesamten Psalm, nicht nur die Verse dieses Sonntags, in den Lateinunterricht hineinnehmen. Und das werde ich nun jede Woche machen. Das hilft meinen Schülerinnen sicher!

Und Margarethe werde ich ein paar Brocken davon auch auf Französisch beibringen, die ersten einfachen Sätze wie:

»... Eternel, tu es mon refuge et ma forteresse, oui, tu es mon Dieu en qui j'ai confiance...

> *... Ewiger, Du bist meine Zuflucht und meine Burg, ja, Du bist mein Gott, auf den ich vertraue...«*

Es ist noch Sonntagmorgen. Aber ich kann den morgigen Montag kaum erwarten...

PROPOSITIO

Carolus schrieb in diesen Tagen der beginnenden Fastenzeit des Jahres 1248 A.D. nun selbst einen wirklich wichtigen Brief. Und schon lange hatte er es im Sinn gehabt, dieser Adressatin zu schreiben: Der Äbtissin Gertrudis aus Quedlinburg.

Die Äbtissin des dortigen Stifts war nicht nur die »ehrwürdige Mutter« der in der seit den ottonischen Gründerinnen hoch traditionellen und angesehenen Einrichtung, sie war gleichzeitig eine der wenigen Reichsfürstinnen, eine Dame von höchstem Rang und Stand.

Für Carolus war Gertrudis aber mehr: Sie war es, die ihn während seiner letzten Reise gebeten hatte, doch auch ihr, nicht nur seinem eigenen Abt in St. Maurice d'Agaune, Bericht zu erstatten, was denn seine Recherchen über das Schulwesen in des Reiches Grenzen ergeben hätten.

Und in sehr klarer Weise hatte sie Carolus die Hoffnung gemacht, dass eines Tages vielleicht seine Schwester Anna eine ihrer Schülerinnen werden könnte. Schließlich hatten sie schon viele Mädchen - und gelegentlich sogar Jungen - in den weit über dreihundert Jahren ihres Bestehens ausgebildet. Und damit auf zum Teil höchste Aufgaben im deutschen Reich, und gelegentlich sogar darüber hinaus, vorbereitet.

Freilich: Die Hürden waren immens hoch. Die niedere Abstammung der Schwester des Carolus aus einer ärmlichen Bergbauernfamilie »weit im Süden« war vielleicht das geringste Problem. Weit schwieriger, und für Carolus auf seiner ersten Reise überhaupt nicht zu bewältigen, waren die hohen Kosten der Ausbildung.

Das Schwierigste aber war, dass Gertrudis - auch im Hinblick auf die kritischen Stimmen, die sie für diesen Schritt in ihrem Konvent ernten würde - einen sehr hochrangigen Bürgen verlangt hatte.

Und noch als Carolus an einem der letzten Februartage des Jahres 1248 A.D. einen sehr persönlichen Brief an die Äbtissin Gertrudis schrieb, schien ihm die Herausforderung, eine solche Empfehlung zu erhalten geradezu abwegig, ja verrückt.

Doch Carolus fasste sich ein Herz: Wenn der Höchste einen Weg hätte, so wolle er kein Hindernis sein, auch wenn das alles »vollkommen verrückt«, wie er es für sich selbst formulierte, sei.

Und so berichtete er Gertrudis, treu und fast fürsorglich über seine bisherige Reise. Er tat dies in ähnlichem Stil, in dem er auch schon seinen Abt Nantelmus unterrichtet hatte: Klar nach Kategorien und Hinsichten gegliedert und mit einer überaus eigenständigen Meinung. Und all das mündete schließlich in einen förmliche Vorschlag, eine »Propositio«.

Doch dann fügte er zwei wichtige Dinge hinzu. Zunächst ging er auf seine neue »Musterschülerin« ein, wie er sie nannte. Margarethe, Gräfin Wölpe, sei eine überaus gelehrige und willige Schülerin. Doch habe er bislang keine Gelegenheit gehabt, seine eigene Lehrmethode, die er schon »mehrfach mit gewissem Erfolg« angewandt habe, mit der »hiesigen Äbtissin«, der Mutter Barbara, abzustimmen. Diese sei »aushäusig«.

Und es bliebe ihm jetzt kaum eine andere Wahl, als einfach »unabgestimmt« seine Methode anzuwenden, und übrigens habe er sie für sich selbst »Methode Anna« getauft. Die »ehrwürdige Frau«, also Gertrudis, die Äbtissin, die wisse, wieso.

Aber er würde nicht verstehen, warum das junge Fräulein in den hiesigen Wiesen und Sümpfen ausgerechnet Französisch lernen müsse.

Dann müsse er ihr aber noch ein Weiteres sagen: Durch die sehr bedauerlichen Wechselfälle des Schicksals sei er, Carolus, mittlerweile zu einem kleinen Vermögen gelangt. Er habe aber keine Ahnung, wie groß es sein könnte.

Und er habe die Vorstellung, dass es eventuell Jahre dauern könne, bis er daraus Geld in »valider Münze«, machen könne. Aber er würde die »ehrwürdige Frau« - er meinte wieder Getrudis - auf jeden Fall, zugunsten seiner mittlerweile zwölfjährigen Schwester Anna, auf dem laufenden halten.

Die »große Barriere« aber, das sei immer noch die Empfehlung von sehr hohem Stand. Wie schon gesagt, er sei ein armer, aber immerhin freier Bauernsohn...

Und Carolus verband mit alldem die formellsten Grüße, zu denen er fähig war, und erreichte am Folgetag auch, dass eine der Nonnen den Brief mit nach Hannover, in die neue Niederlassung des Klosters nahm und auch versprach, ihn nach Quedlinburg weiterbefördern zu lassen.

Dem Mönch Carolus fiel ein Stein vom Herzen. Doch etwas Anderes beschwert ihn dafür um so mehr...

MARGARETHE

Margarethe schien mir betrübt, die letzten Tage. So sehr betrübt, dass ich sie anfangs sogar bedrängte, sie möge sich mir doch offenbaren, das würde ihr Erleichterung verschaffen. Nichts würde ihr gerade Erleichterung verschaffen, erwiderte sie nur...

... und sie hätten einen Todesfall in der Familie, von dem sie gerade erst erfahren habe.

Ihre Trauer war in der Tat so stark, dass sie auf mich übersprang, und ich habe viel Gebets bedurft und nachts auch langes Wachen, bevor ich wieder einen freudigen Geist in mir spürte.

Auch fiel mir in diesen Tagen - wo ich mich ein wenig an die hiesige Sprache gewöhnt habe - erstmals auf, dass Margarethe einen etwas anderen Akzent hat als alle anderen jungen Frauen hier:

Sie spricht weicher, rundet das »r« weit hinten im Rachen ab und nimmt dafür das »ei« ganz nach vorne, hinter die Zähne. So wirkt es auf mich. Und manches Mal sagt sie in diesem Dialekt Dinge, die ich gar nicht verstehe. Doch immer noch scheue ich mich, sie zu fragen, woher dieser Umstand käme. Es wirkt, als sei sie gar nicht von hier...

Viel zu oft - eigentlich - sind wir aber zusammen gewesen, die letzten Tage besonders. Sie scheint irgendwie Halt bei mir zu suchen. Und auch ich muss bekennen, dass ich derart gerne mit ihr zusammen bin, dass ich am liebsten jede Minute, und nicht nur die freien Minuten, mit ihr verbringen möchte...

Außer halb des Klosters hat sie, im warmen Wetter der vergangenen Vorfrühlingstage, einmal ihre Haube abgenommen... sehr zu meiner Verwirrung. Ich sah ihr Haar, ihre klugen, dunklen Augen, ihren so oft in unbestimmbare Weiten sehenden, intelligenten Blick. Margarethe ist nur wenig jünger als ich, und sie wird mir nolens volens zur ständigen Begleiterin.

Gehen wir zu weit? Und wann wird sie sich mir offenbaren, da doch der Druck ihrer Trauer immer stärker zu werden scheint?

INSCRIPTIO SEXTA

*Schon einmal habe ich - es ist nun fast genau ein Jahr her - darüber nachge-
dacht, wie es sein kann, dass sich Gott an uns erinnert. Es war noch vor dem
Anfang meiner Reise, und ich habe meine damaligen Notizen, die ich »Initia -
Zeit der Anfänge« genannt habe im Hof meines Vaters unter der Obhut meiner
Schwester Anna zurückgelassen. Und bis heute ist es für mich letztlich ungeklärt.*

*Und erst vor kurzem - als ich mich ebenfalls besonnen habe, in meiner vierten
Inscriptio - bin ich für mich selbst zu der Überzeugung gekommen, dass er, Gott, es
selbst ist, der uns entgegenkommt, wenn wir uns an ihn erinnern. Sonst würden
wird weder eine Vorstellung noch ein Gefühl damit verbinden, noch überhaupt
irgendeinen Eindruck.*

*Doch wie er sich umgekehrt an uns erinnern kann, das fasst mein Verstand bis
heute nicht.*

*All das geht aber noch tiefer, wie ich gerade spüre: Es geht bis in die Wurzeln des-
sen, was ich bin, nein, was wir sind, auch als Volk und Land und Reich.*

*Und ich denke an David zurück, der - nach großen Verheißungen, die Gott ihm
für sein Volk und sein Königreich gegeben hatte - eines Tages in Verzweiflung ruft:*

»memento mei de profundo alioquin quare frustra creasti filios hominum...

> *...gedenke meiner aus der Tiefe, warum hättest Du sonst die Menschen
> geschaffen?«*

*Es geht ums Ganze, da bin ich mir sicher. Es geht nicht um ein wenig Salbe oder
ein Pflaster, hie und da. Es geht darum, ob ich bin und ob wir sind, als Volk und
Reich. Es geht darum wer wir sind, und auch was wir bewirken können und wie
wir sind, welche Art wir haben. Es geht ums Ganze. Und das wirklich »De Profundo, »aus der Tiefe«, wie auch der Psalm lautet.*

*Es ist keine Frage: Wenn Gott sich nicht an uns erinnert, wenn er seiner Güte
nicht gedenkt, gehen wir unter. Wir ersterben am »Inneren Menschen«, in dem,
was wir eigentlich sind, wenn er sich uns nicht - heilend - zuwendet.*

*Und so harre ich seiner, will mich nur noch an ihn klammern. Und ich höre die
Worte der Verheißung des Maleachi:*

»ecce ego mittam angelum meum et praeparabit viam ante faciem meam et statim veniet ad templum suum dominator quem vos quaeritis et angelus testamenti quem vos vultis ecce venit dicit Dominus exercituum...

.... Siehe, ich will meinen Boten senden, der vor mir den Weg bereiten soll. Und bald wird kommen zu seinem Tempel der Herr, den ihr sucht; und der Engel des Bundes, den ihr begehrt, siehe, er kommt!«

Und da ist der Grund, dass alle Menschen Hoffnung haben können. Denn der »Engel des Bundes«, das ist der Bote des Bundes, wie es hier heißt, der ist doch schon gekommen.

Aber in der Tiefe frage ich mich: Wo ist meine Hoffnung? Wo ist meine Hoffnung als Carolus Paulus? Wann kommt ein Engel des Bundes Gottes zu mir? Und wann gedenkt er, der Allmächtige, meiner Ohnmacht und meiner Niedrigkeit? Und es ist ein Stöhnen in mir, ein Ächzen und ein Wehklagen.

Wenn er sich meiner nicht bald erinnert, hier und heute, oder doch wenigstens »morgen« oder jedenfalls »sehr bald«, dann vergesse ich gewissermaßen, wer ich bin. Dann fehlt meinem Herzen ein Zuruf des Lebens. Dann geht es mir wie dem Drohbild, das David an die Wand seines Wehklagens, an die Klagemauer seines Herzens, malte: Wenn er, Gott, sich meiner nicht bald erinnert, dann scheint es mir »vergeblich«, wie der Psalmvers sagt, - »frustra« - dass er mich überhaupt geschaffen hat.

Und so bete ich schon jetzt in den Worten des kommenden Fastensonntages:

»recordare miserationum tuarum Domine et misericordiarum tuarum quia ex sempiterno sunt...

...Gedenke, Herr, an deine Barmherzigkeit und an deine Güte, die von Ewigkeit her gewesen sind.«

REISEPLÄNE · HERZENSWUNSCH

Ich habe den Rest der Woche versucht, Margarethe aufzuheitern, aber es ist mir nur teilweise gelungen. Doch weicht sie kaum noch von meiner Seite, und wir haben den Französischunterricht ausgeweitet.

Auch habe ich ihr von meinen weiteren Reiseplänen erzählt, dass ich nach Köln will, bzw. muss. Und auch dass Albert von Stade mir geraten hat, zu einem weiteren Studium nach England zu fahren. In eine Stadt, die Oxford heiße, und dort gäbe es bereits eine Universität.

Margarethe hat sich »brav« interessiert gezeigt und sogar schon ein paar Vokabeln gelernt wie »Cologne» oder »Angleterre« und »Université«. Auch war sie sehr bewegt, als ich ihr von meiner Schwester Anna berichtete. Und sie findet auch meine »bebilderte« und »durch Vorführungen bewegte« Methode des Unterrichtens sehr gut... Was mich freut.

Und eben hätte ich einen weiteren Brief an die kleine Anna verfasst, erklärte ich Margarethe, und ich müsse jetzt noch einen Boten senden. Und Margarethe fragte mich, ob sie den Brief an Anna sehen können. Nein, sie bat mich geradezu darum!

Ich gewährte ihr das mit so großer Freude, dass wir beide fast weinten. Doch ich werde den Brief ja nicht von hier aus senden können: Wer sollte ihn verlässlich in das Rhône-Tal bringen? Von wo aber dann?...

Margarethes Vertrauen ging heute so weit, dass sie mir erneut sagte, es sei ein nahestehender Verwandter gestorben, und sie sei in großer Unsicherheit. Ob ich etwas für sie tun könne, fragte ich, und sie dachte lange nach. Und: Wann ich denn gehen müsse, erkundigte sie sich.

Und sie schien sehr betrübt und wandte sich oft ab, als ich ihr sagte, ich müsse wohl schon in knapp zehn Tagen, vermutlich am Sonntag »Oculi« gehen, damit ich Köln noch rechtzeitig zum Unterrichtsbeginn erreiche.

Und solche Gewaltmärsche, wie ich sie zum Teil auf meinem Weg hierher erlebt hätte, die wollte ich nicht unbedingt wiederholen.

Dass ich aber gehen müsse, das stünde jedoch in Widerspruch zu den Wünschen ihres Vaters, der ja wollte, dass ich sie, Margarethe, bis Ostern unterrichte. Aber ich würde es wohl nicht schaffen, und ich wolle ihm schreiben, dass ich leider gehen müsse, aber auf den Rest meines Honorares verzichte... Ich hätte es um seiner Tochter willen gerne getan, offenbarte ich Margarethe meine gesamte Zuneigung.

Ich war aber entsetzt, dass sie, die holde Margarethe, daraufhin weinend zusammenbrach, und zum Glück waren wir weitab vom Kloster zu diesem Zeitpunkt, auf einem Spaziergang die Leine hinabwandernd. Und sie beruhigte sich kaum noch.

Als sie schließlich zu sich kam und die Fassung wieder gewonnen hatte, bat sie mich schluchzend, etwas für sie zu tun, »nur das Eine«, und ich wusste nicht, was sie meinte. Aber ich muss wohl zustimmend genickt haben.

Und noch heute wolle sie mir einen Brief mitgeben. Und dann kam es doch ein wenig aus ihr heraus: Ob ich für sie nach »Leuven« gehen könne, sobald ich irgend Zeit dafür finden würde? »Sobald als möglich«, »zo snel als je kunt«, und ich war höchlich überrascht: Das war doch kein Niederdeutsch! Und wo ist »Leuven«? fragte ich sie. Nicht sehr weit hinter Aachen, nach Westen. »Aber das ist doch in Holland«, wandte ich ein. Und, nein, es sei in Brabant.

Ich bejahte, ich würde sehr Vieles tun, wenn ihr das wichtig sei... Aber was sie mit Brabant zu tun habe, insistierte ich nun meinerseits. Sie stamme doch von hier.

Es war als hätte ich ihr einen Stich ins Herz gegeben, und hemmungslos schluchzend wandte sie sich ohne ein weiteres Wort ab und rannte zurück, immer in Richtung des Klosters. Ich konnte ihr gerade noch nachrufen, dass ich in meiner Zelle warten würde, bis ich Nachricht von ihr erhalte. Und morgen, Samstag, gäbe es keinen Unterricht, ich müsse noch etwas für die Äbtissin vorbereiten. Aber sie schien mir schon entschwunden, wie vom Winde verweht.

Nun harre ich hier ihrer Nachricht. Und mein Verstand rast, und mein Herz klopft ständig fragend: Was hat sie nur?

BRIEF AN DEN BRUDER

Margarethe war, völlig überstürzt und hilflos vor Schmerz, weinend in ihre Zelle gestürzt. Mit einem Schmerzensschrei warf sie sich auf ihr schmales Bett und verbarg - herzzerreißend sich der Tränen ergebend - ihren Kopf in ihrer Decke.

Sie hatte nicht nur einen über alles geliebten Menschen durch den Tod verloren, sondern noch den anderen, den sie - wie noch niemand zuvor - in ihr Herz geschlossen hatte, heftig vor den Kopf gestoßen und im Grunde auch belogen.

Doch alles, wovon ihre jugendliche Seele in den vergangenen Wochen zu träumen gewagt hatte, nicht nur am Tage, sondern auch in der Inbrunst einsamer Nächte, all das war geplatzt und nun restlos unmöglich geworden. Jetzt noch mehr als zuvor.

Und Margarethe erhob sich von ihrem Bett, schürzte sich, richtete ihr Haar und trank einen großen Schluck Wasser aus dem Krug, den sie immer bei sich hatte.

Dann ergab sie sich - auf einer winzigen Gebetsbank kniend - dem Zwiegespräch mit dem Allmächtigen.

Stunden hatte sie mit sich und Gott gerungen, förmlich entgegengetreten war sie ihm, wie eine Kriegerin. Und heftig waren ihre Attacken gegen ein vermeintlich übelwollendes Schicksal und gegen einen Gott, der sich ihr schon seit Tagen zu verbergen schien.

Dann aber erinnerte sie sich einer jungen Frau, die irgendwie gewesen sein muss wie sie selbst auch, jung, unerfahren, gottergeben und vom Schicksal völlig überfahren.

Und ihr Herz schmolz, als sie sich an deren vielleicht schönsten Worte erinnerte.

Und Margarethe erinnerte sich an einen Lobgesang dieser jungen Frau, und sie stimmte ihn in der Sprache an, die ihr Herz in Kindertagen gelernt hatte:

»Ik prijs de Here met mijn hele hart! Ik kan mijn blijdschap niet op! God, mijn Redder, heeft aan mij gedacht. En ik ben maar een gewone vrouw. Nu zullen de mensen altijd en overal zeggen dat ik bevoorrecht ben, want de machtige, heilige God heeft grote dingen voor mij gedaan...

> *... Meine Seele erhebt den Herrn, und mein Geist freut sich Gottes, meines Heilandes; denn er hat die Niedrigkeit seiner Magd angesehen.*

> *Siehe, von nun an werden mich selig preisen alle Kindeskinder. Denn er hat große Dinge an mir getan, der da mächtig ist und dessen Name heilig ist.«*

Und als schließlich Frieden den Raum erfüllte, da erhob sie sich von der Gebetsbank, entzündete ihre Kerze, und sie schrieb einen Brief.

Ihrem Bruder und ihrer Schwester schrieb sie, in innigen Worten. Und Margarethe beschrieb die in ihr erwachte brennende Liebe zu diesem jungen Mann, der sie unterrichtete. Sie beschrieb seine liebevolle Geduld ebenso, wie sie seine bisweilen auch unberechenbare Ungeduld offen darlegte. Aber für einen großartigen jungen Mann hielt sie ihn, jung, schön anzusehen, kraftvoll und voller Tatendrang. Und ihr schien, er sei in vielen Dingen sehr begabt.

Er sei von niederem Stand und in allen höfischen Dingen restlos unerfahren - eher ein »liebevoller Bauer« als ein »derber Ritter«.

Doch er sei von so weitreichendem Verstand und hätte solch edle Anliegen, dass er genauso gut einer der Ihren sein könnte. Und sie ersehne sich einen Tag, »vielleicht in ferner Zukunft«, an dem die Stände kein Hindernis mehr für Liebe sein würden. Denn obwohl er ein Mönch und Priester sei, würde er - auf äußerst scheue und unerfahrene Weise - ihre Liebe erwidern.

Doch es könne nicht sein!

Und ausgerechnet jetzt, wo »der Vater« gestorben sei, da ginge es erst recht nicht. Denn jetzt müssten alle Kinder, sie selbst eingeschlossen, zu ihrer Familie stehen. Und so wolle sie in Kürze zurückkommen, und ihr Bruder möge das Nötige veranlassen. - Die Heimlichkeiten hätten nun ein Ende, und sie wolle nach Hause.

Doch - man möge ihr das als »mädchenhaft« auslegen oder nicht - sie wolle keinem anderen Manne zu eigen sein, wenn sie »den« nicht bekommen könne.

Und sie hätte nun mit Gott gerungen - und »auch mit anderen Mächten« - , die gesamte Nacht, fast wie einst der »Stammvater Jakob« mit dem Herrn gerungen habe. Und sie habe den Entschluss gefasst, in ein Kloster nahe dem heimlichen Sitz »des Vaters« einzutreten.

Doch sie habe eine einzige Forderung - und es wäre wirklich mehr als eine Bitte - an die Familie, und das müssten sie beide, der Bruder als Nachfolger des Vaters und die Schwester als Ranghöchste des Familienverbundes, ihr nun zusichern. Nein, keinerlei Besitztümer, nein, sie wolle etwas Anderes. Etwas sehr Ungewöhnliches.

Sie, Margarethe, aus edlem Hause, begehre von ihrer Familie nichts Anderes als dass sie denjenigen, der ihr Herz so überzeugt habe, dass sie um seinetwillen fast alles aufgegeben habe, dass sie »diesen Mann« - er hieße vermutlich nur mit Ordensnamen Carolus, und habe eigentlich einen anderen Taufnamen, den er zu ergründen gelte - wie ein Familienmitglied aufnähmen, »jetzt und für alle Zeit, in der er selbst dies wünsche«. Dies alleine möge man ihr gewähren.

Und was er benötige, das möge man ihm geben, soweit es in aller Macht stünde.

Sie sei sicher, »dieser Mann« begehre weder ein Lehen noch Besitztümer, sondern sein Herz schlage für Gott, und für die Armen und für die Zur-Seite-Gestellten, wie sie sich ausdrückte. Und er selbst wisse nicht, was in diesem Brief stünde, doch er würde ihn überbringen. Das habe er ihr zugesagt.

Und Margarethe siegelte den Brief, als sie ihn beendet hatte. Doch sie benutzte nicht das ihr zur Verfügung stehende Siegel der Grafen von Wölpe. Sie ergriff ein zweites Siegel, das ebenfalls auf dem kleinen Tisch ihrer winzigen Zelle stand.

Dann, noch in der Nacht - den im Osten heraufziehenden Morgen schon im Blick - schlich sie sich vom Garten her kommend und ausgefertig angezogen, mit Mantel und Haube und Schuhen, an die Tür dieses

Mannes Carolus. So, als käme sie von einem Nachtspaziergang. Margarethe klopfte und übergab dem völlig Schlaftrunkenen ihren Brief, mit
wenigen Erklärungen und verbunden mit der Bitte, diesen Brief dem
Empfänger zu überbringen. Sichtlich gezeichnet von dem Kampf, den sie
mit allen Kräften des Himmels gekämpft hatte, ging sie noch ein paar
Schritte im heller werdenden Licht und betrat das Klostergebäude dann
wieder durch die Hauptpforte.

Und ab dieser Stunde war Margarethes Entschluss gefasst: Sie würde
nicht heiraten, sondern in einen Orden eintreten. Sehr bald. Sie hatte es
dem Allmächtigen geschworen. Und sich selbst auch.

REMINISCERE

Ich bin erschüttert. »Margarethe« ist nicht Margarethe, nicht die Margarethe, für die ich sie gehalten habe! - Und ich bin sprachlos: Den ganzen Tag habe ich gebraucht, um für das Ganze überhaupt Worte zu finden. Und erst jetzt kann ich mir schreibend darüber etwas klarer werden.

Es war noch nicht Tag, als sie an die Tür meiner Zelle klopfte. Fast hätte ich es überhört, denn sie kam durch die Außentür und klopfte an dieser an, da sie zu meinem Flügel keinen Zugang hat. Sie stand vor mir, als käme sie von einem Spaziergang, mit Mantel, Haube und festen Schuhen bekleidet. Ich konnte ihre Augen nicht sehen, dafür war es zu dunkel. Aber ihre Stimme zitterte und sie sprach tränenerstickt. Als ob sie Entdeckung befürchtete, steckte sie mir - noch unter der Tür - einen versiegelten Umschlag zu. Den möchte ich seinem Adressaten bringen. Das ist das, was sie bedrücke, darum wolle sie mich bitten. Und sie würde mir alles später am Tag erklären.

Dann rannte sie davon und muss sich - als ob sie unterwegs gewesen wäre - von außen wieder durch die Klosterpforte in das Innere der Gebäude begeben haben. Und später sah ich sie von Ferne - denn ich besuche den Gottesdienst ja räumlich getrennt von den Nonnen und den übrigen Frauen, die hier leben - während der ersten Stundengebete. Ihr Gesicht verbarg sie ständig, als ob es ihr nicht gut ginge.

Bei Tagesanbruch sah ich mir den Brief im hellen Licht an. Er war versiegelt, und es war nicht das Siegel der Grafen von Wölpe. Nun, dachte ich, wenn schon ein Siegel, dann eigentlich das des väterlichen Hauses.

Aber Margarethe, die minderjährige, unverheiratete junge Frau führte ein eigenes Siegel, und es war nicht das der Wölpes, ich konnte es jedoch nicht entziffern. Schon das kam mir seltsam vor. Noch seltsamer war der Adressat. Ich las nur den Namen: Heinrich III., Herzog von Brabant. Wie kommt sie dazu…!

Das dachte ich zunächst. Und warum sollte ich hier irgendwelche »Anbahnungen« vornehmen, auch noch vorbei an ihrem Vater, dem Grafen Wölpe, der zur Zeit mein Dienstherr ist. Keinesfalls!

Und ich wartete, und wartete, und wartete. Wartete auf ihre Erklärungen.

Dann zu Mittag, nach dem Essen, bedeutete Sie mir, sie wolle sich mit mir nach der Non, dem Stundengebet zur neunten Stunde, am großen Fluss, also an der Leine treffen. Es war klar, dass sie den Platz meinte, an dem wir uns schon öfter getroffen hatten, für ein Gespräch, eine Lehrstunde im Freien oder einen Spaziergang. Einen großen, umgefallenen Baum gab es da, und man konnte sich setzen.

Und tatsächlich erschien sie, immer noch aufgelöst. Ich hatte Mühe, mich zu beherrschen, weil ich wähnte, sie hätte sowohl Ihren Stand als auch den allgemeinen Anstand bei weitem überschritten. Doch sie fiel mir richtiggehend in den Arm und bat mich inständig, ihr zuerst zuzuhören, bevor ich sie durch einen heftigen Ausbruch allzu sehr verletzen würde...

Es war ein Rätsel, aber ich zügelte mich. Auch aus tiefer Zuneigung, muss ich gestehen.

Sie war dann recht »geradeheraus«: Ja, sie sei Margarethe. Aber sie sei eine »andere Margarethe«. Als ich nicht sofort verstand, warf sie es mir förmlich an den Kopf: Graf Wölpe sei nicht ihr Vater.

Mir stockte der Atem. Aber er sei ihr Ziehvater... Ihr Vater sei ein anderer, und dem sei Graf Wölpe, »und er ihm«, verbunden... »gewesen«, fügte sie in tiefer Trauer hinzu: Ihr Vater, der richtige, sei vor wenigen Wochen gestorben, Anfang Februar. Doch sie hätte erst vor kurzem davon erfahren.

»Und?«

Ich wollte mehr wissen. Da rückte sie mit der Sprache heraus: Der Brief sei für ihren Bruder, Heinrich III., Herzog von Brabant. Und wenn ich doch sowieso nach Köln ginge... zögernd fügte sie hinzu, das sei gar nicht mehr weit.

Ich war aufgesprungen. Ich fühlte mich irgendwie - in vermutlich bester Absicht! - verraten. Fast hintergangen. Und ich war sehr verärgert.

Andererseits war mir nun aber sofort klar, wieso ich Margarethe in Französisch unterrichten sollte! Und: »Der herzensgute Graf Wölpe!«, dachte ich, er zieht ein fremdes Kind groß und gibt ihm Schutz vor Verfolgung. Denn das alles muss einen konkreten Grund gehabt haben, und nur erhebliche Gefahr konnte solch einen Schritt ausgelöst haben..

Hilflos stand ich vor Margarethe: »Dann habe ich unwissend eine Herzogin - oder wie nennt man das? - unterrichtet?« Doch sie entschuldigte sich, und sie bat mich, sie weiter einfach nur als Margarethe, meine gelehrige und willige Schülerin, zu betrachten.

Sie wäre diejenige, die jetzt Hilfe brauche, denn sie wisse überhaupt nicht, wie es nach dem Tod ihres wirklichen Vaters, des Herzogs von Brabant, nun weiterginge. Zuletzt hatte er sich, obwohl dem Kaiser direkt verbunden, doch sehr um die Königswahl des Grafen »Willem« bemüht... und Wilhelm von Holland sei ja nun auch König der Deutschen geworden. Aber das sei alles ehr umkämpft...

Mir raste der Kopf. Ich bin zwischen alle Fronten geraten: Mein Bruder in der Kanzlei des Kaisers in Italien und ich der Privatlehrer der - kommenden? - Herzogin von Brabant und der - wenn ich alles richtig verstehe - Cousine des »Gegenkönigs« Wilhelm von Holland. Das war ja fast die Gegenpartei!

Während ich noch offensichtlich über all dem brütete, ging die Sonne an der Leine unter und tauchte alles in goldenes Licht.

»Im Grunde bitte ich Dich, so schnell als möglich zu meinem Bruder zu gehen und ihm persönlich, und nur ihm persönlich!, meine Nachricht zu bringen. Vermutlich wirst Du auch meine Schwester treffen. Und wolltest Du nicht sowieso Ostern schon in Köln sein?«. Als ich bejahte, verwies sie auf die untergehende Sonne, und sie müsse zur Vesper, sie würde erwartet. - Ich blieb konsterniert zurück.

Wie soll ich mich nun verhalten? Was werde ich der Äbtissin mitteilen müssen, was nicht? Ich bin ratlos.

Und ich erinnerte mich des heutigen Sonntags: Denn heute ist der Sonntag »Reminiscere«, der zweite der Fastensonntage.

»Reminiscere miserationum tuarum...

> *...denk an dein Erbarmen, Herr, und an die Taten deiner Huld; denn sie bestehen seit Ewigkeit.«*

Wie soll ich ergründen, was damit gemeint ist? Schon im vergangenen Jahr in St. Maurice, hat mich dieser Sonntag besonders irritiert. Denn: Wenn man ihn ernst nimmt, dann werden die Fragen, auch die an Gott, ständig mehr. Und nicht weniger.

Für den morgigen Montag werde ich die »Iden des März» vorbereiten, auch für den Lateinunterricht der hiesigen Nonnen. Und - in meiner Wut und

Enttäuschung und Überraschung - fühle ich mich, ein wenig übertrieben, fast wie der gemeuchelte Cäsar, der dem Brutus sterbend zurief: »Auch Du, mein Sohn Brutus«.

Aber wenn ich ehrlich bin, ich darf mich nicht bedauern und mein Ärger ist unbegründet: Nicht ich bin das Opfer und nicht ich trage hier die Last. Sondern es ist die gute und kluge Margarethe, die bedrückt ist und Angst haben muss. Wer auch immer das alles verursacht haben mag...

Und Gott wird sich ihrer erinnern, und ich werde meinen Teil tun können und ihr - so Gott will - ein klein wenig heraushelfen. Schon weil ich so ungemein viel für sie empfinde... Aber auch, weil ich fühle, dass es Teil meines Auftrages ist: Helfen. Zurecht-Bringen. Unterstützen. Heranbilden.

So gehe ich denn, wie ich es schon in St. Maurice im Gebet gesehen habe, schon bald weiter, von Perle zu Perle, entlang der Perlenkette meines Lebens. Immer die größte aller Perlen im Blick.

ALLTAG

Alltäglich wollte Carolus den kommenden Tag gestalten, so als sei er ein Tag wie jeder andere. Er hatte - passend zum gerade vergangenen Tag, den »Iden des März« - einige lateinische Texte, unter anderem ein kleines Stück aus den Kaiserviten des antiken Dichters Sueton, vorbereitet und hielt seinen Unterricht am Vormittag wie gewohnt ab.

Und ein wenig schläfrig wie immer ließen die meisten der jungen Zisterzienserinnen in seiner Klasse den Text über die Iden des März und den blutigen Tyrannenmord des Jahres 44 vor der Zeitrechnung über sich ergehen. Mühsam, mit der Sprache und den Umständen der Erzählung ringend, starb Caesar in ihren Köpfen ein zweites Mal, und die von solch dramatischen Schicksalsläufen Ermatteten schleppten sich danach zuerst zu den Mittagsgebeten und dann zum kargen Mahl.

Carolus entschuldigte sich jedoch für den Nachmittag und teilte Margarethe mit, er habe noch wichtige Dinge zu tun und könne sie an diesem Tag daher nicht unterrichten. Der vergangenen Nacht eingedenk, die sie kämpfend mit sich und Gott verbracht hatte, willigte diese gerne ein.

Still und konzentriert machte sich Carolus nun an die Vorbereitungen: Wenn er nun - den Bitten Margarethes folgend - viel eher ginge als er es ursprünglich vorgehabt hatte, was musste er alles bedenken? Wie würde er sein Verhältnis zu Graf Wölpe regeln? Und vor allem, was wusste denn Äbtissin Barbara, und würde er überhaupt nicht mehr mit ihr reden können? Denn noch war sie nicht zurück von ihrer Reise.

Und er selbst? Wie sollte er Margarethe nun begegnen? Carolus rang mit sich und Gott und den Umständen. Doch vollständige Klarheit erlangte er nicht. Und so entschied er sich, sich völlig auf die Intuition des Augenblicks zu verlassen: Er war sich sicher, dass er wisse, was er zu tun habe, wenn er Margarethe nochmals begegnete.

Nur am Samstag der Woche wollte er sich nach Neustadt begeben, vor allem um sich nach dem Reiseweg nach Köln zu erkundigen. Auch würde er nun Margarethe seinerseits davon in Kenntnis setzen, dass er einen weiteren Brief bei sich trag, den nämlich an eine Beatrix von Brabant, der Brief, den ihm der Bischof von Verden mit der Bitte um gelegentliche Übergabe ausgehändigt hatte. Und er wollte natürlich sicherstellen, dass es keine Verwechslung gab, und dass diese Beatrix wirklich die Schwester von Margarethe sei, wie er dies auch vermute.

Und das Wichtigste: Er entschloss sich - falls es nicht doch noch zu einem Gespräch mit der Äbtissin Barbara käme - bereits am kommenden Montag aufzubrechen. Doch weihte er niemand ein.

Und nur einmal noch sprach er lange und ausführlich mit Margarethe. Und dieses Mal war er sehr offen: Er habe, trotz der kurzen Zeit ihrer Begegnung, viele ihrer Wesenszüge erkannt. Ihre Introvertiertheit, die dennoch konzentriert und intelligent jedwedes Detail beachtete und aufnahm, ihre Herzenswärme und »wunderschöne Ausstrahlung«, die er sehr genossen habe, und ihre Liebe zu einem Gott, dem sie Schritt für Schritt mehr vertraue, das alles habe er erkannt. Und sie könne sich seiner »wärmsten Gefühle« sicher sein.

Und nicht nur wegen alledem könne sie sich sicher sein, dass er ihren Auftrag ausführen würde. Ja, geradezu alles würde er für sie tun und...

... und fast wäre Carolus an diesem Tag einen Schritt zu weit gegangen, zu weit in seinen Gefühlen, zu weit in den wunderschönen Worten, die er dann fand, zu weit vor allem in der inneren Vorwegnahme einer Einheit mit Margarethe, zu der Carolus unter den gegebenen Umständen weder befugt noch berufen war.

Zu weit aber auch nicht nur wegen Margarethe, die unter seinen Worten dahingeschmolzen war wie Schnee unter italischer Sonne, sondern vor allem fast zu weit für sich selbst, da er sich selbst in eine Herzensbindung mit dieser Frau brachte, die auch noch Tage später kaum abklang.

Und erst das Ausbleiben Barbaras, der sich auf Reisen befindlichen Äbtissin, und der damit für Carolus unmittelbar notwendig erscheinende Aufbruch schnitten den Lebensfaden dieses inneren Verknüpft-Seins mit Margarethe durch.

OCULI

D as Gespräch mit der Äbtissin, das zu meinem Bedauern bislang noch nicht stattfand, wohl weil sie immer noch abwesend ist, würde jetzt auch nichts mehr bewirken. In der Nacht noch schreibe ich ihr einen Brief, sie möge mir verzeihen, es sei unaufschiebbar, und sie wolle mich doch beim Grafen Wölpe entschuldigen, dass ich den Auftrag nicht hätte zu Ende führen können. Doch würde ich auch auf die zweite Hälfte meines Entgeltes verzichten.

Und überhaupt hätte ich in Erfahrung gebracht, dass er ein allzu gütiger Mann sei. Und bis an mein Ende würde meine Achtung vor ihm bestehen bleiben... und so weiter.

Eines aber werde ich ihr nicht sagen: Dass ich es herausgefunden habe, wer Margarethe wirklich ist. Und wohin ich genau eile.

Denn eilen werde ich müssen: Erst gestern, am Samstag, habe ich mir in dem nahen Neustadt alle Einzelheiten des Weges nach Köln erläutern lassen. Und Ostern ist ja bereits am 19. Tag des Monats April.

Es darf also nichts dazwischen kommen, auf dem Weg über Loccum, Minden und Kaiserswerth, wie sie es wohl nennen. Und dann den Rhein entlang nach Köln, wo meine Ausbildung beginnt. Dort werde ich mir - so schnell es irgend geht - eine zweiwöchige Auszeit nehmen und den Herzog von Brabant aufsuchen. Im Auftrag seiner Schwester.

Und ich fürchte die allenthalben aufgetauchten Hochwasser, und die Leine - praktisch vor der Haustür - sie ist über die Ufer getreten. Und wie es werden wird an den anderen Flüssen, vorneweg an der Weser, das weiß ich nicht!

Ich hoffe, dass es alles klappt... und nun - es ist wie Fieber! - werde ich erneut mein dickes Reisebündel packen. Und auch Margarethe werde ich noch einige Zeilen schreiben. Mir ist schon ganz wehe...

DIE ZISTERZIENSER

Es war Montag früh, wenige Stunden, nachdem der Sonntag »Oculi« im Jahre 1248 A.D. vergangen war. Noch einmal hatte Carolus die Laudes besucht und sich dann jedoch für den Rest des Tages verabschiedet. Margarethe steckte er einen Brief zu, dann hinterließ er bei einer der älteren Schwestern zwei Briefe an die abwesende Äbtissin Barbara, und einen davon sollte sie an den Grafen Wölpe weiterschicken.

Für den Rest des Tages entschuldigte er sich: Er habe noch etwas Wichtiges zu tun. Und so war es auch.

Carolus hatte noch in der Nacht sein umfangreiches Bündel gepackt, darunter alle seine Tagesaufzeichnungen der letzten und dieser Reise, die Muster der wertvollen Steine aus Lübeck, seinen geliebten Bernstein aus Wustrow, etwas Proviant, den er sich am Samstag in Neustadt gekauft hatte, sowie den gesamten Rest seiner Reiseutensilien.

Auf sein Bett legte er ein Dankesschreiben an die Schwestern, die ihn die ganzen Wochen mitversorgt hatten, verbunden mit der Bitte, diesen Dank an alle auszurichten, auch an die »Konversen«, die Laienbrüder, und die Arbeiter in der Landwirtschaft.

Carolus brach es das Herz, als er zum letzten Mal die Tür seiner Gästezelle im Kloster Mariensee hinter sich zuzog, und der Kloss in seinem Hals schwoll in wenigen Augenblicken an.

Als er die ersten Bäche Richtung Neustadt überquert hatte, und als er sah, wie übervoll sie bereits mit hereindrückendem Schmelzwasser waren, und als er sich ein letztes Mal umdrehte, brachen alle Dämme, und seine Gefühle explodierten förmlich. Laut klagte er zum Himmel, während er gleichzeitig durch die vollgesogenen Wege schlurfte. Tränen brachen sich in schluchzendem Gejammer ihren Lauf und trübten seinen Blick mit Schleiern der Trauer so sehr, dass er fast vom Weg abkam und mehrfach stolperte. Und erst, als er - nach mehr als einer Stunde - Neustadt schon vor Augen hatte, ernüchterte ihn die Kälte, die ihn mittlerweile unbarmherzig durchdrungen hatte dermaßen, dass er sich ein wenig fasste.

Er hatte die beginnende Liebe zu Margarethe, der bildschönen Tochter des Herzogs von Brabant, sterben lassen müssen, bevor sie wirklich zur Welt gekommen war. Doch der Todeskampf dieser noch ungeborenen Liebe hatte ihm selbst fast den Herzschlag geraubt. Und erst jetzt merkte er, welch tiefer Umschlingung an Geist und Seele er entgangen war.

In Neustadt hielt sich Carolus aber nicht mehr auf, sondern er hastete den gut gebahnten Weg in das Kloster Loccum, das er noch am selben Tag erreicht. Nur der riesige See, den er dabei fast streifte, der See und die Schilfregionen, die etwas westlich von Neustadt liegen, die veranlassten ihn kurz zum Innehalten. Doch wenn er hielt, wollte er sofort zurück, und - erneut in haltlosen Tränen - rannte er förmlich seinen Weg in das Kloster der Zisterzienser, nach Loccum. Und den wunderschönen See, den er dabei berührte, den ließ er weitgehend ungesehen.

Verschwitzt, verdreckt, verheult, so erschien er im Tor des riesigen Klosterkomplexes, und er wurde zunächst höchst misstrauisch beäugt. Doch sein Sendschreiben, das ihn als Mitglied des berühmten Klosters in St. Maurice auswies, öffnete ihm schließlich die Türen. Und er bekam immerhin eine Gemeinschaftsunterkunft für Pilger zugewiesen.

Am folgenden Tag, er war bereits früh geweckt worden, um an den ersten Stundengebeten teilzunehmen, erlangte er die Erlaubnis für ein kurzes Gespräch mit dem Leiter der Kanzlei, der ihm einiges über den Ausbildungsweg eines Zisterziensers erklärte, vor allem aber auch die fast übermäßige Strenge der täglichen Disziplinen. Und Carolus fand es schockierend zu hören, dass viele Zisterzienser schon in sehr jungen Jahren an Auszehrung und Krankheiten starben, so hart waren die Askese und der durch Schlafentzug geprägte Lebenswandel.

Beeindruckend waren für ihn jedoch, in welchem Umfang die einzelnen Klöster auch wirtschaftliche Selbständigkeit erlangten. Und genau das war ihm schon während seines Besuchs im Zisterzienserkloster Walkenried am Rande des Harz-Gebirges im vergangenen Jahr aufgefallen.

Doch Carolus zog es fort, auch wenn Loccum ein idealer Ort zum inneren Abschied-Nehmen von Mariensee und seiner Margarethen-Sehnsucht gewesen wäre. Noch zur Mittagszeit hastete der junge Walliser weiter, immer Richtung Westen.

VOR MINDEN

Ich musste auf meinem Weg von Loccum, wo ich die letzte Nachte verbracht hatte, nach Minden heute Halt machen: Zu sumpfig ist die Gegend, zu schwer begehbar viele der von den heftigen Frühjahrsregen der letzten Tage aufgeweichten Wege.

Auch ich selbst wurde mehrfach nass, und ich hatte Mühe, mein Bündel trocken zu halten. Doch jetzt, am Abend, dieses 25. Märztages, scheint die Sonne und alles sieht so aus, als ob es morgen wunderbares Wetter geben würde. In einem kleinen Flecken, den die Leute hier Jetenburg nennen, in einer Landschaft, die mir als »Bukkigau« vorgestellt wurde.

Ihre gräfliche Familie - so erklärten mir die etwas wortkargen Leute hier - plane in der Gegend, zwischen all den Bächen, die hier bergab fließen, eine Art Wasser-schloss zu errichten. Aber das könne noch dauern.

In Loccum, wo ich zuvor war, diesem wunderbaren, großräumigen und fast herr-schaftlichen Kloster der Zisterzienser, habe ich im Torhaus wohnen können. Und sie sagten mir, insgeheim planten sie dort, an der Grenze zur Welt außer halb der Klostermauern, irgendwann eine öffentliche Schule einzurichten. Also doch, dachte ich mir... Und natürlich gefällt mir der Gedanke!

Aber die Zisterzienser leben unter solch einer, zumindest für mich, eigenartigen, überaus asketischen Disziplin, dass ich den eigentlich wunderschönen Ort gerne verlassen habe. Ich bin nur immer noch im Taumel des Schmerzes über meinen überstürzten Weggang aus Mariensee. Und meine Seele ist in tiefes Dunkelgrau gewandet, wie ein in Wolle eingepackter Sarg, in dem ich eine ungeborene Liebe zu Grabe trage.

Doch ich will einfach nach vorne blicken! Und eines weiß ich: Morgen will ich Minden erreichen und die Weser »überschreiten«... mit dem Boot eben. Und eben dort erwarte ich auch ein dem Heiligen Mauritius gewidmetes Kloster anzutreffen. Und eben dort will ich mich als Erstes einfinden. Und vielleicht ein wenig ausru-hen.

Und ich hoffe auf einen sonnigen Tag!

SCHMERZLICHES GEDENKEN

Der Weg wurde Carolus lang. Zwischen Loccum und Minden, seinem nächsten Ziel, liegen - so schien es ihm - viel mehr Meilen als man ihm noch in dem Zisterzienserkloster gesagt hatte.

Doch es waren vor allem die Erinnerungen an nun bald seit einem Jahr dauerndem Wandern, die ihn ermüdeten. Es waren die vielen Wege und Biegungen, die Stege und Steigungen, die Senken und Sümpfe und Seen und Flüsse, die er gesehen hatte. Und die Meere und Städte und Menschen. All das quoll im Leid des Abschieds und der Langeweile unendlisch erscheinenden Gehens wie ein Geröll tragender, über die Ufer tretender Fluss aus ihm hervor.

Und als ob er beim Gehen und mit offenen Augen träumen würde, schlürfte er selbstvergessen immer weiter, Richtung Minden.

Und noch einmal verließ er die Alpen bei Bregenz, die zuvor von ihm im Rhein gesammelten kristallenen Steine im Gepäck. Noch einmal redete er im Geist mit Schlomo, dem spracherfahrenen jüdischen Händler im Kempten. Noch einmal hörte er die feurigen Predigten des Bruder Johannes in Augsburg. Und noch einmal traf er - im Geist - seine Reisegefährten in Ochsenfurt.

Und als er, tagträumend, Quedlinburg erreicht hatte und ein weiteres Mal das Gebet der Äbtissin Gertrudis vernahm, wie sie für ihn und seine Schwester Anna betete, da weinte er bitterlich. Und Carolus musste anhalten und sich setzen und rasten, so groß war die Sehnsucht und der Schmerz. Die Sehnsucht nach geordneten Verhältnissen, nach Ruhe und Sicherheit und die Sehnsucht nach dem Gefühl, alles sei nun gut. Und der Schmerz darüber, dass es eben nicht gut war, in seinen, des Carolus Augen.

Denn da war auch der Schmerz über seinen eigenen übersteigerten Ehrgeiz, der Schmerz, dass er selbst daran beteiligt war, dass der brave Schmuckhändler Friedmann und sein tapferer Sohn Hendrik ihr Leben verloren.

Und da war der Schmerz, dass er sich am Ende auch von seinem letzten Freund, dem slawischen Mönch Nikolaus hatte verabschieden müssen.

Das Leben kann ungeheuer hart sein, dachte er sich.

Doch da war am Ende seines Rückblicks auch die Genugtuung darüber, dass es auf dieser, seiner jetzigen Reise, irgendwie besser lief, dass er wertvolle, liebenswerte Menschen kennengelernt hatte - auch wenn manche etwas schrullig schienen - und dass er selbst sichtbar etwas zum Gelingen von deren Lebensweg hatte beitragen können.

Selbst den seltsamen Meister Albert hatte Carolus am Ende wenigstens ein verständnisvoller Gesprächspartner sein können.

Und als er erneut voll verzehrender Wehmut an seine Schülerin Margarethe im Kloster Mariensee dachte, Margarethe, die seine Herzensfreundin und auch Ursache seltsam angenehmer Schmerzen geworden war.

Und nachdem er nochmals herzzerreißend geweint hatte, da er blickte er vor sich schon Minden und den großen Fluss, die Weser.

WESERKLOSTER

Es schien mir eine Unendlichkeit zu sein. Aber nach nur knapp drei Meilen habe ich das Mauritius-Kloster in Minden erreicht. Und an dem großen Strom herrscht geschäftigen Treiben. Ich aber habe hier erstmals seit Tagen wieder etwas Ruhe gefunden.

Doch ich muss morgen mit einem Fährboot übersetzen, da die am Hang gelegene Stadt am Westufer liegt und es keine Brücke gibt.

Ich muss das alles erst ergründen. Doch nicht heute: Eine bleiche Sonne erleuchtet die Gassen mühsam. Und ich werde mir einen warmen Ort suchen. Denn seit Tagen ist mir kalt…

Und von steilen Gassen scheint sie mir durchzogen, mit Bewässerungskanälen, wie ich schon von der gegenüberliegenden Flussseite aus erkennen kann.

Und wie schon in Verden gibt es eine Nord- und eine Südstadt.

Morgen werde ich übersetzen, und ich will alles erkunden und dann sobald es geht weiter. Nach Westen…

MINDENER WINDUNGEN

Noch auf der östlichen Seite der Weser, die in Minden genau von Norden nach Süden fließt, traf Carolus schon am frühen Nachmittag in dem Kloster St. Mauritius ein. Mit dem Empfehlungsbrief des Abtes Nantelmus war er mehr als willkommen. Und die ihm bekannten Abläufe, der ähnliche Geist der gesamten Anlage, das war ein wenig so, wie er es von zuhause, aus St. Maurice, kannte.

Und so trockneten seine Tränen, auch die unsichtbaren, die seine Seele im stillen geweint hatte, fast wie von selbst. Das abendliche Essen, einhergehend mit einem guten und ausreichenden Trunk Weines und einem recht erbaulichen Gespräch unter Brüdern, auch wenn sie im Grunde unbekannt waren, das tat alles sei Übriges. Und Carolus legte sich in Frieden schlafen.

Am folgenden Tag verabschiedete sich und setzte mit einem Fährboot über den Fluss, in der festen Absicht, die Stadt nach einer kurzen Besichtigung noch am selben Tag gen Westen zu verlassen. Carolus hatte es eigentlich eilig.

Doch schon am frühen Vormittag durchzog er die Stadt, die - am Hang über der Weser liegend - auf ihn einen fast südländische Eindruck machte, in Nord- und Südstadt geteilt. Kleine Plätze, Märkte, Brunnen und eine ganze Reihe Kirchen:

Alles war einladend und die Menschen freundlich. So beeindruckend und groß der Bischofssitz aber auch war, den Carolus dann zu Gesicht bekam., so trieb ihn doch etwas in seinem Innern weiter, und es war nicht nur der Brief der Margarethe, den er bei sich trug und der eilends zu seinem Empfänger wollte. Es war mehr...

Schon gegen Mittag war es, und ihm war immer noch kalt. Am Hang gelegen, hinter einem kleinen Platz entdeckte er etwas, das wie ein kleines Gasthaus aussah und aus einem seitlich angebrachten Kamin quell frischer Rauch. Auch roch es gut durch die Tür hindurch.

Er trat ein.

Unerwartet begrüßte ihn kein Mann, sondern eine Frau. Und mit einem Akzent, der ihn stark an Nikolaus erinnerte, lud sie ihn an das Feuer. Carolus horchte ein wenig auf, als die Frau ihm - nachdem sie ihm erklärt hatte, dass dies sehr wohl ein Gasthaus sei - ihm eigenartig erscheinende Frage stellte:

Wo er herkomme - das war noch eine sehr gewöhnliche Frage. Was er mache - das ging sie eigentlich nichts an. Was er essen wolle - das war eine völlig gewöhnliche Frage. Ob er irgendwelche besonderen Wünsche hätte - da wusste er mit einem Mal nicht, was sie meinte. Und die hoch wachsame Frau registrierte das sofort. Und schwieg zunächst.

Carolus ergriff die Initiative. Ihm sei kalt, stellte er klar. Und er habe Hunger. Und beim Essen würde er sich von ihren Vorschlägen leiten lassen. Und zum Trinken bitte kein Bier, Wasser sei gut, aber auch gerne ein Becher roten Weines dazu. Und willig brachte ihm die etwa vierzigjährige Dunkelhaarige alles, was er sich gewünscht hatte.

Carolus genoss zunächst die Wärme und freute sich auf das Essen. Der kleine Gastraum bot nur für wenig andere Gäste Platz. Ein Hinkender mit eine viel zu kurzen Bein hatte sich frierend an das nahe Feuer gesetzt und starrte versonnen in die Glut, immer etwas aus einem Becher schlürfend. Und ein dünner, rothaariger, schon etwas älterer Mann, dem Gewand nach offensichtlich ein Priester, saß schweigend in einer dunklen Ecke und begrüßte Carolus lediglich durch Kopfnicken, ohne Worte und sehr scheu.

Gerade aber, als Carolus einen dampfenden und reichhaltigen Eintopf in einer großen Schüssel bekam, dazu Wasser, Wein und auch - unaufgefordert - etwas Brot, betrat eine bucklige Frau in zerfetzten Kleidern den Raum.

Hastig ging sie zu dem am Feuer kauernden Hinkenden, berührte kurz seine Schulter und verschwand dann, zunächst alleine, durch eine kaum bemerkbare Tür, irgendwo in einem der hinteren Räume des Hauses.

Carolus bemerkte noch, als sie sich umdrehte, dass sie nicht nur einen großen Buckel, sondern auch einen viel zu kurzen linken Arm hatte, und auch sie hinkte leicht.

Carolus war abgelenkt. Hungrig löffelte er aus dem warmen Topf vor ihm und langsam wurde ihm auch warm. Fast hätte er dabei gar nicht bemerkt, dass der Hinkende vom Feuer aufgestanden war, und auch er verschwand schattengleich durch die Tür in das hintere des Hauses.

»Ein seltsames Geschäft, das die beiden hier miteinander aushecken«, dachte er bei sich. Doch aß er schweigend weiter.

Er wurde erst deutlich wacher, als ein weiterer Priester den Raum durch die leicht quietschende Tür betrat. Er war jung, sehr jung, hochgewachsen und von zarter Gestalt. In der Tat grüßte er kurz, Carolus sehr formell, den anderen Priester, den Rothaarigen, der schon lange in einer Ecke gesessen hatte, sehr vertraut. Und auch er verschwand schließlich durch die selbe Tür, durch die zuvor schon der Hinkende und die Bucklige verschwunden waren.

Carolus aß weiter.

Doch es war nicht zu übersehen, dass der Rothaarige nun seinerseits hastig seinen Krug, den er vor sich hatte, austrank und nun ebenfalls durch diese Tür verschwand.

Carolus saß nun mit offenem Mund in dem leicht schummrigen, kleinen Gastraum, als die Wirtin sich zu ihm setzte. Sie musste die Situation entschärfen, und so ergriff sie nun die Initiative.

»Du bist nicht von hier?«,

fragte sie Carolus, der nur zögernd wieder Worte fand und verneinte. Doch bald waren die beiden ins Gespräch gekommen. Sie käme aus Prag, eröffnete die Frau, und nenne sich mit »altem, slawischen Namen«. Und als Carolus sie fragend ansah, verdeutlichte sie einsilbig: »Sneschana«, also Schneewittchen. Als Carolus sie weiter fragend ansah, erzählte sie ihre Geschichte:

Es sei eine unglaubliche Geschichte, aber sie sei Nonne gewesen, in Prag, und hätte im dortigen Kloster eine recht hohe Stellung gehabt, »in Jahre, wenn war Agnes Mutter«. Carolus hatte keine Ahnung wovon sie sprach, und da erklärte sie das ein wenig: Agnes war die Schwester des Königs und war für kurze Zeit Äbtissin des dortigen Klosters gewesen.

Und eine enge Freundin von Chiara, der Gründerin der Klarissen, war sie , diejenige wiederum mit dem Franziskus, dem aus Assisi… Carolus hörte ihr - während »Sneschana« unbeirrt weiterfuhr - nur noch halb zu. Was sie da sagte, war unglaublich. Und Carolus unterbrach sie plötzlich:

»Was ist Dir geschehen, dass Du das hier jetzt machst?«.

Sneschana seufzte:

»Sär ainfach. Liebe…«

Sehr lange hätte sie »Herzen-Gemeinschaft« gehabt mit »schäne Mann«. Dann wäre sie schwanger geworden, und hätte den Orden fluchtartig verlassen. Doch der Mann hätte sie nicht aufgenommen, nur noch ein zweites Kind hätte sie bekommen. Und dann war sie geflohen.…

Sneschana schwieg lange. Wo ihre Kinder denn seien, wollte Carolus naiv wissen, und sicher seien sie bald erwachsen.

Doch Sneschana wandte sich ab, Tränen mühsam verbergend, wie würden nie erwachsen werden, sie seien tot. Verhungert auf der Flucht, nur sie selbst habe überlebt.

Ergriffen berührte Carolus ihre Hand, und irgendwie fand er Worte des Mitgefühls, doch Sneschana erhob sich, wie in Abwehr. Den Schmerz nochmals zu erleben, das war ihr zuviel. Und jetzt habe sie hier Verdienst und Auskommen und eine »gute Aufgabe«.

Wieder fragte Carolus völlig naiv, was sie denn mache. Sie helfe denen, die sich lieben, aber nicht zusammen sein dürften.

»Die hier waren?«,

fragte Carolus ungläubig. Sneschana nickte.

»Aber die einen sind nicht verheiratet, die andern sind Männer, Priester gar!«,

Carolus war das Entsetzen anzusehen.

»Mänch, sätz Dich!«,

Sneschana widmete sich ihm nun wieder mit mehr Aufmerksamkeit. Auch für sie stand die Situation nun auf der Kippe. Die Verkrüppelten könnten doch nicht heiraten, sie könnten sich doch gar nicht ernähren und keinen Hausstand gründen, aber sie würden sich lieben. Und sie beide seien die einzigen, die sich gegenseitig ertragen würden, den verkrüppelten Körper und die zutiefst verletzte Seele.

Und die beiden Männer? Das sei wohl auch Liebe, meinte sie, und er sei ja auch hübsch, ob ihm noch keiner einen Antrag gemacht hätte. Nein, antwortete Carolus bitter, das wolle er auch keinesfalls... Er wolle sich rein halten.

»Wenn aber nicht gäht?«

Sneschana setzte erneut an: Sie glaube, Gott habe Mitleid mit all denen, jedenfalls habe sie es auf dem Herz, solche Leute, die ihr Leben lang unglücklich verliebt sein werden zu beschützen. Das sei ihre Aufgabe. Ja, die Schrift sagt, das sei alles Sünde und ein Greul. Aber jede Sünde sei Gott ein Greul, und Gott möchte, dass wir barmherzig sind. Und in der Kirche gäbe es noch weit größere Sünden als diese, und manch von den Sündern seien heute noch immer Bischöfe...

Man solle ihr keinen Vorwurf machen.

Und manchmal kämen ja sogar Frauen von gutem Stand unter einem Vorwand zu ihr, nur um sich mit andern Frauen von gutem Stand zu treffen und ein oder zwei ruhige Stunden zu haben... Viele würden einfach den Druck ihrer Familien und Aufgaben nicht aushalten. Und einige würden auch da wirkliche Liebe finden.

Carolus begann in diesem Moment, »Sneschana« - sicher hatte sie einen anderen Namen, aber sie hatte ihr altes Leben hinter sich gelassen - zu bewundern: Er staunte über ihren Mut und er bewunderte ihre Fähigkeit, immer wieder neu aufzustehen.

Und tiefe Hochachtung hatte er dafür, dass sie den einsamen eine Art »sicheren Hafen« geben wolle, wo sie gelegentlich »vor Anker gehen« konnten.

Doch er wollte sich dem selbst nicht länger aussetzen. Er müsse gehen, meinte er darum. Und als Sneschana ihm das Angebot mache, ihn einzuladen, und er müsse die Zeche nicht bezahlen, da entschloss sich

Carolus, genau das Gegenteil zu machen: Er gab ihr wesentlich mehr als er ihr eigentlich schuldete.

Und für eine Sekunde war »Sneschana« versucht, diesem jungen Mann viel mehr anzuvertrauen, als sie seit ihrer Flucht aus Prag je einem Menschen gesagt hatte. Doch sie ließ ihn gehen. Ihr Herz sagte ihr, dass auch das nirgendwohin geführt hätte.

Carolus jedoch fand an diesem Tag keine Ruhe: Weder Ruhe zu gehen, noch Ruhe zu bleiben. Und schon gar keine Ruhe in das Mauritiuskloster zurückzukehren. Doch was tun?

Lange irrte er durch die Gassen von Minden. Was sollte er tun? Konnte das stimmen, was die Frau aus Prag ihm angedeutet hatte? Gab es viele solche Fälle von Frauen, die von ihren Orden fliehen mussten? Oder die gar bestraft worden waren? Und was war mit den Männern? Gab es das häufiger?

Man hatte ihm beigebracht, wenn ein Mann mit einem Mann... das sei »Sodomie«, also das, was man bei geschlechtlicher Verirrung mit Tieren macht. Doch Sneschana behauptete steif und fest, diese Männer würden sich »lieben«...

Es gab so Vieles zwischen Himmel und Erde, das ihm unbekannt war. Carolus war ja auch selbst noch nie mit einer Frau zusammen gewesen...

Nur verliebt hatte er sich schon - und hatte kaum gemerkt, geschweige denn verstanden, was da mit ihm vorgegangen war. Und auch das war irgendwie zwiespältig: Es war berauschend attraktiv und gleichzeitig voller Schmerz. ... und er wollte all das von sich schieben.

Und als er auf einen der vielen kleinen Plätze Mindens kam, setzte er sich auf den Rand eines Brunnens. Und im monotonen Geräusch des herausplätschernden Wassers starrte er versunken und traurig vor sich hin, als ihn zwei Männer ansprachen, mit langen Locken an beiden Schläfen und dunklen, langen, wallenden Gewändern. Juden.

Ob es ihm nicht gutgehe, er mache so ein beschwertes Gesicht. Carolus war zuerst misstrauisch. Doch als die beiden Männer ihn zum Abendessen und zu ihren Familien und Kindern einluden, willigte er gerne ein.

Und von Minute zu Minute gelang es den beiden jüdischen Händlern besser, ihn mit ihren orientalisch gewundenen Erzählungen abzulenken und aufzuheitern. Und ein bescheidenes Nachtmahl und ein Glas roten Weines taten ihr übriges.

Und als es schließlich spät abends geworden war, boten sie ihm ein Bett an. Besser gesagt: Eine Liege im Wohnraum, zur Übernachtung, denn ein Gästezimmer hätten sie nicht. Alles sei zu beengt. Carolus willigte gerne ein und bedankte sich sehr herzlich.

Und am nächsten Morgen brach er früh auf, gen Westen, wie er sich das auch vorgenommen hatte. Und erst einige Zeit später vervollständigte er - ein wenig behindert von den doch sehr provisorischen Verhältnissen auf der Wanderschaft - seine Aufzeichnungen.

LAETARE

Unterwegs, und vor zwei Tagen aus Minden geflohen, nein hinweggegangen, kann ich nur wenige Zeilen auf das Pergament bannen:

Zeuge tief anrührender - und auch entsetzlicher - Verhältnisse wurde ich in Minden. Und erneut waren es einige Juden, die mir erbauliche Gemeinschaft und ein wenig Linderung für meine Seele verschafften, am Abend vor meiner Abreise.

Und erstmals seit langem wieder habe ich den gestrigen Sonntag »Laetare« wandernd und weitgehend alleine verbracht. Ohne Gottesdienst, ohne Gemeinschaft, ohne Ansprache, einen Hügel nach dem andern nehmend, einen Bach oder Fluss nach dem andern überquerend.

Und nur ein Glück, und eine gute Fügung des Himmels, dass die vergangenen Tage ungewöhnlich warm für das Frühjahr waren. So fiel mir das Wandern leichter.»

MÜNSTER

Von Minden an der Weser nach Münster, und von dort aus an den Rhein bei »Düsburch«, wie sich Carolus dann später den Namen der Stadt notierte, an den Rhein, das ist eine so große Strecke Wegs, dass Carolus jeden einzelnen Tag mindestens fünf bis sechs Stunden stramm gehen musste, um das überhaupt in der Zeit zu bewältigen, die er sich ausgerechnet hatte. Denn er wollte doch noch vor Ostern in Köln ankommen! Er wollte Orientierung haben, wie es weiterging, und wann - hoffentlich bald! - denn seine Ausbildung anfinge.

So war auch die befestigte und ungemein lebendige Stadt Münster auf dem Reiseweg des Carolus nur eine Zwischenstation, und nur eine einzige Nacht blieb er dort, am Rande der Stadt, im Nebengebäude einer schon älteren Kirche.

Zu seiner Überraschung stellte er alsbald fest - er hatte sich von Osten der Stadt Münster genähert, und noch bevor er in deren Zentrum kommen konnte, führte ihn sein Weg unmittelbar in einen schon deutlich gealterten Gebäudekomplex mit einer großen Kirche - dass es sich bei dem beeindruckenden Ensemble um ein Kollegiatstift handelte, das dem heiligen Mauritius geweiht war.

Ein ursprünglich aus Magdeburg, dem früheren Zentrum der Mauritiusverehrung stammender Bischof hatte das Stift vor Jahrhunderten schon gegründet, und Carolus traf ein lebendiges und bestens organisiertes Gemeinwesen an.

Und nicht nur das: Die dortigen Chorherren waren exzellent auf die Beherbergung von Pilgern und anderen Reisenden eingerichtet. Und so hätte es gar nicht seines ihn nun aber doch als eine Art »Seelenverwandten« ausweisenden Empfehlungsschreibens aus des Nantelmus Hand bedurft, um ihm Einlass zu verschaffen.

Auch waren die Gebets- und Verhaltensregeln bei weitem nicht so streng wie in einem Zisterzienserkloster, und sogar noch am Abend konnte Carolus dann die Gebäude verlassen und einen Rundgang durch die eigentliche Stadt Münster - gerade eine viertel Meile entfernt - machen.

Unruhig war die Stadt freilich, und noch am Abend war sie angefüllten mit geschäftigen und Geschäfte machenden Menschen, besonders um den eigentlichen Bischofssitz im Zentrum der Stadt herum. Auch eine kleine jüdische Gemeinschaft schien in Münster zu leben, Carolus konnte jedoch in der Kürze der Zeit keinen Kontakt zu ihr aufnehmen.

Erschöpft von dem wenig friedlichen Rummel im Innern der großen Stadt Münster zog sich Carolus am späten Abend wieder in die ihm zugewiesene Zelle des Stiftes St. Mauritius am Stadtrand zurück. Und recht zeitig am kommenden Morgen, jedoch ausgeschlafen und neu gestärkt setzte er seine Wanderung von Münster gen Westen fort.

JUDICA

Ich bin an diesem Abend des 5. Apriltages, es ist ein Sonntag, vom Kloster Saarn aus hierhergekommen. In die Handelsstadt Duisburg, von den Leuten hier »Düsburch« ausgesprochen, ganz nahe an den Rhein. Und es war der Sonntag »Judica«, an dem wir des Psalmes gedachten, der da beginnt

»Judica me, Domine…
…Verschaff mir Recht, o Gott, und führe meine Sache gegen ein treuloses Volk!«

Der Weg von Münster an den Rhein, der hat mich die vergangenen Tage hierher an den Rhein geführt. Genauer: An die Stelle, an der Rhein und Ruhr zusammenfließen. Und erneut, wie schon an Elbe, Weser und Leine ist es feucht hier und überall scheint Wasser zu sein. Nur die Stadt Duisburg liegt auf einem stets trockenen Hügel - wenn man die leichte, kaum spürbare Geländeerhebung so nennen kann.

Die gestrengen Zisterzienser im Kloster Saarn haben mir ins Gewissen geredet, ich möge doch noch vor dem Osterfest in zwei Wochen eine Gewissensprüfung vornehmen. Damit ich nicht unwürdig in die Karwoche ginge. Und das fällt mir schwer, mir fällt es schwer, mich zu erinnern…

… denn mit großen Schmerzen erinnere ich mich der vergangenen Fastenzeit, und gerade um die letzten Fastensonntage herum versank ich in tiefster Schwermut…

Ich möchte das nicht nochmals erleben! Ich sehne mich nach Freude! Nach Wonne! Ja nach Tanz und Musik! … Es ist seltsam. Ich werde mich von Gott prüfen lassen: »Richte mich Herr…Judica me, Domine«, aber ich werde nicht meinerseits mein Gewissen zermartern, ich werde mich nicht erneut quälen.

Ich will meine Augen auf den Herrn richten, immer wieder neu, und sie dort behalten… Das ist gut.

Doch ich werde der Empfehlung des Meisters Albert, genau hier den großen Strom Rhein zu überqueren, falls es kein Hochwasser gibt, nicht folgen. Stattdessen will ich mir morgen Kaiserswerth ansehen und dann möglichst bald nach Köln übersetzen, etwas weiter südlich also. Köln, das ich hoffe, in der kommenden Woche zu erreichen. Schließlich soll mein Studium ja bald beginnen.

Und so dubios mein im Grunde geheimer Auftrag auch sein mag: Ich freue mich unbändig auf den Unterricht! Und es wird schon alles gutgehen...

Allerdings: Wie ich vor wenigen Minuten hörte, spricht man von einer übermäßig großen Ansammlung von Soldaten in Kaiserswerth, ja sogar einer Belagerung. Und man sagte mir, ich solle nicht hingehen, und sie haben mir Angst gemacht...

Doch ich werde genau das tun, ich muss es mit eigenen Augen sehen. Ist es gefährlich, so werde ich es merken. Ist es ein Gerücht, dann auch.

Ich werde nun in der alten Kirche hier in Duisburg, von der ich hörte, sie wollten sie abreissen, zurückziehen. Und wie schon das heftig belebte Münster ist mir auch Duisburg viel zu geschäftig...

Ich höre mein Herz kaum...

DER STROM

Es war Herzog Friedrich II. von Schwaben, genannt »Monoculus«, der Einäugige, über den der Volksmund noch zu dessen Lebzeiten ein Sprichwort prägte, dessen Nachwirkungen Carolus - nun am Rhein angekommen - noch zwei Jahrhunderte später unmittelbar erlebte:

»Herzog Friedrich zieht stets am Schweif seines Pferdes eine Burg nach sich«.

Und von Nimwegen am unteren Rheinlauf bis nach Eger in böhmischen Landen, von Goslar bis Apulien, bauten dann in den folgenden zwei Jahrhunderten die staufischen Herrscher - teilweise direkt auf den Ruinen oder Resten römischer Bauten wie in Nimwegen, teilweise diesen nachempfunden wie der kaiserliche »Palatium« Friedrichs II. in Seligenstadt am Main, des Reiches Kaiserpfalzen und Kaiserburgen in dem gesamten Reichsgebiet.

Und besonders der Rhein war so sehr die Lebensader dieser damaligen Reichsidee, dass insbesondere das Gebiet von Mainz bis Basel unter den Staufern, die »Maxima Vis Regni«, die Hauptstärke des Reiches genannt wurde.

Der Rhein beschleunigte flussabwärts die Reise durch das Reich ungemein.

Und der große Strom war eine schier unerschöpfliche Einnahmequelle, besonders weil man auf ihm Zölle erheben konnte. Aber er war auch eine große Machtbasis für militärische Bewegungen, und so unterhielten die Rheinstädte schon seit Jahrhunderten ganze Rheinflotten.

1184 A.D. hatte der damalige staufische Kaiser Friedrich I., genannte Barbarossa, auch in dem danach Kaiserswerth, wörtlich »Des Kaisers Inselchen«, genannten Ort eine Zollburg und Schlossanlage errichten lassen, die bis in die Tage des Carolus zu den unerschütterlichen Unterstützern der staufischen Familie im weitesten Sinne gezählt hatte.

Und wenn man sie betrat, konnte man die folgende Inschrift Kaiser Friedrich Barbarossas lesen:

»ANNO AB INCARNATIONE DOMINI NOSTRI JESU CHRISTI
MCLXXXIIII
HOC DECUS IMPERIO CESAR FRIEDERICUS ADAUXIT
IUSTITIAM STABILIE VOLENS
ET UNDIQUE PAX SIT...

...IM JAHRE DER MENSCHWERDUNG UNSERES HERRN JESUS
CHRISTUS 1184
HAT KAISER FRIEDRICH DAS REICH MIT DIESER ZIERDE VER-
MEHRT,
IN DEM WILLEN, DIE GERECHTIGKEIT ZU FESTIGEN,
UND DASS ÜBERALL FRIEDE HERRSCHE«

Wenn man so will, war die Befestigung Kaiserswerth der gebaute Reichs-Gestaltungswille Barbarossas, der Dichter würde sagen, es wäre »ein Kleid seiner Gedanken und ein Glied am Körper des Reiches« gewesen.

In den Generationen nach Friedrich I. Barbaraossa waren diese Gedanken mit Sicherheit Gemeingut der jungen Staufer, auch des jetzigen Kaisers Friedrich II., und auch seines in Ungnade gefallenen Sohnes Heinrich VII., demjenigen der in der italienischen Haft - vom Vater verstoßen - vermutlich Selbstmord begangen hatte.

Und es muss den nun regierenden jungen deutschen König Konrad IV. alles gekostet haben, im Jahre 1248 A.D. nicht selbst an den Rhein ziehen zu können, um die »Rheinlande« zu verteidigen und ihren Abfall von dem staufischen Herrscherhaus zu verhindern.

Doch auch der in etwa gleich junge »Gegenkönig« Wilhelm von Holland hatte die Rheinlande zum Schauplatz eines Kampfes erwählt, in dem es für ihn nur äußerlich um die Kontrolle von Geldflüssen und Verkehrswegen ging: Denn »Willem«, der Holländer, war überhaupt noch nicht anerkannt im Reich.

Und eines der wichtigsten Dinge konnte noch nicht vollzogen werden:

Er war nicht als König gekrönt. Das sollte nach dem Willen Wilhelms von Holland und der ihn unterstützenden Kräfte sobald wie möglich in der ebenfalls noch staufertreuen Stadt Aachen geschehen.

Und so war der Kampf um Kaiserswerth auch eine Vorstufe der beabsichtigten Krönung Wilhelms von Holland zum deutschen König, in der Basilika Karls des Großen in Aachen.

Der Rhein, der schon zu römischen Zeiten als Grenze des Imperium Romanum eine sprichwörtliche Bedeutung bekommen hatte, der in ersten nachrömischen Zeiten, in Xanten, Worms und Speyer, zum Ort der Sagen der Burgunder und anderer germanischer Stämme geworden war.

Der Rhein, der Strom, der seinerseits einen veritablen Strom an Menschen, Waren, an Geld und Kriegern, transportierte, der Rhein war gerade in den Tagen, in denen Carolus ihn antraf dabei, eine weitere Stufe zu seinem bis in unsere Tage andauernden fast mythischen Aufstieg zu nehmen. »Am Rhein, am heiligen Strome...« dichtete später ein berühmter Sänger.

Was Carolus jedoch hinter der Fassade der ovalen Ringmauer von Kaiserswerth nicht sah, da er den von den Truppen Wilhelms von Holland belagerten Ort ja nicht betreten konnte, das waren die zäh durchhaltenden Getreuen Konrads IV.

Doch alles solle nun bald eine entscheidende Wendung nehmen, munkelte man im Kreise der Schaulustigen, die sich dem Kampfgeschehen bisweilen auf eine halbe Meile genähert hatten: »Willem« würde nun selbst kommen.

Und danach würde er sich das »trotzige Aachen vornehmen«. Kaiserswerth aber, das immer noch trotzig seine Rolle am großen strom verteidigte, das hatten seine Belagerer wohl alle schon in der Hand des jungen Wilhelm von Holland gesehen.

ZERRISSEN

Ich war schockiert, als ich vor wenigen Tagen - auf meinem Weg nach Köln - zu der Kaiserpfalz in Kaiserswerth kam. Ich hatte mich gefreut, diesen für das Reich so wichtigen Ort besuchen zu können. Und insgeheim hatte ich gehofft, dort wenigstens kurz Herberge zu finden.

Doch was ich fand, war ein Heer, waren Soldaten aus verschiedenen Grafschaften und Regionen, auch einige, die ein mit nicht verständliches Niederdeutsch sprachen. Es sind wohl Holländer. Denn Kaiserswerth wird von den Truppen Wilhelms von Holland belagert, und das seit Mitte Dezember des vergangenen Jahres. Und auf meinem ganzen Weg hierher war dies niemand bekannt gewesen... Oder fand es niemand erwähnenswert?

Ich war zutiefst erschrocken, waren mir doch die Konsequenzen in Bruchteilen eines Augenblickes klar: Würde ich mich unter die Soldaten mischen, einfach um mehr zu erfahren, denn meine Kleidung beschützte mich ja in gewisser Weise, könnten sie mich aufgrund meiner Herkunft und Sprache leicht für einen »Kaiserlichen«, einen »Sueven« gar, halten. Gelänge es mir jedoch, etwa unter dem Vorwand einer »seelsorgerlichen Botschaft« in das Innere zu gelangen, wozu ich nicht unübel Lust gehabt hätte, so würde man dort mit Sicherheit den Brief Margarethes an ihren Bruder, einem Vertrauten und Verwandten des Belagerers Wilhelm von Holland, entdecken. Mit mir wäre es aus. Und so hielt ich mich - in Furcht vor alledem - in größtmöglicher Entfernung.

Doch ich konnte erkennen, dass sich die Herren im Innern der Pfalz entschieden gegen die Belagerung wehren, und so konnte bislang die direkt am Rhein gelegene Burg nicht erobert werden. Doch nun käme der »neue König« Wilhelm wohl bald selbst, »in den nächsten Tagen«, munkelte die ebenfalls weit entfernt stehende Meute der Schaulustigen.

Ich aber floh den Ort. Ich floh die Zerrissenheit des Reiches, in dem es auf fast allen Ebenen, von der kaiserlich über die königliche, ja teilweise noch bis in die bischöfliche, zwei ja manches Mal mehrere Parteien gibt. - Und in einer kleinen, aber - wie es scheint - aufstrebenden Siedlung, einem Dorf am Flüsschen Düssel, fand ich Herberge. Und ein wenig später konnte ich am Folgetag über den Rhein setzen, zwei Fischer nahmen mich mit auf die andere Seite des großen Stromes.

Nach einem weiteren Tag kam ich in Köln an und fand in dem bisher der heiligen Magdalena geweihten Kloster an der Stolkgasse nicht nur Herberge, sondern auf Wegweisung und Auskunft. Die wohl wichtigste dieser Auskünfte ist die, dass Magister Albertus noch gar nicht - wie ich fest vermutet hatte! - aus Paris eingetroffen war. Er wird erst im frühen Sommer erwartet. Und für ein Studium ist hier noch nichts vorbereitet. Auch sind noch keine weiteren Studenten da. Und auch ich kann nur wenige Tage bleiben. Wohl sei ich registriert für die Aufnahme des Studiums. Auch habe mein Kloster in St. Maurice bereits dafür bezahlt. Aber ich solle anfangs August wiederkommen, beschied man mir.

So bin auch ich nun zerrissen, nicht nur die Mächte im Reich: Wo soll ich bleiben? Wohin sollte ich gehen? Was muss ich unternehmen? Wo ist ein Ratgeber? - Ich raufe mir die Haare...

Doch fand ich wertvolle Nachrichten. Zuallererst von Nantelmus: Der treue Vater unseres Klosters, zuhause, an der Rhône, wünscht mir alles Gute für meinen Auftrag hier in Köln. Und er hat bereits das Geld für das Studium bezahlt, schreibt er... Nun, das wusste ich ja bereits. Was er nicht weiß, ist aber, dass ich zu früh hier bin. Und meine Zeit bis August gilt als nicht bezahlt. Und er kann mir nun auch nicht helfen: Ich muss bis dahin alleine klar kommen.

Zu Tränen gerührt hat mich ein kurzer Brief der Äbtissin Gertrudis aus Quedlinburg, die mir ebenfalls einen guten Beginn und den Segen unseres Gottes wünscht. Und sie hätte unser Gespräch über meine Schwester Anna noch immer nicht vergessen. Und das Grösste von allem: Sie stünde zu ihrem Wort... ich müsse nur einen guten Bürgen finden... Meine Gedanken rasen.

Und die schönste aller Nachrichten kommt von Nikolaus aus Lübeck: Nachdem ich ihm den weißen Stein nach Wismar gesandt hatte, ist er wohl nach Lübeck gegangen. Und er hat sich der Angelegenheiten der Witwe Friedmanns in unserem Sinne angenommen. Verblüfft - und ein wenig verwirrt - bin ich aber darüber, dass er schreibt, er wäre nun darangegangen, die Tochter Friedmanns in den Dingen des Geschäfts auszubilden, und sie seien jeden Tag zusammen. Und die beiden haben, oh Wunder, den Brief gemeinsam unterzeichnet...

Was soll, was kann daraus werden? Und wohin werde ich mich nun wenden?

Ich bin verstört...

FOLGEN

D ie Dominikaner in Köln hatten in den zweieinhalb Jahrzehnten, die sie erst in Köln waren, eine enorme Aktivität entfaltet. Anfangs, gleich nachdem - noch unter dem Gründer des Ordens, Domenicus - im Jahre 1221 A.D. in Bologna der Beschluss gefallen war, auch am Rhein von Köln aus die Ausbreitung der Dominikaner zu fördern, hatten sie in dem Hospital zu St. Andreas Unterschlupf gefunden. Und nach und nach bauten sie es zu einem großen und weiträumigen Kloster und Schulkomplex um, in dessen Mitte auch ein Platz für öffentliche Predigten vorgesehen war.

Zu dem Zeitpunkt, als Carolus dort eintraf, war alles im Umbruch: Man war von Seiten des Klosters gerade dabei, den gesamten Komplex weiter auszubauen. Auch der Beicht- und Predigtdienst für die gesamte Stadt und das Umland war eine Besonderheit, und nur den Dominikanern - wie andernorts auch den Franziskanern - war es gestattet, außerhalb ihrer eigenen Kirche zu predigen und die Absolution zu erteilen.

Durch das aufstrebende Bürgertum Kölns, aber auch aus dem Umland, hatten die Mönche enormen Zulauf. Und als die Kunde aus Paris drang, man beabsichtige, in Köln im Jahre 1248 ein Studium Generale einzurichten, und jede Ordensprovinz könne zwei Studenten, wie wir heute sagen würden, entsenden, war die Aufregung groß: Unterrichtsräume mussten ausgestaltet werden, Unterkünfte eingegliedert, und das eine oder andere Kölner Haus scheint zusätzlich »rezipiert«, also angegliedert worden zu sein.

Doch damit nicht genug, man hatte die Kölner Dominikaner in Erweiterung ihrer Aufgaben auch mit der Leitung aller Klöster in den »Ordenskustodien«, den Untergliederungen des Ordens in den Regionen Holland, Friesland, Brabant, Trier, Hessen und Westfalen beauftragt.

So blieb, als Carolus dort Mitte April 1248 dort eintraf, kaum Zeit für einen viel zu früh angereisten Walliser Mönch, zudem noch einen mit Sonderstatus, denn er war ja nicht aufgrund eines Kontingentes zum Studium Generale zugelassen worden, sondern im Rahmen einer Sonderverfügung, die über den Kölner Erzbischof Konrad von Hochstaden im Rahmen einer »episkopalen Beziehung« nach Lausanne und ins Burgund lief… Genaueres wollte man da gar nicht mehr wissen. Fakten waren geschaffen.

Doch Carolus kam zu früh, und er war ganz offensichtlich noch nicht willkommen. Auch hatte man für ihn bislang weder Unterkunft vorgesehen, noch konnte er als Fremder irgendeine Aufgabe übernehmen. Seine ebenfalls vorzeitig erscheinende Post hatte man im Priorat in Empfang genommen und aufbewahrt. Und eine Notunterkunft konnte man ihm für einige Tage gewähren, mehr aber auch nicht. Freilich, auch das etwas ungewöhnlich: Sein gesamtes Studium war bereits im Vorfeld durch sein Heimatkloster bezahlt worden.

Erst nach seinem Eintreffen wurde Carolus die Besonderheit seiner Situation klar. Und als ihm ebenfalls klar wurde, dass er hier zunächst weder Mandat noch Unterkunft, aber auch nur noch wenig Geld für eine eigene Lebensführung hatte, da geriet er etwas in Panik.

Carolus beschloss, nach nur wenigen Tagen, sofort zum Hof der Herzöge von Brabant zu reisen, und dies, so schnell es ihm möglich war. Aachen wollte er sich ansehen, aber das lag sowieso am Weg.

Da waren aber dann noch die Briefe, die Nachrichten, die er von verschiedenen Seiten bei seiner Ankunft in Köln erhalten hatte. Und wohl nur einer überraschte ihn wirklich.

Denn der Brief des Nantelmus, der war wohl tröstlich, aber er schien Carolus wenig überraschend, und ihm war klar, dass sein Abt in St. Maurice seinen eigenen Bericht erst in einigen Wochen erhalten würde, beziehungsweise noch nicht gelesen haben konnte, aber er den in Köln erhaltenen Brief an ihn, Carolus, schon lange zuvor abgesandt hatte.

Auch entschied Carolus sich, Nantelmus vorerst noch nicht von seiner neuen Situation zu unterrichten. Er wollte die genauen Umstände erst noch abwägen.

Der Brief der Äbtissin Gertrudis aber war eine Wohltat. Doch Carolus war schnell klar, dass auch die hohe Quedlinburger Dame seinen eigenen Brief an Sie selbst bei Abfassung ihres Briefes an ihn noch nicht hatte in den Händen gehalten haben konnte. Auch hier würde sich also die Korrespondenz noch weiter fortsetzen.

Einzig die Nachricht aus Lübeck war - nach Zeitpunkt, Absender und Inhalt eine so große Überraschung für Carolus, das er vor Glück weinte: Es war gelungen! Nikolaus hatte das Erbe übergeben können! Und Carolus brach in seiner kleinen, kärglichen Zelle spontan in lauten Jubel aus.

Und vor dankbarer Freude hatte er eine ganze Nacht dankend, betend, und gelegentlich sogar singend, in der dominikanischen Kirche St. Andreas verbracht. Freilich: Die beiden schienen sich weit näher gekommen zu sein, als es dem Mönch Nikolaus lieb sein konnte, und der Mann im Mönch schien ein wenig die Oberhand gewonnen zu haben.

Doch auch hier wollte Carolus zunächst abwarten und vorläufig nichts unternehmen. Daher antwortete er Nikolaus und Katharina nicht sofort.

Stattdessen traf er sämtliche Vorbereitungen zur Abreise nach Leuven. Er unterrichtete den Prior der Dominikaner, dass er sich auf den Weg nach Brabant machen würde, erläuterte die Umstände aber nicht näher. Und er sei an der Monatswende Juli zum August wieder da, und falls es die eine oder andere Verzögerung gäbe, dann spätestens um den zehnten Augusttag herum. Sie könnten weiter mit ihm rechnen.

Der Prior wiederum nahm sich ein wenig Zeit und beschrieb Carolus den Weg nach Leuven über Aachen. Zwischen sechs und zehn Tagen würde er benötigen, je nach den Umständen. Und wenn er Köln noch am selben Nachmittage verließe, könne er in einem Ort namens Frechen übernachten und dann noch am morgigen Abend in Aachen eintreffen.

Eine besondere Freundlichkeit des Priors der Dominikaner aber war es, dass er Carolus unaufgefordert und mit einem gewissen Aufwand eine winzige Urkunde ausstellte, die bestätigte, dass er Carolus Paulus aus St. Maurice im Studium Generale der Dominikaner zu Köln am Rhein eingeschrieben und das Studiengeld bereits beglichen sei. In allen Dominikanerklöstern sei er daher »wie einer der Ihren« aufzunehmen.

Dann zählte Carolus sein Geld: Seine Rheinsteine waren der Witwe Friedmanns überlassen worden, damit sie zu leben hatte.

Sein Unterrichtsgeld aus Mariensee war weitestgehend verbraucht, und den Rest des Lohnes von Graf Wölpe hatte er ja auch aus eigener Schuld nicht mehr erhalten. Es war eine neue Situation entstanden.

Und er hatte nur noch sehr wenig in seinem Beutel. Doch er entschied sich, ein Wagnis einzugehen: Er würde - Gottvertrauen im Überfluss! - einfach losgehen.

Dies hatte aber einen tiefen Grund:

Er hatte Margarethe sein Wort gegeben. Und dies wolle er halten. So wahr ihm Gott helfe, dachte er - in einem inneren Schwur - nun doch.

Doch dann kamen ihm, kurz vor der Abreise am frühen Nachmittag des frühlingshaften Tages, doch nochmals Zweifel:

Gab es eine Sicherheit, dass sein Gott wirklich »seiner gedächte«? Wäre es denkbar, dass Gott ihn - schweigend gewissermaßen - überginge?

Was, wenn selbst Gottes Gedenken versagt?

Ihn schauderte. Doch er ging dennoch, fast trotzig, los.

AD ORIENTEM

Der Königsthron des großen Kaisers Karl, hier in Aachen, wo ich heute - nach einer Übernachtung in dem aufstrebenden Ort Frechen und einem Gewaltmarsch am heutigen Tage - angekommen bin, ist das denkwürdigste, das ich je gesehen habe: »Ad Orientem«, nach Osten hin, ist er gerichtet. Und er scheint mir wie auf etwas Anderes, Höheres hin orientiert zu sein.

Auf diesem Thron wurden schon so viele deutsche Könige gekrönt, aber nie war in einem Gottesdienst der zu krönende König die eigentliche Hauptperson:

Sondern mit allen andern, der ganzen Gemeinde zusammen, sahen alle deutschen Könige »Ad Orientem«, nach Osten hin. Denn von dort - und vielleicht sehe ich das Ganze zu sehr als Mönch und Glaubensmensch - aber von dort, vom »Aufgang der Sonne her«, schienen sie alle einen Anderen König zu erwarten: Den König der Verheißung.

Und ich frage mich: Ist das der König, der auch mir - als sprichwörtlicher »Orientierungspunkt« meines Lebens - am Ende meiner Tage, oder am »Ende der Perlenkette meines Lebens«, wie es mir einmal als Bub verheißen worden war, Ziel und Erfüllung in einem sein wird? ...

Und wäre ich alleine gewesen, in der eimaligen Kirche, der Pfalzkapelle Karls des Großen, ich hätte es gewagt, mich dort oben hin zu stellen, nicht um dort zu »sitzen«, nur um dort stehend Ausschau zu halten, ob man ihn - wie in einem Tagtraum - vielleicht schon sehen könne... Vage Hoffnung, glühendes Herz...

Kommt dann der Tag, an dem wir ihn sehen werden, den, den auch Kaiser und König anbeten und vor dem sie alle »die Knie beugen« werden, dann ist auch die Zeit gekommen, dass er sich - vollgültig - »an uns erinnern« wird:

Dann ist auch das »Reminiscere miserationum tuarum, Domine...« erfüllt. Dann ist die Erwartung verwandelt in ein Schauen, dann wird er sich uns ganz zugewandt haben, dann ist auch Gottes »Erinnern« erfüllt.

Dann ist die Erlösung der Welt leibhaftig da. Greifbar. Wunderbar. Dort, »im Osten«, in Jerusalem, dort erwarten wir ihn. Und »kein Mensch kennt die Stunde«, aber wir sollten wachsam sein.

Denn sie wird überraschend kommen, »wie ein Dieb in der Nacht«. Und dann wird es so sein, wie der Prophet sagt, dann wird

»... jeder Stiefel, der mit Gedröhn dahergeht, und jeder Mantel, durch Blut geschleift,...

... omnis violenta praedatio cum tumultu et vestimentum mixtum sanguine... «

verbrannt und verzehrt werden...

... und obwohl so hochherrschaftlich aufgerichtet, steht dieser Thron auch dafür.

Doch ich höre hier in Aachen auch Kunde von einer sehr kurz bevorstehenden Belagerung der Stadt: Der junge König Wilhelm, er will auf eben diesem Thron alsbald gekrönt werden, als König der Deutschen. Und er wird alles tun, das zu erreichen.

So werde ich geradezu fliehen. Fliehen von dem Ort, an dem ich so gerne Stunden, Tage, ja Wochen bleiben würde. Fliehen, wo ich doch dem allem so nahe bin, was mein Herz im Innersten bewegt.

Doch es ist der eine Brief in meinem Bündel, den ich sicher seinem Empfänger überbringen will, ohne jedes Risiko für Leib und Leben: Es ist der Brief an Margarethes Bruder. Und meine Scheu ist groß, solch bedeutenden Herrschaften auch nur zu begegnen. Aber für Margarethe tut es Not! Und ich habe es ihr versprochen.

Und ich hoffe, dann auch - bei guter Gelegenheit - den Brief des Verdener Bischofs an Beatrix von Brabant überbringen zu können.

So werde ich denn beim Anbruch des neuen Tages, sobald das immer heller scheinende Frühlingslicht es erlaubt, gen Westen aufbrechen und meinen Weg suchen. Zum Herzog von Brabant.

DAS LACHEN DES FRÜHLINGS

Sehr genau hatte ihm der Kölner Dominikaner-Prior den Weg von Aachen zu seiner nächsten Station, Maastricht, beschrieben. Es gäbe eine Pilger- und Handelsroute, den die Flamen »Rijksweg«, also des Reiches Straße, nennen würden. Und wenn er Aachen bei Tagesanbruch verließe, und er nicht aufgehalten würde, dann könne er in gut acht bis neun Stunden in Maastricht sein.

Und in der Tat: Carolus war noch im ersten Licht des Morgens, vor Sonnenaufgang aufgebrochen, immer dem Weg folgend. Zuerst ging es aber steil bergauf und Carolus fühlte sich anfangs ein wenig an die Berge zuhause erinnert.

Doch der Weg - er ging ihn in den ersten Stunden völlig einsam - senkte sich nach einer nahen Anhöhe über Meilen zum Tal der Maas hinab, immer sanft abwärts führend. Und bisweilen verfiel Carolus fast in einen Trab, so leicht waren seine Füße und so ungeheuer wohl fühlte er sich in der bewaldeten und nur von wenigen Siedlungen begleiteten Natur.

Der Frühling war angebrochen, und alles platzte nun aus den winterlichen Zwangskleidern. Sträucher und Wiesenblumen erstrahlten im frischesten Maigrün der ganzen Erde, und vor allem der Boden der lichten Wälder glühte in der ersten Blüte der sich im farbigen Erstrahlen überstürzenden und gegenseitig überbietenden Bodengewächse.

Und taumelnd vor Frucht und Last und Nektar summten besoffen wirkende Bienen und sprichwörtlich wildgewordene Hummeln über die satten Wiesen und Felder hin, und Abermillionen und Myriaden wuseliger und fusseliger Insekten krabbelten und zappelten auf jeder Handbreit Boden und in jedem Lüftchen, das sich in der frischen Natur regte.

Kurz vor Maastricht musste Carolus jedoch pausieren. Fast zu schnell war er durch die sich im Frühlingsrausch befindliche Landschaft geeilt, und er wäre wieder fast ins Rennen und Laufen verfallen.

In tiefen Zügen trank er nun aus einem der reinen Bäche, die von irgendwo her kommend anscheinend ins Nirgendwo flossen.

Und er fühlte sich sicher, und es ging ihm gut. Sein Herz wusste, dass er auf dem richtigen Weg war. Vor ihm stieg der Weg nun doch noch ein letztes Mal an, und - schon bald am Ende der langen Tageswanderung - kam nun auch Carolus ein letztes Mal ins Prusten.

Freilich: Erst jetzt wurde ihm bewusst, dass der heutige Tag der Sonntag »Palmarum« war. Der Tag, an dem Jerusalem vor etwas mehr als 1200 Jahren seinen König mit Palmzweigen begrüßt hatte.

Und der immer noch einsam wandernde und nun, dem Ziele näher, eher schlendernde Carolus - wer hätte schon am heiligen Sonntag Geschäfte auf einem Handelsweg zu erledigen gehabt - genoss er seine Einsamkeit im Selbstgespräch. Er brach ein paar Zweig von einem gerade grünenden Haselbusch ab, und er ging tanzenden Schrittes weiter und sang mit lauter Kehle:

»Benedicuts qui venit in nomine domini ...

... Gepriesen sei der da kommt im Namen des Herrn!«.

Das war sein Gottesdienst an diesem herrlichen Tage!

Und erst am frühen Nachmittag, als er in der Ferne schon die Stadt Maastricht sah, gesellten sich andere Wanderer zu ihm, die irgendetwas in der Stadt zu erledigen hatten, oder die dorthin zur Arbeit gingen, weil sie am kommenden Morgen früh schon in der Stadt Geschäfte zu besorgen hatten.

Doch wie schon öfter auf seinen Wanderungen verstand Carolus nur recht wenig von dem, was sie sagten. Und so blieb ihrer aller Sprache das Lachen.

Es war das Lachen des Frühlings, und es war in aller Herzen und in aller Munde.

PALMARUM

An der Maas und dem schönen Maastricht bin ich heute eingetroffen, nach einer langen, aber ungemein schönen Wanderung von Aachen hierher. Erneut treffe ich nun eine Stadt, die zwei Teile hat. Dies war ja schon in Verden so, aber auch Minden trägt diese Züge, vor allem mit der vorgelagerten Insel, und auch Münster.

Und Maastricht ist eine Handelsstadt, eine sehr alte zudem, wie ich soeben erfahren habe. Doch sie hat, wie so manche andere Städte auch, zwei Herren: Eben die Herzöge von Brabant, zu denen hin ich unterwegs bin. Aber ebenso den Bischof von Lüttich, der in nur kurzer Entfernung, im Süden von Maastricht, seinen Sitz hat.

Den Gottesdienst zu Palmsonntag habe ich leider verpasst, und so werde ich mich alleine zurückziehen und für mich selbst ein - stilles - »Hosianna« singen. Und »Benedictus qui venit in nomine domini...

... Gepriesen sei, der da kommt im Namen des Herrn!«,

Wie ich es auch schon auf dem Herweg getan habe. Und ich erinnere mich immer noch an Aachen und den Thron. Und den König.

Und selbst wenn ich noch einmal, wie zuletzt auch, Gewaltmärsche einlegte, würde ich doch noch zwei Tage brauchen, bis ich dem Herzog von Brabant den Brief seiner Schwester übergeben könnte.

So werde ich erneut noch vor Tagesanbruch aufbrechen, denn ich will einen Ort namens Sint-Truiden erreichen, ein uraltes Kloster soll es dort geben. Und es liegt - wie man mir sagte - genau auf halbem Weg nach Leuven.

HOHE UND NIEDERE

So kurz sein Aufenthalt in Maastricht auch war, er hatte Carolus etwas in Erinnerung gebracht, was er bislang als bedeutungslos eingestuft hatte: Es war der Unterschied in Stand und Rang, der Unterschied, der im gesamten Reich zwischen den Herrschenden, dem Adel und dem Klerus, und den Niedrigen, das waren vor allem die Bauern, bestand.

Und ein wenige »zwischen« all denen hatten sich in den letzten Generationen vor allem die reichen Bürger der größeren Städte und die Verwaltungsbeamten, die Ministeriale, geschoben.

Maastricht nun, am intensiv befahrenen Fluss Maas gelegen, war - spätestens seit der Verleihung der Stadtrechte durch Herzog Heinrich I. von Brabant an die Stadt rund zwanzig Jahre, bevor Carolus die Stadt besuchte - eine richtige Bürgerstadt geworden:

Neben dem Klerus und den wenigen, oft abwesenden Adligen - das Haus Brabant residierte ja in Leuven, und der Bischof hatte seinen Sitz in Lüttich, südlich der Stadt - waren die Bürger als ein weiterer, ein wichtiger Stand aufgekommen und beherrschten faktisch das Geschehen in der Stadt.

Und die Bauern, denen Carolus eigentlich entstammte, die waren in den Niederlanden wie anderswo meist auch lediglich der unterste Stand, die Arbeitskräfte, geblieben, die große Mehrheit, die einfach zu arbeiten hatten.

Während die anderen regierten oder - wie die Bürger oder die kleinen Adligen - ihre Geschäfte führten.

Carolus selbst aber war auch in Maastricht, wie schon anderswo, als Mitglied des Klerus, der er nun einmal als Priester und Mönch geworden war, mit Würde und einem mehr eingefleischtem als unbedingt authentischen Anstand aufgenommen worden. So, als sei er schon von Geburt an »etwas Besseres« gewesen. Dass die Heiligen Schriften, die im Grunde ja alle, Große wie Kleine, verehrten, dass diese Schriften eigentlich sehr klar

davon sprachen, dass vor Gott alle, ja sogar die Geschlechter gleich seien, das war in der Tiefe kaum jemand bewusst: Es gibt kein Ansehen der Person vor Gott.

Doch Carolus verlies Maastricht in dem Bewusstsein, dass er - der Bauernsohn - durch sein Gewand und durch sein Gebaren als Kleriker aufgenommen und aufgefasst wurde.

Doch bei sich selbst hatte er Zweifel an dieser Standeszugehörigkeit: Wer war er wirklich? Was sagte sein Herz? Wie sah er sich denn selbst? Und wie sah Gott ihn? Und wenn sich sein Gott »seiner erinnern« solle, als was würde er ihn sehen?

Wandernd und suchend, auf dem Weg zu seinem nächsten Ziel, wuchs in dem jungen Carolus Stunde für Stunde mehr ein inneres Befremden darüber an, dass er zu den »höheren Leuten« gehören sollte. Und nie - auch nicht im Kloster von St. Maurice - hatte ihm das jemand wirklich so vermittelt, es war seltsam…

Doch keinesfalls war diese Frage unwichtig: In wenigen Tagen sollte er vor einem leibhaftigen Herzog stehen, ja eventuell sogar einer ehemaligen Königin begegnen, und als wen oder was sollte er sich vorstellen?

Und auch in St. Maurice, und sogar auf dem allergrößten Teil seiner bisherigen Wanderung, wurde er immer irgendwie als »Paulus«, als »Der Geringe« behandelt, als »der Junge«, »der Kleine«, »Parvulus« vielleicht auch.

Und während er zuhause, auf dem Hof des Vaters, schon jetzt, »der Ältere«, der Erbe eine Berghofs, ein freier Bauer, ein erwachsener Mann, gewesen wäre, so war er bislang - und erst Recht während seiner Reise - doch so etwas wie ein »Erwachsener auf Probe« gewesen.

Kaum jemand hatte ihn zuhause ernst genommen, und er sich selbst auch nicht, und Träume und Sehnsüchte und Visionen hatten sein Leben mehr bestimmt als Handeln und Bewirken. Und erst auf der Wanderung… und erneut zogen seine bisherigen Wandertage an ihm vorbei. Erst in den Zeiten seit seinem Aufbruch vor rund einem Jahr hatte er eigenständig Verantwortung ergreifen können, er hatte Gutes bewirkt, und er hatte Fehler gemacht.

Brauchte man ein »Mandat«, einen Auftrag, um vollends als erwachsen zu gelten, brauchte man eine Sendung, um einen Stand zu haben? Woher kamen Würde und Ehre, und woher nahmen sie ihren Ausgang? Für Carolus stellte sich - ein wenig entwurzelt, wie er war - die Frage: »Wer bin ich wirklich?«.

Und er fühlte in sich - erstmals - etwas Neues...

Eine große Scheu befiel den jungen Mann da, an eben diesem Tag, an dem er begann, sich als jemand Eigenständiger zu sehen, als jemand, der selbst Entwerfen und Handeln konnte. Ob es »hoch« oder ob er »niedrig« war, er wusste es nicht. Er kannte »den Ort« noch nicht, den er zwischen all den Bürgern und Herren und Herrschern und Denkern und Lenkern einnehmen sollte.

Er ahnte aber, dass er auf dem Weg »dorthin« war. Auf dem Weg, der zu sein, der er werden sollte.

SINT-TRUIDEN

Es ist ein alter Handelsweg, so etwas Ähnliches wie die Fortsetzung des Hellwegs zwischen Köln und Leuven, oder vielleicht sogar bis Brügge, auf dem sich meine am Ende doch beschwerliche Reise hierher in das kleine Sint-Truiden abspielte. Eine einsame Reise.

Der Vorteil, mich in der für mich sehr schwer verständlichen Sprache nur recht wenig erkundigen zu müssen, dieser Vorteil überwog allerdings. Und das warme und freundliche Wetter erhellte auch mein betrübtes Gemüt:

Es ist ein Sehnen in mir, ein Sehnen nach dem, was ich hinter mir gelassen habe: Den hilfsbedürftigen Haushalt der Witwe Friedmanns in Lübeck, dessen sich nun mein Gefährte Nikolaus angenommen hat.

Es ist ein Sehnen nach der ungeheuren - wenn auch bisweilen seltsame Blüten treibenden - Gelehrsamkeit Alberts von Stade. Albert hatte etwas Gesetztes, er hatte etwas in sich von »Zuhause-Sein«, auch - oder vielleicht weil? - er so viel unterwegs gewesen war in seinem Leben.

Dann freilich auch ein Sehnen nach der Gesellschaft Margarethes, deren Mission ich hier, auf diesem Weg erfülle, aber deren Gegenwart mir um ein Vielfaches lieber wäre.

Vor allem aber ist es ein Sehnen, das seinen Blick »Ad Orientem«, nach Osten, gerichtet hat, wie von dem Königsthron in Aachen aus, immer den einen König erwartend, der sicher kommen wird und um dessentwillen wir »leben und weben«, wie es der große Apostel der Heiden einmal gesagt hat.

Und es ist ein Sehnen nach dem, was vor mir selbst liegt. Ein Verlangen, das zu erleben und zu »trinken«, was der bereitet hat, dem ich täglich, nein stündlich neu meine Schritte anbefehle.

Und in dem ruhigen kleinen Kloster bereitet sich mein Herz darauf vor, etwas nahe zu sein, was ich nie geglaubt hätte auch nur von Ferne zu sehen. Morgen wird es soweit sein. Und mir ist angst und bange:

Wie werden sie mich aufnehmen, als einfachen Bauernbub aus den Walliser Bergen? Oder als unbedeutenden Mönch aus einem weit entfernten Kloster?

BEKLEMMUNGEN

Es war im Grunde die alte, römische »Via Belgica«, die der Prior des Kölner Dominikanerkloster Carolus angewiesen hatte zu gehen, zumindest auf dem Weg bis Maastricht. Und Carolus wusste nicht, dass sie schließlich bis zur Hafenstadt Boulogne-sur-Meer mit ihrem antiken römischen Hafen führte.

Und noch in der Nacht in Sint-Truiden hatte er schlecht geträumt, und seine Selbstzweifel, sein Ringen um Stand und Rang und Rolle, die hatten in langen Stunden des Wach-Liegens immer mehr zugenommen.

In den Morgenstunden schließlich hörte er in einem dunklen, beklemmenden Traum Stimmen und er roch übel verfaulten Atem, und er sah Fratzen, die wilden Katzen glichen, und Monster mit Gebissen, aufgerissen, zum ungezügelten Zupacken bereit, wie geifernde Hunde, und sie bissen ihn in die Fersen, und sie jagten ihn, so dass er stöhnend und schweißüberströmt aufwachte.

Und als er schließlich Leuven - die Stadt, die auf Deutsch »Löwen« heißt - erreicht hatte und eine frühe Hitze das Gehen beschwerlicher als gewöhnlich gemacht und ihn ermattet hatte, da hätte Carolus seine beiden Briefe, den von Margarethe an ihren Bruder und den an Beatrix vom Bischof von Verden, fast nur an der Pforte abgegeben.

Und fast wäre er verschwunden, in das noch nicht definierte Nichts seiner ihm unbedeutend erscheinenden Existenz. Zurück nach Köln vielleicht, oder einfach »Heim«... Er war das Fremde leid! Er war es leid, immer nur ein Fremder zu sein. Er war es leid, sich selbst zu sein.

»Einfach nur abgeben und dann verschwinden«,

dachte er aber dann doch. Und Carolus pochte an die Pforte.

Und dann - als der Türsteher das Siegel erkannt hatte - betrat er das Schloss. Und mit trockener Zunge, sich vor Aufregung kaum seines Namens erinnernd, wurde er vorgelassen, weitergereicht durch Bedienstete, von Station zu Station, von Diener zu Diener, von Tür zu Tür, und während die Wände der kaum enden wollenden Räume sich - in seinen Augen - immer mehr zu verengen schienen, und er die Decken der Räume ihn von oben zu erdrücken glaubte und sein Herzschlag plötzlich auch noch an Geschwindigkeit zunahm...

.. begrüßte ihn ein junger Bursch, ein Kerl irgendwie wie Carolus selbst, links und rechts flankiert von zwei Rittern in leichter Bewaffnung.

Und der Ausrufer verkündete:

»Es erscheint hier,

vor dem Herzog Hendrik von Brabant

Carolus Paulus,

ein Mönch und Kleriker aus dem Kloster St. Maurice d'Agaune

mit einer Botschaft der Margarethe von Brabant«.

Und so groß war die Aufregung des Carolus, dass er - als er noch in derselben Nacht Ruhe und Gelegenheit fand, sich selbst Notizen über den Tag zu machen - Mühe hatte, sich all des Erlebten überhaupt noch zu erinnern.

Da war alles schon geschehen.

DAS GEDENKEN

Gott hat »meinem Hause« - dieser lärchenhölzernen Hütte einer vergessenen Bergbauernfamilie - heute eine große Ehre zuteil werden lassen. Und mein mich in den vergangenen Monaten beständig begleitendes Gebet, der Herr möge sich doch an mich »erinnern«, hat sich - wenn ich die vergangenen Stunden nicht geträumt habe - auf eine fast unvorstellbare Weise erfüllt.

Und auch noch jetzt - es ist wohl Mitternacht an diesem 14. Tag des April 1248 A.D. - sitze ich beim hellen Schein zweier Kerzen. Und noch weiß ich nicht, was genau in dem Brief stand, den meine so gelehrige Schülerin und, ich muss es gestehen, meine mir in nur wenigen Wochen so tief ans Herz gewachsene Vertraute, Margarethe, dem Herzog von Brabant, ihrem Bruder Heinrich III., schrieb.

Doch der mich in den ersten Minuten meines unangekündigten Besuches verständlicher Weise so misstrauisch beäugt und auf großer Distanz gehalten hatte, der ausgesprochen junge, hohe Herr, den ich mit »Eure Hoheit« angesprochen hatte, nicht wissend, was ich sagen sollte, der brach als erstes stumm das Siegel des Briefes, den Margarethe, seine Schwester, mir mitgegeben hat.

Dann stockte sein Atem, und er rang lange um Fassung. Dann hieß er mich alsbald in einer Fensternische seines Empfangsraumes Platz nehmen. Und er ließ mir Brot, Käse, Wein und Wasser servieren, und ständig sah er mich von der Seite an. Und seine hellbraunen Locken schüttelte er, als ob er nicht glauben wolle, was er gelesen hatte.

Mir gelang es dann doch noch, ihm eine Frage zu stellen: Denn der Bischof von Verden hatte mir bei meinem Besuch eine Grußbotschaft mitgegeben an eine Dame, der er früher - als diese noch ein hohes Amt hatte - einige Zeit gedient hatte. Und so fragte ich den jungen Herzog, ob er diese Dame kenne und ob sie gegebenenfalls auch zu seiner Familie gehöre. Und ich zeigte ihm den recht kleinteilig gefalteten Brief des Bischofs von Verden an Beatrix von Brabant.

Noch sprachloser war der jugendliche Herrscher dann. Aber - ohne mir auch nur im geringsten zu antworten - schickte er nach einer Dame, mehr verstand ich zunächst nicht. Sie sprechen ja dieses seltsame Niederdeutsch hier, so wie Margarethe auch einmal gesprochen hatte.

Ich wartete. Und aß. Und trank. Und dachte angestrengt nach… Dann öffnete sich plötzlich eine Tür und ich erschrak zu Tode:

Ich meinte Margarethe in den Raum treten zu sehen, so sehr ähnelte ihr die ebenfalls noch junge, wunderschön aussehende und ebenso schön gekleidete Dame. Und alle erhoben sich. Die Dame schien mir kaum älter als ich selbst, und alle sind hier so ungemein jung und schön, im Herrscherhaus von Brabant.

In perfektem Deutsch, vielleicht mit einem Akzent, den ich schon einmal in Quedlinburg gehört zu haben glaubte, erkundigte sie sich nach der Nachricht des Bischofs von Verden. Und ich übergab ihr den Brief, worauf sie sich kurz darauf lachend zu ihrem Bruder setzte: Es war Beatrix von Brabant, bis zum Tode ihres früheren Mannes Königin des Reiches… Und selbst jetzt noch fehlen mir die Worte wegen der Eigenartigkeit dieser Begegnung.

Mit großer Leichtigkeit fungierte sie als Übersetzerin zwischen mir und ihrem Bruder, doch dann fragte sie nach, was es denn mit dem Brief ihrer Schwester Margarethe auf sich habe.

Und Heinrich, der Herzog, gab ihn ihr zu lesen. Nach kurzer Zeit weinten beide, wie es schien teils vor Glück und teils vor Schmerz. Doch dieser Moment änderte alles. Er änderte alles so nachhaltig, dass ich es immer noch nicht fassen kann.

Seither behandeln sie mich wie ein rohes Ei, nein, sie behandeln mich so, als ob ich - ja, es ist unglaublich - ein Freund der Familie wäre. Morgen wolle sie wiederkommen, versprach die hohe Dame Beatrix, von der ich erfuhr, dass sie zwischenzeitlich erneut geheiratet hätte. Doch sie müsste wohl bald auf ihren Gatten verzichten, da der die Teilnahme an einem Kreuzzug plane. Ich war einfach nur verwirrt ob des Neuen, das da auf mich zukam…

Und Beatrix - ob ich sie mit »Herzogin« wirklich richtig angesprochen habe? - erkundigte sich lang und breit nach meiner Mission.

Und als die Rede auf Quedlinburg und die Äbtissin Gertrudis kam, fragte sie mich, wie ich denn mit der Dame - sie meinte die ehrwürdige Äbtissin - ausgekommen sei. Und nachdem ich ihr die Kurzform der Geschichte und des Gesprächs über Anna erzählt hatte, riss sie förmlich die Augen auf.

Sie habe da eine Idee, meinte sie vielsagend, und sie wolle einmal darüber schlafen… Morgen wolle sie weitersehen.

Und Heinrich, »Hendrik«, wie er sich selbst nannte, bat mich dann seinerseits in sehr flüssigem Französisch, doch auf weitere Förmlichkeiten zu verzichten, und er setzte sich zu mir in die Fensternische. Ich solle ihn fortan Hendrik nennen, und ich willigte stotternd ein, blieb aber zunächst beim höflichen »Sie«.

Morgen würde er mir mehr sage, jetzt aber, solle ich mich entspannen. Ich sei fürs erste ihr Gast. Und im Laufe des Gespräches bat er mich, Verständnis für seinen Vetter, ich hoffe ich versteh das richtig, »Willem« zu haben. Er müsse ihm jetzt helfen. Ich nickte, ohne zu wissen, um wen es sich handelte.

Dessen - Willems - Vater sei mit vierundzwanzig Jahren in einem Turnier gefallen, und ihm, dem jungen Grafen und seinem nahen Verwandten, nun zu helfen, das sei eine Frage der Ehre.

Erst spät in dem Gespräch begriff ich, dass er Wilhelm von Holland meinte, den im vergangenen Jahr gewählten deutschen König. Und als mir klar wurde, in welche Situation ich da geraten war, zitterte ich und konnte kaum meinen Becher halten, den Herzog Hendrik mir immer wieder neu füllte.

Morgen, morgen, wollten sie mir mehr sagen, teilte er mir mit, als er mich lachend ins Bett schickte. Ich sei ja ganz fertig, »complètement détruit«. Er hatte Recht gehabt. Und mangels anderer Alternativen musste ich wohl einwilligen.

Bald aber wird dieses »Morgen« sein. Denn die Nacht ist schon weit fortgeschritten. Und bald beginnt ein neuer Tag.

»Reminiscere miserationum tuarum…

… gedenke, Herr, an Dein Erbarmen«,

so hatte ich oft verzweifelt gebetet. Und er hat sich mir zugewandt. Und er hat sich meiner erinnert. Mein Herz rast vor lauter Freude.

STERNENKLAR

Carolus hatte kaum die Feder niedergelegt, er hatte gerade noch das letzte Wort auf ein Pergament geschrieben, da zog es ihn hinaus aus dem Gästeraum, in dem er diese erste Nacht im herzoglichen Hause von Brabant untergekommen war.

Carolus wollte den Himmel sehen.

Verstört hatten ihn die schlafenden Wachen der letzten Nachwache beäugt, und argwöhnisch und hektisch hatten ihn deren Hunde angekläfft. Und Carolus trat unbehelligt vor das Tor auf einen großen, menschenleeren Platz.

Und über sich sah er den Himmel. Noch immer im tiefen Dunkel der nun schon bald schwindenden Nacht sah er über sich das große Heer der Sterne, unzählige, in allen Farben leuchtend und glitzernd. Und während einige schon im fast unmerklich heller werdenden Licht des ahnungsvoll heraufkommenden Tages schon wieder verblassten, erschien mit einem Mal der Morgenstern.

Und da rief Carolus das Wort des Propheten Jesaja laut hinaus in den heraufdämmernden Tag:

»vere tu es Deus absconditus, Deus Israhel salvator ...

   ...fürwahr, Du bist ein verborgener Gott, Du Gott Israels, der Erlöser...«

Und einsam und doch geborgen in einen fast jenseitigen Frieden, der aus dem verblassenden Sternenhimmel auf ihn herabzusteigen schien, und der auf ihm ruhte, als ob er in warmem, aber frischem Quellwasser gebadet würde, erinnerte er sich der vielen Stunden und Tage, an denen er diesen Gott fern von ihm gewähnt hatte, Stunden, in denen er sich - ja das gesamte Reich - vergessen glaubt, »frustra«, vergeblich habe Gott ihn geschaffen. Und »wozu das alles?«, hatte er gedacht.

Und Carolus erinnerte sich an die Frage aller Fragen, die ihn in den vergangenen fast einhundertachtzig Tagen begleitet hatte: »Würde Gott sich seiner erinnern?«.

Und als Carolus sich dann nochmals für nur wenige Stunden zur Ruhe legte, hatte er einen Traum. Einen Traum, so real, dass fast die Wirklichkeit des gerade anbrechenden Tages, daran verblasst wäre.

Doch dann…

… dann war der neue Tag selbst, den er dann später, in der darauffolgenden Nacht, nochmals an sich vorbeiziehen ließ, derart beeindruckend, dass er seinerseits schon fast als eine Fabel hätte bezeichnet werden können. Und doch versank der Traum am folgenden Tag vor dem unwiderstehlich Beeindruckenden der Realität… Und er blieb für immer im Dunkeln.

Vision

M ein Traum in der vergangenen Nacht war sehr beeindruckend. Doch er versank in Bedeutungslosigkeit - und Vergessen - vor dem Tag, den ich heute erlebte. Er versank im Nichts vor der Wirklichkeit, die heute - ja, ich muss es so sagen - in mein Leben eindrang. Sie war unwiderstehlich überzeugend.

Und ich wurde eines Besseren belehrt: Immer habe ich geglaubt, ein Wunschbild, ein Wunschtraum, und sogar eine Schau, eine Vision, das sei etwas, das man nur alleine haben kann. Am Ende dieses Tages bin ich eines Besseren belehrt.

Hendrik, der jugendliche Herzog, bat mich noch am heutigen Vormittag regelrecht, über das Osterfest ihr Gast zu sein in Leuven... Gast bei den Herzögen von Brabant... Ob ich damit einverstanden sei, fragte er mich... Wer bin ich, dass ich hätte ablehnen können?

Dann erschien zum Mittagmahl seine Schwester Beatrix: Sie lächelte immer wieder still vor sich hin ... und - bei allem Respekt - sie ist eine schöne Frau. Zu meiner völligen Verblüffung eröffnete sie - mich ständig ansprechend - dass sie wünsche, ich würde für sie arbeiten. Wie könnte ich ihr etwas abschlagen, antwortete ich höflich, doch mein Auftrag und meine begrenzte Zeit ließen auch nur begrenztes Engagement zu. Doch sie widersprach, königlich, das habe sie bereits bedacht. Ich muss sie nur angestarrt haben... Sie lachte erneut, diesmal über meine Hilflosigkeit in höfischen Dingen. Mir war darauf einfach nichts eingefallen, was ich hätte erwidern können.

Ob ich bereit wäre, einen langfristigen Auftrag anzunehmen, insbesondere, wenn dieser meine Loyalität gegenüber meinem Abt und dem Heiligen Stuhl nicht in Frage stellen würde. Und süffisant fügte sie hinzu, dass eine wichtige »Nebenbedingung«, wie sie es nannte, ebenso zuträfe, denn keiner der »beiden Könige« zwischen denen mein Herz hin- und hergerissen sei, könne gegeben so ein Vorhaben etwas haben. Von dem einen wisse sie es genau, sie meinte wohl Wilhelm von Holland, und von dem andern ahne sie es... Sollte das dem Staufer Konrad gelten?

Diesmal antwortete ich gefasster: Ich würde der Gräfin von Dampierre, die sie durch Heirat geworden sei, gegebenenfalls diese Bitte ausschlagen, und die

Königin der Deutschen, als die sie zusammen mit dem Bischof von Verden einmal eine königliche Urkunde unterzeichnet hatte, könne mich gegebenenfalls in Versuchung bringen, gerade dies nicht zu tun. Doch der großzügigen Schwester meiner Schülerin Margarethe könne ich in einer guten Sache nicht widerstehen. Meine Antwort sei daher »Ja«.

Nun war es an Beatrix, sich überrascht zu zeigen: Schnell würde ich lernen, und sie lachte erneut... Dies sei ihr Plan, ihr verwegener Plan: Es würde nie eine offizielle Sache werden, meinte sie, da die Kirche ihn vermutlich auf Generationen hinaus nicht gutheißen würde. Aber es könne ein »Familienplan« werden, und bei dem wünsche sie meine Hilfe. Und »Herzog Hendrik«, wie sie leicht neckend ihren jüngeren Bruder nannte, unterstütze den Plan in Gänze.

Als ich sie fragend und unsicher ansah, fuhr sie fort: Ich möge eine Art »Studium Generale« für die Ausbildung der adeligen Frauen ihres Einflussbereiches entwerfen. Ein Studium, das in den vielen Frauenklöstern in Brabant und vielleicht später noch an andern Orten praktiziert werden würde. Der Vorteil, dass die Damen in den weltlichen Stiften und den Klöstern ein vergleichbares Bildungsniveau erhielten, sei ungemein überzeugend. Zudem sei es überhaupt eine gewagte Idee, auch den Frauen eine höhe Ausbildung angedeihen zu lassen. - Und gegebenenfalls, so fügte sie dann nach kurzem Zögern hinzu, wenn ich mich mit der nicht einfachen Äbtissin in Quedlinburg verstünde, könnte ich auch die jahrzehntelange Erfahrung der Getrudis, immerhin einer Reichsfürstin, hierfür ergänzend in Anspruch nehmen.

Dann überraschte sie mich aufs Tiefste: Hendrik würde mir jetzt einen Vorschlag machen, und sie wolle mir nur noch mitteilen, dass ihre jüngere Schwester Margarethe eine der ersten sein wolle, die in den Genuss dieser Ausbildung käme... Denn auf Margarethe ginge der Vorschlag »in gewisser Weise« zurück. Sie war es, die von meinem Vorgehen überzeugt gewesen sei. Und sie würden Margarethe noch im Laufe des Sommers nach Leuven holen, denn wo sie jetzt sei, sei sie in Gefahr.

Und noch ein weiteres: Sie wisse um meine Sorge um meine Schwester Anna. Und dass ich mir wünschte, sie bekäme eine ebensolche Ausbildung. - Ich schluckte, weil sich ein Kloss in meinem Halse bildete - Das Haus Brabant könne dies zwar nicht leisten, aber es könne ein solches Vorhaben unterstützen, denn sie seien bereit, Anna für eine Zeit lang in einem »ihrer Klöster« als Schülerin aufzunehmen. Wenn ich … ja, wenn ich nur einen möglichst hochrangigen Bürgen fände. Ganz so wie Gertrudis mir das ans Herz gelegt habe.

Alles Weitere würde nun der »junge Herzog« übernehmen, sie selbst würde alsbald ihren gräflichen Pflichten für die Herrschaft ihres Mannes nachkommen müssen. Und sie hoffe, mich wiederzusehen.

Ich erhob mich, um mich zu verabschieden, doch sie war ohne wirklichen Gruss, nur mit einem leichten Nicken entschwunden.

Doch dies sollte noch nicht alles sein: Denn nun übernahm Herzog Hendrik die Führung des Gesprächs. Während das Mahl fortgesetzt wurde, ließ er eine Handvoll Musiker kommen, und als diese ein englisches Lied gespielt hatten, bat er mich, doch wiederzugeben, was die Sänger gesungen hätten. Als ich sagte, ich könne kein Englisch, lachte er und bat mich erneut, genau hinzuhören und dann das Gehörte in meiner Sprache wiederzugeben.

Und in der Tat war der Text dem Deutschen so ähnlich, dass ich seinen Inhalt ungefähr wiedergeben konnte. Und ich erinnerte mich an die englischen Pilger, die ich vor recht genau einem Jahr am ersten Tag meines Wegganges aus St. Maurice begleitet hatte: Auch sie hatte ich besser verstanden als ich es zunächst angenommen hatte. Und ich berichtete Herzog Hendrik davon.

Dann würde mir das Folgende nun auch leichter fallen, meinte er dann. Als ich stutzte, war er in allem direkter als seine welterfahrenere Schwester:

Damit ihr Plan gelinge, bittet mich das Haus Brabant, bis meine Ausbildung in Köln beginne, und das könne nicht vor Mitte August geschehen, da erst dann der neuen Magister, Albertus mit Namen, eingerichtet sei, doch einige Studien an der im englischen Oxford seit langem eingerichteten Universität zu betreiben und nachzusehen, wie die Ausbildung dort organisiert und der Studienplan strukturiert sei.

Zu diesem Zwecke würde er mir bis zur Küste einige Reiter stellen, zu meinem Schutz, und auch ein Pferd… der ich doch gar nicht reiten kann, das muss ich ihm morgen sagen… und sie würden für die Passage und den Aufenthalt aufkommen. Auf der Rückreise Anfang August möge ich dann bitte Bericht erstatten.

Das war alle so viel für mich, und es wurde auch noch viel mehr geredet, über diese Sicht, diese Vision der jungen Herrscher von Brabant. Und Hendrik meinte am Ende nur, das alles würde den Reichtum und das Wohlergehen Vieler in seinem

Herrschaftsgebiet fördern, und ich könne vermutlich einiges dazu beitragen, dass dieser Plan gelänge. Er selbst wolle alles tun, damit es seinen Untertanen gutgehe. - Mich hat das beeindruckt. Außerordentlich beeindruckt.

Am Nachmittag dann ließ Hendrik ein Empfehlungsschreiben an die »Universitas Oxfordiensis« aufsetzen, das er mir dann vor rund einer Stunde überbringen ließ. Verbunden mit der Nachricht, ich möge mich sehr bald nach Ostern aufmachen, da der dortige Unterricht vermutlich schon begonnen habe und im Juli schon wieder endete. »End of Term«, nannte er das, was immer das bedeuten mag.

Den Abend verbringe ich alleine. Einen Krug Wein habe ich erbeten, samt einem Krug Wassers. Ich feiere ein Fest… mit mir selbst. Mit meinem Gott.

Doch nun rasen meine Gedanken, ob vom Wein oder den Ereignissen. Ich halte es nicht mehr auseinander.

Und es wird wohl alles anders, als ich es mir vorgestellt habe. Und mir scheint, wenn ich nicht träume, ich habe richtiggehend Mitstreiter für meine Anliegen gewonnen. Mitstreiter in der Sache, die mich seit über einem Jahr tief bewegt, und wegen der ich ausgezogen bin aus der Sicherheit meines Klosters…

… Mitstreiter zudem, die zu den reichsten und einflussreichsten Familien des Reiches gehören. Ich kann es immer noch nicht fassen. Es ist Glück und tiefste Verpflichtung zugleich.

Ab dem kommenden Morgen wird sich nun viel mehr ändern in meinem Leben, als ich es jemals gewagt hätte auch nur zu träumen.

Gott hat sich meiner wahrhaftig erinnert!

INSCRIPTIO SEPTIMA

*I*ch habe gerade noch Zeit, meine innersten Gedanken aufzuschreiben. Dann wird der Gang der Dinge mich weitertragen...

Und ja, Gott hat sich »meiner erinnert«! Doch sein »Gedenken« ist anders, ja völlig anders als ich es mir vorgestellt hatte. Ich hatte gemeint, er gäbe mir eine Art technisches Hilfsmittel, materielle Unterstützung in Form von Geld oder Vermögen oder Vorräten vielleicht. Und sicher, das ist Teil von dem allem, was mir nun ins Haus zu stehen scheint. Da bin ich mir schon nach den wenigen Stunden hier in Leuven, am Hofe der Herzöge von Brabant, sicher.

Ich habe auch gemeint, er sende mir vielleicht wieder einen Gefährten, wie dies Nikolaus einer war... oder immer noch ist? Ich weiß gerade nicht, wo Nikolaus steht. Und ich werde ihm bald schreiben müssen. Und ob mir nun Gott einen Gefährten geschenkt hat... Einen?! Es ist gleich eine ganze Familie, habe ich den Eindruck. Und zuvörderst Hendrik, der junge Herzog von Brabant. Aber was sage ich! »Gefährte«! Bislang hätte ich gedacht, er sollte mein Herr sein. Aber nun kommt dieser junge Mann und will geradezu mein »Freund« sein, habe ich den Eindruck.

Und das bringt mich zu dem eigentlichen Punkt: Mir selbst, meinem Herzen, geht es wirklich nicht um eine »Rolle«, die ich vor den Menschen zu spielen hätte. Aber meinem Herzen geht es grundwesentlich darum, wer ich wirklich bin - Vor Gott und den Menschen. Und auch an mir selbst, sozusagen.

Und genau das, das ist es, was der Allerhöchste - wie mir scheint - gerade mit mir macht: Mir ist, als ob er begonnen hätte, herauszuarbeiten, wer ich wirklich bin, und wie ich wirklich bin. Aber wie bin ich nun? Und wer bin ich nun?

Wenn ich zurückblicke, wenn ich mich an mich selbst erinnere, dann ist - seit meinem ersten Brief an meine Schwester Anna, und vor allem seit dem entscheidenden Gespräch mit der Äbtissin Gertrudis in Quedlinburg - eines immer klarer geworden:

Ich scheine ein ausgeprägtes Talent zur Lehre zu haben. Und Margarethes Schreiben - ich kenne seinen Inhalt immer noch nicht! - scheint diesen Eindruck aufs Tiefste bestätigt zu haben.

Wenn ich aber ein Lehrer bin, dann bin ich kein solcher Lehrer, wie es viele an den großen und kleinen Dom- und Klosterschulen hat:

Sie bläuen den »Discipuli«, den Schülern, einen Stoff so manches Mal gar mit der Rute ein, und es gibt mehr Strafen als es Anweisungen zum eigenen Entdecken und Hinführungen zur Freude am Lernen gibt.

Aber in mir, ich will es einmal so sagen, schlummert ein Lehrer, der das in den Schülern - und in den Schülerinnen! - weckt, was sie diese selbst begeistert. Ich kann vielleicht gerade das wecken, was die »Zöglinge« zu sich selbst führt. Und im besten Falle habe ich ein Gespür dafür, was sie zu Gott, dem Herrn führt.

Das ist das, glaube ich, was der Allerhöchste aus mir herausarbeiten will. Hat er mir deshalb diesen Auftrag gegeben? Doch er hat ihn mir als Kleriker, als Carolus Paulus, gegeben, und nicht als Marcus, einem Bauernsohn.

Und da ist noch ein Weiteres. Es steckt noch in den Anfängen. Aber es ist spürbar, und ich fühle es: Mir scheint, es sei mir gegeben, den »Großen« wenigstens bisweilen ein Gegenüber zu sein. Einer, der sogar manches Mal ihre Gedanken formuliert, bevor sie sie selbst auf den Punkt gebracht haben. Heute jedenfalls war es so, und es ist nicht das erste Mal.

Das Tiefste aber von allem: Was im Einsamen meiner Wanderungen, im Schmerz meiner Gebete, in der Jenseitigkeit meiner Gesichte gewachsen ist, das - so scheint mir gegeben - kann ich in den Schulen und sogar bei Hofe, wie soll ich sagen, »verkündigen«.

Ich muss umdenken.

Und ich fühle noch etwas Neues, geradezu Abenteuerliches: Der Allerhöchste hat mir meine Fähigkeiten und Aufträge - wie soll ich es anders nennen? - »als Mensch« gegeben. Geborgen, gefasst und verfasst in dem Menschen, der er selbst geworden ist.

Denn ich habe keine Worte: Wie nennt man den »Menschen an sich«, ohne dass man auf seinen Stand oder seinen Rang oder sein Vermögen Acht gäbe? Gibt es ein anderes Wort als:

Einfach »Mensch«?

EIN NEUER MORGEN

Carolus erwachte, nachdem er den vergangenen Abend alleine und in Teilen auch schreibend verbracht hatte, schon sehr früh. Der Tag war noch nicht angebrochen, da stand er schon auf, und er nahm einen großen Schluck aus dem großen Wasserkrug, der neben seinem Lager stand.

In einem großen Raum, im Seitenflügel des Schlosses, war er untergebracht, und er hatte dort sogar einen eigenen Kamin mit einer Feuerstelle und eigens angerichtetem Holz. Und vor dem kleinen Feuer hatte er in der vergangenen Nacht seine Gedanken gesammelt und aufgezeichnet.

Früh würde ihn Herzog Hendrik heute erwarten, und Carolus war sich bewusst, dass er nur kurze Zeit nach Tagesanbruch gerufen werden würde.

Seine Arbeit, sein Auftrag sollte schon heute beginnen, und Carolus spürte, dass er erstmals eine Mischung erleben würde, die ihn zunächst irritieren würde:

Geradezu familiär eingebunden in einen für ihn fast unerträglich hohen Stand würde er - so schien es ihm erstmals - gleichzeitig auch eingebunden sein in sehr weitgehende Verpflichtungen, denen er sich keinesfalls entziehen konnte.

Der Gedanke drängte sich Carolus auf, dass sie - Hendrik und Beatrix - auf ihn zählen würden. Aus dem Überbringer einer Botschaft war der Mitstreiter in einem Plan geworden. Man zog jetzt an einem Strang. Ihm dämmerte, es wäre sogar in gewisser Weise gewollt, dass er tatsächlich »dazugehören« sollte, wenn auch sicher zu einem - man könnte sagen - »äußerst erweiterten« Haushalt.

Das war anders als in dem bisherigen klösterlichen Leben. Dort - in seinem Heimatkloster genauso wie in allen Gastklöster auf seinem bisherigen Weg - war er »Einer unter Vielen«, er war im besten Sinne des Wortes »privatus«, wörtlich »der Öffentlichkeit beraubt«, wie versteckt und verborgen. Zudem war er in dem klösterlichen Kontext, so schien es

ihm jetzt, seltsam austauschbar. Denn: Hätten sie nicht auch irgendeinen Anderen gesandt, falls er zu seinem Auftrag »Nein« gesagt hätte?

Hier aber, so dämmerte es ihm im immer heller werdenden Licht des frühen Morgens an diesem Donnerstag vor dem Osterfest des Jahres 1248 A.D., dem 15. Tag des Monats April, hier war er mit einem Schlag - wenn auch in einer »hinteren Reihe« - eine Art halb-öffentlicher Person.

»So muss es sein, wenn man ein Land regiert«,

dachte Carolus schließlich bei sich selbst. Man ist nicht mehr alleine, man kann sich nicht mehr verstecken, man ist fast jederzeit sichtbar, und es gibt wenig Rückzugsräume.

Das schien ihm zunächst ein Nachteil, da er doch die Einsamkeit der Berge und Wälder und Klöster weit mehr gewohnt war als den Rummel irgendeiner noch so angenehmen daherkommenden »Öffentlichkeit«.

Doch es lag etwas Großes, Gewichtiges, ja Bedeutendes in dieser Form zu leben:

Jeder Schritt in solch einem »nicht-privaten« Leben war von Wichtigkeit. Nichts was man tat war nebensächlich, alles hatte eine gewiße Schwere, eine Bedeutung, und im Falle von wirklichen Herrschern, dann auch eine königliche Hoheit.…

… im Falle eines unglücklichen Schicksals auch eine bisweilen erhebliche Tragik.

Doch eines war dabei auch klar: In solch einer Lage, in solch einem Stand, da war man nicht mehr einfach austauschbar. Man war keine Figur in einem Spiel, man füllte nicht nur eine starr definierte Rolle. Sondern anders: Man war nicht - oder nur unvollständig - zu ersetzen. Und jeder Schritt, den man unternahm, konnte von größter Bedeutung sein.

Und so wusste nun Carolus auch, das er heute keinesfalls - wie Hendrik das für ihn geplant hatte - »einfach«, also bedeutungslos und belanglos in das Kloster Valduc reiten würde, um dort mit der Äbtissin zu sprechen. Sondern er hatte dort vielmehr einen Auftrag zu erfüllen, er hatte dort eine echte Aufgabe, eine wirkliche Verantwortung. Eine Verantwortung, die - wie es schien - er nun besser erfüllen konnte als jeder andere.

Und erstmals in seinem Leben spürte er, dass etwas nur von ihm alleine abhing.

Er - und jetzt spürte er es erstmals ganz genau - er war »der richtige Mann«, zur richtigen Zeit, an der richtigen Stelle.

Er war, als ganzer Mensch, als vollwertiger Mann, gefordert! Sein Herz schlug schon jetzt schneller.

Und sein Magen schrumpfte auf einen Bruchteil seiner sonstigen Größe, als ihm der völlig banale Umstand klar wurde, dass er heute zum ersten Mal auf dem Rücken eines Pferdes sitzen würde. Zum ersten Mal würden ihn Ritter anleiten und begleiten. Zum ersten Mal würde er eskortiert werden.

Und er genoss den Schauer, der die Seele in ein unklar definiertes Land zwischen Entsetzen und Euphorie stürzen kann.

Und als er von zwei Dienern gerufen worden war - und er ging nun auch ohne sein Reisebündel, das er trotz seines wertvollen Inhaltes im Vertrauen auf den Schutz seiner Gastgeber zurücklassen musste - und als er ein wenig gegessen hatte, Fleisch und Gemüse und frisches Brot, nicht wie sonst oft einfach nur Brei und Wasser, als er dann in den Hof des Schlosses von Leuven ging, da vergrößerte sich sein Entsetzen noch, als er das Bild sah, das sich ihm dort bot:

Ritter, überall Ritter, Reiter, Soldaten, Diener, Ministeriale, ein Hof voller Gewimmel und Vorbereitungen, voller Hunde und Pferde, Falknern und Knappen!

Und mit trockenem Mund - vor Furcht wie vor Begeisterung - sprach er, Carolus, der einfache Mönch, der sich gerade in eine neue Aufgabe einfand, die Ritter an, die ihn bereits mit einem eigens für ihn ausgesuchten, ruhigen Pferd erwarteten.

Doch bevor er, nach einigen Instruktionen durch die anwesenden Ritter, dann wirklich aufsitzen konnte, erschien überraschend Herzog Hendrik, er wolle noch kurz mit ihm reden.

Hendrik drückte, fast überschwänglich, seine Freude darüber aus, dass er, Carolus, solche eine Aufgabe übernommen habe. Margarethe hätte solche einen warmen und wohlmeinenden Brief geschrieben...

... Vielleicht würde er ihm den an einem späteren Tag einmal zeigen.

Auch wolle er, Hendrik, nun seine Schwester aus Mariensee holen lassen, denn sie habe nun einen Entschluss gefasst, und er sei nicht sicher, ob diese Wendung Carolus gefallen werde. Aber man werde sehen...

Doch er müsse dieses Heimholen erst noch vorbereiten. Näheres würde er Carolus noch mitteilen. Und dann ging Hendrik abschließend nochmals auf den Auftrag ein, den »das Haus Brabant« ihm nun gegeben habe:

Es sei im Reich - seit den Ottonen - kaum noch eine geregelte Einbindung der »herrschenden Frauen« des Reiches möglich gewesen. Stets seien andere Dinge im Vordergrund gestanden, zuletzt die »unselige Spaltung« im Reich und der Streit zwischen Kaiser und Papst.

Doch jetzt sei es an der Zeit, nicht nur eine breite Bildung - »selbst der Bürger« - zu ermöglichen. Und die Frauen in wichtigen Stellungen, die müsse man wieder neu in »alle ihre wichtigen Aufgaben« einbeziehen, sie dazu befähigen, den Herausforderungen dieser Zeit standzuhalten. Und noch ein Weiteres, ein Höheres:

»Talente soll man nicht unterdrücken! Sie sind ein Geschenk des Höchsten an uns alle!»

Hendrik pausierte kurz, denn er war selbst teif bewegt von seinen Worten. Doch dann fuhr er fort:

»Und wenn es Dir gelingt, mein Freund, ich darf Dich nun so nennen, wenn es Dir gelingt, für uns und unsere Anliegen einen Plan zu entwerfen, dann wollen wir es sogar dem König und den anderen Reichsfürstinnen vorschlagen... Es gibt, wie Du weißt, einige von ihnen, und die meisten werden unser Anliegen teilen.

Du bist nur wenig älter als ich, Carolus, aber schon jetzt zeichnet sich - in meinen jungen Augen - eine Aufgabe für Dich ab, die so, meines Wissens, noch kein Mensch und vor allem noch kein Mann ins Auge gefasst, und geschweige denn bewältigt hat! Die Zeiten ändern sich, und wir werden diesen »frischen Wind« alle zu spüren bekommen.

Und was sich daraus entwickelt, das liegt am Ende nur in der Hand des Höchsten, und nun auch ein wenig in Deiner eigenen...

Jetzt aber, mein Freund, jetzt muss ich Dich auf Deine zukünftigen Aufgaben vorbereiten... denn Du magst ja von den Alpen, von den hohen Berge kommen, aber hier in den Tälern und weiten Ebenen des Reiches werden - ob mit oder ohne Waffen - die Schlachten geschlagen, in denen man den Takt der Geschichte pulsierend spürt.«

Und Hendrik verabschiedete sich mit einem freundlichen Lächeln und wies Carolus wieder in die Obhut seiner Ritter.

Nach einem kurzen Durchatmen saß Carolus nun auf. Das fast übergroße Pferd, das man für ihn ausgesucht hatte, wich dabei leicht zur Seite aus, und im ersten Moment meinte sein völlig unerfahrener Reiter, er würde jetzt sicher wieder von dem Tier herunterrutschen oder gar von ihm herabfallen, hart auf dem Boden landend. Doch im selben Augenblick besann er sich seiner Rolle und seiner Aufgabe: Er würde sich einfach führen und anleiten lassen. Der ganze Rest würde sich ergeben.

Sie ritten in das taufrische, und vom ersten Frühlingsgrün traumgleich sanft erleuchtete Halbdunkel des Waldes, der zwischen Leuven und dem Kloster Valduc liegt.

Und als sie nach einer Zeit, die - der Unerfahrenheit ihrer mitreitenden Hauptperson geschuldet - deutlich länger war, als es die Ritter gewohnt waren, vor den Pforten des einsam im Wald verborgenen, noch jungen Klosters angekommen waren, stiegen die Ritter noch vor Carolus ab und halfen ihm vom Pferd.

Und schwankend, teils vor den Überanstrengungen der für ihn ungewohnten Reiseform, teils vor barer Furcht vor den nun auf ihn zukommenden Aufgaben, schritt der junge Mann auf die Pforte zu.

Und in dem Moment fasst er sich ein Herz:

Das, was da jetzt auf ihn zukam, das war das, was er machen wollte. Und er ahnte, dass es das war, was er sein wollte. Tief im Innern, dachte er, da wo der Allmächtige ihn gerufen hatte.

Und da öffnete sich das Tor des Klosters.

Abbildungen · Quellen

Sämtliche **fotografischen Abbildungen** stammen vom Autor.

Alle erwähnten historischen Daten, Namen und Ereignisse sind allgemein zugänglichen und anerkannten Quellen entnommen.

Die Angaben zur »**Gallischen Meile**« (»Leuge«) entsprechend einer französische »Lieue Itinéraire« sind folgender Quelle entnommen:

»Lieue commune (Littré), lieue de terre (Lar. Lang. fr., Lexis). Vingt-cinquième partie du degré terrestre soit 4 445 mètres"

Quelle: Portal der Université de Nancy - http://www.cnrtl.fr/definition/lieue; verifiziert am 29.7.2017

Die Bibelzitate entstammen folgenden Editionen:

Deutscher Text: »Luther-Bibel 1984«; Online-Ausgabe der Deutsche Bibelgesellschaft unter: http://www.bibelwissenschaft.de/online-bibeln/luther-bibel-1984

Lateinischer Text: »Biblia Sacra Vulgata« ; Online-Ausgabe der Deutschen Bibelgesellschaft unter : http://www.bibelwissenschaft.de/de/online-bibeln/biblia-sacra-vulgata

Weitere Texte: Aurelius Augustinus, »**Confessiones**« ; lateinischer Text nach James J. O'Donnell ; online verfügbar unter: http://faculty.georgetown.edu/jod/latinconf/latinconf.html

Übersetzung von Otto F. Lachmann: »Die Bekenntnisse des heiligen Augustinus« Leipzig, Reclam, 1888 [u.ö.] (Reclams Universal-Bibliothek ; 2791/94a); online verfügbar unter: https:// www.ub.uni-freiburg.de/ fileadmin/ub/referate/04/ augustinus/bekennt1.htm

Sämtliche nicht aus den oben angegebenen Quellen entnommenen **Übersetzungen** stammen vom Autor.